E-Z DICKENS SUPERHELD BOEKEN ÉÉN EN TWEE:

TATOEAGES ENGLEL; DE DRIE

Cathy McGough

Stratford Living Publishing

Copyright © 2020 door Cathy McGough

Alle rechten voorbehouden.

Deze versie, inclusief boek 1 & 2, verschijnt in november 2023.

Geen enkel deel van dit boek mag worden gereproduceerd in welke vorm dan ook zonder schriftelijke toestemming van de uitgever of auteur, behalve zoals toegestaan door de Amerikaanse wet op het auteursrecht zonder voorafgaande schriftelijke toestemming van de uitgever bij Stratford Living Publishing.

ISBN: 978-1-998304-05-9

Cathy McGough heeft op grond van de Copyright, Designs and Patents Act, 1988 aanspraak gemaakt op haar recht om als auteur van dit werk te worden geïdentificeerd.

Cover Art mogelijk gemaakt door Canva Pro.

Dit is fictie. De personages en situaties zijn allemaal fictief. Gelijkenis met levende of dode personen is puur toeval. Namen, personages, plaatsen en incidenten zijn ofwel het product van de verbeelding van de auteur of zijn fictief gebruikt.

Inhoudsopgave

Inwijding

Voor Dorothy die geloofde.

BOEK EEN:
TATOEAGES
ENGLEL

PROLOGUE

ET EERSTE WEZEN VLOOG op E-Z's borst en landde, met zijn kin naar voren en zijn handen op zijn heupen. Hij draaide één keer, met de klok mee. Hij draaide sneller en uit het gefladder van zijn vleugels klonk een lied. Het lied was een lage kreun. Een droevig lied uit het verleden ter viering van een leven dat voorbij was. Het wezen leunde achterover, zijn hoofd rustte tegen E-Z's borst. Het draaien stopte, maar het lied bleef spelen.

Het tweede wezen deed mee en deed hetzelfde ritueel, terwijl het tegen de klok in draaide. Ze creëerden een nieuw lied, zonder de piep-piepjes en zoom-zooms. Want als ze zongen, was onomatopee niet nodig. In alledaagse gesprekken met mensen wel. Dit lied overlaadde het andere en werd een vreugdevolle, hoge viering. Een ode aan de dingen die komen gaan, aan een leven dat nog niet geleefd is. Een lied voor de toekomst.

Een straal diamantstof spoot uit hun gouden oogkassen toen ze zich synchroon omdraaiden. Het diamanten stof spoot uit hun ogen op het slapende lichaam van E-Z. De uitwisseling ging door tot hij van top tot teen bedekt was met diamantstof.

De tiener sliep rustig verder. Totdat het diamantstof zijn vlees doorboorde - toen opende hij zijn mond om te schreeuwen, maar er kwam geen geluid uit.

"Hij wordt wakker, piep-piep."

"Til hem op, zoom-zoom."

Samen tilden ze hem op toen hij zijn glazige ogen opende.

"Meer slapen, piep-piep."

"Voel geen pijn, zoom-zoom."

Terwijl ze zijn lichaam wiegden, namen de twee wezens zijn pijn in zich op.

"Sta op, piep-piep," beval hij.

En de rolstoel kwam omhoog. Hij plaatste zich onder het lichaam van E-Z en wachtte. Toen er een druppel bloed naar beneden kwam, ving de stoel het op. Absorbeerde het. Verteerd - alsof het een levend ding was.

Naarmate de kracht van de stoel toenam, werd hij ook sterker. Al snel kon de stoel zijn meester in de lucht houden. Hierdoor konden de twee wezens hun taak voltooien. Hun taak om de stoel en de mens te verbinden. Hen voor eeuwig te binden met de kracht van diamantstof, bloed en pijn.

Terwijl het lichaam van de tiener schudde, genazen de gaten in zijn huid. De taak was volbracht. Het diamantstof was een deel van zijn essentie. De muziek stopte.

"Het is gebeurd. Nu is hij kogelvrij. En hij heeft superkracht, piep-piep."

"Ja, en het is goed, zoom-zoom."

De rolstoel keerde terug naar de vloer en de tiener op zijn bed.

"Hij zal er geen herinnering aan hebben, maar zijn echte vleugels zullen snel beginnen te werken, piep-piep."

"Hoe zit het met de andere bijwerkingen? Wanneer zullen ze beginnen, en zullen ze merkbaar zijn zoom-zoom?"

"Dat weet ik niet. Hij kan fysieke veranderingen hebben...het is een risico waard om de pijn te verminderen, piep-piep."

"Afgesproken zoom-zoom."

OORZAAK

ALLE GEZINNEN HEBBEN MENINGSVERSCHILLEN. Sommige ruziën over elk klein dingetje. De familie Dickens was het over de meeste dingen eens. Muziek hoorde daar niet bij.

"Kom op pap," zei de twaalfjarige E-Z. "Ik verveel me en ze spelen nu een weekend met alleen maar MUZES op de satelliet."

"Heb je je koptelefoon niet meegenomen?" vroeg zijn moeder Laurel.

"Ze zitten in mijn rugzak in de kofferbak." Hij zuchtte.

"We kunnen altijd stoppen en ze halen..."

Martin, de vader van de jongen die achter het stuur zat, controleerde de tijd. "Ik wil graag naar de hut in de bergen voordat het donker wordt. Muse vind ik prima. Bovendien zijn we er zo."

Laurel draaide aan de draaiknop van het satellietsysteem in hun gloednieuwe rode cabriolet. Ze aarzelde even bij Classic Rock. De omroeper zei: "Het volgende nummer is het Kiss volkslied I Wanna Rock N Roll All Night. Raak die knop niet aan."

"Wacht, dat is een goed liedje!" riep de jongen.

"Wat, geen Muse meer?" vroeg Laurel, terwijl ze haar hand op de draaischijf hield.

"Na Kiss, oké?"

"Dan is het *Kiss*," zei Martin terwijl hij de ruitenwissers aanzette. Het regende nog niet, maar de donder dreunde. Takjes en ander puin zwiepten in en uit hun voertuig terwijl ze de berg opreden.

Laurel niesde en legde een bladwijzer op haar bladzijde. Ze sloeg haar armen rillend over elkaar. "Het waait wel erg hard. Mogen we de kap omhoog doen?"

"Ik stem voor," zei E-Z terwijl hij takjes uit zijn blonde haar haalde.

THWACK.

Er was geen tijd om te schreeuwen - toen de muziek uitging.

De oren van de jongen suisden nog na van het geluid dat gepaard ging met de explosie van vier airbags. Bloed droop langs zijn voorhoofd toen hij het ding op zijn benen aanraakte: een boom. Bloed stroomde in en rond de houten indringer. Hij ging met zijn vinger langs de stam van de boom. Het voelde als huid; hij was de boom en de boom was hem.

"Mam? Pap?" snikte hij, terwijl zijn borstkas uitzette. "Mam? Pap? Geef antwoord!"

Hij moest om hulp bellen. Waar was zijn telefoon? De klap van de botsing had hem weggeslingerd. Hij kon hem zien, maar hij was te ver weg. Of toch niet? Hij was catcher en sommigen zeiden dat zijn werparm van rubber was. Hij concentreerde zich en rekte en rekte tot hij hem had.

Het signaal was sterk toen zijn bebloede vingers 9-1-1 indrukten en daarna de verbinding verbraken. Om hem te vinden, moest hij de nieuwe verbeterde service gebruiken.

Hij typte E9-1-1. Dit gaf de autoriteiten toegang tot zijn locatie, telefoonnummer en adres.

"Hulpdiensten. Wat is uw noodgeval?"

"Help! We hebben hulp nodig! Alsjeblieft. Mijn ouders!"

"Vertel me eerst, hoe oud ben je? Hoe heet je?"

"Ik ben twaalf. Ze noemen me E-Z."

"Controleer uw adres en telefoonnummer."

Dat deed hij.

"Hoi E-Z. Vertel eens over je ouders. Kun je ze zien? Zijn ze bij bewustzijn?"

"Ik, ik kan ze niet zien. Er is een boom op de auto gevallen, op hen en op mijn benen. Help. Alsjeblieft."

"We krijgen nu je locatie door."

E-Z sloot zijn ogen.

"E-Z?" Luider, "E-Z!"

De jongen kwam bij. "Ik, sorry, ik."

"We sturen een helikopter. Probeer wakker te blijven. Er is hulp onderweg."

"Dank je," zijn ogen vielen dicht, hij dwong ze open. "Ik moet wakker blijven. Ze zei dat ik wakker moest blijven." Het enige wat hij wilde was slapen, slapen om een einde te maken aan alle pijn.

Boven hem flikkerden twee lichten, een groen en een geel, voor zijn ogen. Even dacht hij dat hij kleine vleugeltjes zag flapperen terwijl de twee objecten zweefden.

"Hij is er slecht aan toe," zei de groene, die dichterbij kwam om hem beter te bekijken.

"Laten we hem helpen," zei de gele die hoger zweefde.

E-Z hief zijn hand op om het flikkerende licht weg te slaan. Een hoog geluid deed pijn aan zijn oren.

"Ga je akkoord om ons te helpen?" zongen de lichten.

"Dat wil ik wel. Help me."
Toen werd alles zwart.

EFFECT

S AM, DE OOM VAN E-Z, lag in het ziekenhuis toen hij wakker werd. De jongen stelde de vraag - waar zijn ouders waren - niet omdat hij het antwoord niet wilde horen. Als hij het niet wist, kon hij doen alsof er niets aan de hand was. Dat ze elk moment zijn kamer in konden lopen en hun armen om hem heen konden slaan. Maar in zijn achterhoofd wist hij het, hij geloofde zelfs dat ze dood waren. Hij beeldde het zich in, hoe hij de dekens naar achteren zou gooien en naar hen toe zou rennen en ze zouden samenkomen in een groepsknuffel en huilen over hoe gelukkig ze waren. Maar wacht eens even, waarom kon hij zijn tenen niet bewegen? Hij probeerde het opnieuw en concentreerde zich, maar er gebeurde niets.

Sam, die toekeek, zei: "Er is geen ongecompliceerde manier om je dit te vertellen," terwijl hij een snik tegenhield.

"Mijn benen," zei E-Z, "ik, ik voel ze niet."

Oom Sam kneep in de hand van zijn neefje. "Je benen..."

"Oh nee. Vertel het me niet. Gewoon niet doen."

Hij rukte zijn hand los van zijn oom. Hij bedekte zijn gezicht en creëerde een barrière tussen zichzelf en de wereld terwijl de tranen over zijn wangen rolden.

Oom Sam aarzelde. Zijn neefje was al in tranen, had al verdriet en toch moest hij hem over zijn ouders vertellen. Er was geen gemakkelijke manier om het te zeggen, dus flapte hij het eruit: "Je ouders. Mijn broer en je moeder... ze hebben het niet gehaald."

Weten en de woorden horen waren twee verschillende dingen. Eén maakte het een feit. E-Z gooide zijn hoofd naar achteren en jankte als een gewond dier, trillend en het liefst wilde hij wegrennen, waar dan ook naartoe. Gewoon weg.

"E-Z, ik ben hier voor jou."

"Nee! Het is niet waar. Je liegt. Waarom lieg je tegen me?" Hij ging tekeer, balde zijn vuisten en sloeg ze tegen de matras terwijl hij tekeer ging en tekeer ging zonder dat er een teken van ophouden was.

Sam drukte op de knop naast het bed. Hij probeerde hem te kalmeren, maar E-Z was de controle kwijt, raasde en vloekte. Er kwamen twee verpleegsters aan; de ene bracht de naald in, terwijl de andere samen met Sam probeerde hem stil te houden en hij fluisterde zachtjes dat alles goed zou komen.

Sam keek toe hoe zijn neefje in dromenland - of waar hij zich nu ook bevond - een glimlach tevoorschijn toverde. Hij koesterde die glimlach, omdat hij dacht dat het nog wel even zou duren voordat hij die weer op het gezicht van zijn neefje zou zien. Het zou een lange en moeilijke weg worden. Zijn neefje zou de dag dat zijn leven in duigen viel frontaal onder ogen moeten zien. Als hij dat eenmaal had gedaan, kon hij vechten en konden ze samen een gloednieuw leven voor hem opbouwen. Nieuw - anders - niet hetzelfde. Niets zou ooit nog hetzelfde zijn.

Allemaal omdat ze op het verkeerde moment op de verkeerde plaats waren. Slachtoffers van de natuur: een boom. Een boom die door menselijke verwaarlozing het wapen van de natuur werd. De houten structuur was al jaren dood, met wortels boven de grond die om aandacht vroegen. En toen ze hem vertelden dat de boom met een X gemarkeerd was om in de lente omgehakt te worden, wilde hij schreeuwen.

In plaats daarvan belde hij de beste advocaat die hij kende. Hij wilde dat iemand zou betalen - om de rekening te betalen voor twee levens die te vroeg waren afgebroken en voor de verbrijzelde benen en het leven van zijn neef.

Maar wat had het voor zin? Niets kon het verleden veranderen - maar in de toekomst zou hij zijn neefje helpen zijn weg te vinden. Op dat moment formuleerde Sam een plan.

Sam leek op een volwassen versie van Harry Potter (zonder het litteken). Als het enige levende familielid van E-Z zou hij de zorg voor zijn neefje op zich nemen. Een rol die hij in het verleden had verwaarloosd. Hij zou proberen te zijn zoals zijn oudere broer Martin - niet om hem te vervangen.

Hij schudde de excuses van zich af die van binnen opborrelden. Ze probeerden hem zover te krijgen dat hij door zijn werk geen verantwoordelijkheid meer hoefde te nemen. Hij zou weglopen, alle verplichtingen uitwissen. Dan kon hij stoppen met zichzelf verwijten te maken. Zichzelf haten voor alle verloren tijd.

Terwijl zijn neef verder sliep, belde hij de CEO van zijn softwarebedrijf. Als een ervaren Senior Programmeur aan de top van zijn vakgebied - hoopte hij dat ze tot een compromis zouden komen. Hij vertelde wat hij wilde doen.

"Natuurlijk, Sam. Je kunt op afstand werken. Er verandert niets. Doe wat je moet doen. We staan achter je. Familie eerst - altijd."

Toen hij de verbinding verbrak, keerde hij terug naar het bed van zijn neefje. Voorlopig zou hij in het ouderlijk huis gaan wonen, zodat E-Z in de buurt van zijn vrienden en school kon blijven. Samen zouden ze de puzzelstukjes weer in elkaar zetten en zijn leven opnieuw opbouwen. Tenminste, als hij niet helemaal door het lint zou gaan. Als vrijgezel had hij immers weinig tot geen ervaring met kinderen, laat staan met tieners.

$$***$$

NA HET VERLATEN VAN het ziekenhuis - gedwongen door het lot - hadden ze geen andere keuze dan een band te creëren die verder ging dan bloed.

E-Z verzette zich en dacht dat hij het allemaal zelf wel kon. Uiteindelijk had hij geen andere keuze dan de aangeboden hulp te accepteren.

Sam stapte op - was er voor hem - bijna alsof hij wist wat zijn neefje nodig had voordat hij het vroeg.

En hij was er voor E-Z op de op één na ergste dag van zijn leven - toen hij te horen kreeg dat hij nooit meer zou lopen.

"Kom binnen," zei Dr. Hammersmith, een van de beste orthopedisch neurologen.

In zijn rolstoel kwam E-Z binnen, gevolgd door Sam.

Hammersmith stond bekend om het repareren van het onherstelbare en hij ging hem repareren. In eerdere consulten had hij de jongen beloofd dat hij weer zou honkballen.

"Het spijt me," zei Hammersmith. Na een paar seconden van ongemakkelijke stilte vulde hij die op door wat papieren te schudden.

"Wat is het precies waar je spijt van hebt?" vroeg E-Z, terwijl hij uit alle macht duwde om vooruit te komen in zijn stoel. Omdat het hem niet lukte, bleef hij zitten waar hij zat.

"Wat hij vroeg," zei Sam, terwijl hij zich moeiteloos naar voren bewoog in zijn stoel.

Hammersmith schraapte zijn keel. "We hoopten dat de verlamming tijdelijk zou zijn, omdat alles normaal functioneert. Daarom heb ik je meer tests laten doen en fysiotherapie voorgesteld. Er is nu geen twijfel meer mogelijk, het spijt me dat ik het je moet vertellen E-Z, maar je zult nooit meer kunnen lopen."

"Hoe kun je hem dit aandoen?" vroeg Sam.

De finaliteit van zijn woorden drong tot hem door. "Haal me hieruit, Uncle Sam!"

"Wacht," zei Hammersmith, niet in staat om hen in de ogen te kijken. "Ik heb om hulp gevraagd, van collega's over de hele wereld. Hun conclusie was hetzelfde."

"Heel erg bedankt."

"E-Z, het is tijd om verder te gaan. Ik wil je niet nog meer valse hoop geven. "

Sam stond op en legde zijn handen op de handgrepen van de rolstoel.

"We vragen een second opinion en een derde en een vierde!"

"Dat kun je doen," zei Hammersmith, "maar dat deden we al. Als er iets nieuws was, iets wat we konden gebruiken, dan zouden we dat doen. Dingen kunnen veranderen tijdens je leven E-Z. Het stamcelonderzoek boekt vooruitgang. In de tussentijd wil ik niet dat je je leven leeft voor de mitsen en maren."

Dan gericht aan Sam,

"Laat je neefje zijn leven niet verspillen. Help hem te herbouwen en terug te keren naar het land van de levenden. Oh, en ik vind het vervelend om dit te zeggen, maar we hebben de rolstoel snel terug nodig - het lijkt erop dat we een tekort hebben. Als je het niet erg vindt om andere afspraken te maken."

"Prima," zei Sam, terwijl ze zonder iets te zeggen Hammersmiths kantoor verlieten. Hij legde de rolstoel in de kofferbak, maakte hun gordels vast en startte de auto.

"Het komt wel goed."

E-Z, die tranen over zijn wangen had rollen, veegde ze weg. "Het spijt me."

"Je hoeft je nooit te verontschuldigen bij mij, kindje, voor het tonen van je gevoelens."

Sam sloeg zijn vuisten op het stuur en reed toen piepend met zijn banden de parkeerplaats uit.

Ze reden een paar tellen zonder te spreken, toen stak hij zijn hand uit en zette de radio aan. Het verbrak de stilte tussen de twee en gaf E-Z de kans om het uit te schreeuwen zonder zich zelfbewust te voelen.

Tegen de tijd dat ze thuis de oprit opdraaiden, waren ze kalm en hongerig. Het plan was om een paar programma's te kijken en pizza te bestellen.

Een paar dagen later kwam er een gloednieuwe rolstoel.

✳✳✳

Twee lampjes: een geel en een groen flikkerden in de buurt van de nieuwe rolstoel van E-Z.

"Deze doet het niet, piep-piep."

"Daar ben ik het mee eens, dat is helemaal niet goed. Hij heeft iets lichters, sterkers, vuurvast, kogelvrij en absorberend nodig, zoom-zoom."

"*Je-weet-wel-wie* zei dat we geen tijd mochten verspillen - dus laten we het doen, voordat de mens wakker wordt, piep-piep."

De lichten dansten rond de rolstoel. De een verving het metaal en de ander de banden. Toen ze klaar waren met het proces, zag de stoel er nog net zo uit als eerst, maar dat was niet zo.

fluisterde E-Z in zijn slaap.

"Laten we hier weggaan! Piep piep!"

"Recht achter je! Zoom zoom!"

En dat deden ze terwijl de jongen verder sliep.

$$* * *$$

EEN JAAR LATER LEEK het voor E-Z alsof Uncle Sam er altijd al was geweest. Niet dat hij zijn ouders had vervangen. Nee, dat zou hij nooit kunnen, hij zou het zelfs niet proberen - maar ze konden het goed met elkaar vinden. Ze waren vrienden. Ze waren meer dan dat, ze waren familie. De enige familie die de dertienjarige nog had.

"Ik wil je bedanken," zei hij, terwijl hij probeerde geen tranen in zijn ogen te krijgen.

"Je hoeft me niet te bedanken, kiddo."

"Maar ik wel, Uncle Sam, zonder jou had ik de handdoek in de ring gegooid."

"Je bent van sterker materiaal gemaakt dan dat."

"Dat ben ik niet. Sinds het ongeluk word ik bang, ik bedoel echt bang. Ik heb nachtmerries."

"We worden allemaal bang; het helpt als je erover praat. Ik bedoel als je er met mij over wilt praten."

"Het gebeurt soms 's nachts - als je slaapt. Ik wil je niet wakker maken."

"Ik ben hiernaast en de muren zijn niet zo dik. Roep maar om mij en dan ben ik er. Ik vind het niet erg."

"Bedankt, ik hoop dat het niet nodig is, maar het is goed om te weten."

Ze gingen weer televisie kijken en hebben het er nooit meer over gehad.

Tot op een nacht, toen E-Z gillend wakker werd en Sam er zoals beloofd was.

Hij deed het licht aan. "Ik ben er. Gaat het?"

E-Z klampte zich vast aan de rand van het bed, als iemand die op het punt stond over een klif te gaan. Hij hielp hem terug op de matras.

"Beter nu?"

"Ja, bedankt."

"Zin om erover te praten? Ik kan wat cacao maken."

"Met marshmallows?"

"Dat spreekt voor zich. Ik ben zo terug."

"Oké." E-Z sloot even zijn ogen en de hoge tonen werden hervat. Hij bedekte zijn oren en keek naar de gele en groene lichten die voor zijn ogen dansten. Hij haalde zijn handen weg en hoorde de blote voeten van zijn oom door de gang klapperen.

"Alsjeblieft," zei Sam, terwijl hij een mok warme chocolademelk in de hand van zijn neefje zette. Hij parkeerde zichzelf in de rolstoel waar hij aan nipte en zuchtte.

Met zijn linkerhand sloeg E-Z in de lucht, waardoor hij bijna zijn drankje morste.

"Wat ben je aan het doen?"

"Hoor je het niet? Dat oorverdovende geluid?"

Sam luisterde aandachtig, niets. Hij schudde zijn hoofd. "Als je iets vreemds hoort, waarom probeer je het dan weg te vegen?"

E-Z concentreerde zich op zijn warme drankje en slikte toen een mini-marshmallow door. "Ik neem aan dat je de lichten dan niet kunt zien?"

"Lichten? Wat voor lichten?"

"Twee lampjes: een groene en een gele. Ongeveer zo groot als het uiteinde van je vinger. Hier aan en uit - sinds het ongeluk. Prikken in mijn oren en knipperen voor mijn ogen. Irriteren me."

Sam ging naar het hoofdeinde en keek toe vanuit het perspectief van zijn neefje. Hij verwachtte niets te zien - en dat deed hij natuurlijk ook niet - de poging was ter geruststelling. "Nope, maar vertel me meer, zodat ik beter kan begrijpen hoe het begonnen is."

"Bij het ongeluk zag ik twee lichten, geel en groen en, niet lachen, maar ik denk dat ze tegen me spraken. Daarom heb ik nachtmerries gehad."

"Wat voor soort lichtjes? Bedoel je, zoals kerstverlichting?"

"Nee, niet zoals kerstverlichting. Het is niets. Ze zijn nu weg. Waarschijnlijk posttraumatische stressstoornis, of een flashback."

"PTSS of een flashback zijn twee heel verschillende dingen. Ik vraag me af of je misschien met iemand moet praten. Ik bedoel iemand, naast mij."

"Bedoel je zoals mijn vrienden?"

"Nee, ik bedoel een professional."

POP.

POP.

Ze waren weer terug. Ze knipperden voor zijn neus en maakten hem scheel. Hij hield zich in. Probeerde ze niet weg te slaan. Terwijl Sam met zijn ene hand zijn kopje pakte en met de andere aan zijn voorhoofd voelde, sloeg hij in de lucht. "Blijf van me af!"

Sam keek toe hoe zijn neefje bevroor, als een ijssculptuur op het Winterfestival. Sam knipte met zijn vingers voor zijn ogen, maar er kwam geen reactie. E-Z zuchtte en leunde achterover, haalde diep adem en snurkte binnen een paar seconden als een soldaat. Sam trok de dekens omhoog. Hij kuste zijn neefje op het voorhoofd en keerde toen terug naar zijn kamer. Uiteindelijk viel hij in slaap.

De volgende dag stelde Sam voor dat E-Z zijn gevoelens zou opschrijven, misschien in een dagboek. Ondertussen zou hij informeren naar een afspraak met een professional.

"Bedoel je een psychiater?"

"Of een psycholoog. En schrijf het ondertussen op. Wanneer je ze ziet, hoe ze eruit zien - noteer de waarnemingen."

"Een dagboek, ik bedoel, op wie lijk ik, Oprah Winfrey?"

"Nee," zei Sam. "Knul, je hebt nachtmerries, hoort hoge tonen en ziet lichten. Dat kan een teken zijn van, zoals je zei, PTSS of iets medisch. Ik moet het onderzoeken en met je dokter praten, zijn advies inwinnen. Ondertussen kan het helpen om je gedachten op te schrijven en een dagboek bij te houden. Veel mannen hebben dagboeken geschreven of een dagboek bijgehouden."

"Noem er eens één wiens naam ik zou herkennen?"

"Eens kijken, Leonardo da Vinci, Marco Polo, Charles Darwin."

"Ik bedoel iemand uit deze eeuw."

"Je hebt Oprah al genoemd."

✳✳✳

D E GEESTELIJKE GEZONDHEID VAN **E-Z** verbeterde na een paar sessies met een therapeut/counsellor. Ze was aardig en veroordeelde de tiener niet, zoals hij bang was. In plaats daarvan gaf ze suggesties en specifieke strategieën om hem te kalmeren en te helpen. Zij had, net als zijn oom Sam, ook voorgesteld om alles op te schrijven - in een dagboek.

In plaats daarvan schreef hij een kort verhaal voor een schoolopdracht, geïnspireerd door de lievelingsvogel van zijn moeder: een duif. Nadat hij een 10+ had gekregen voor zijn werkstuk, schreef zijn lerares zijn verhaal in voor een schrijfwedstrijd voor de hele provincie. Eerst was hij boos dat ze zijn verhaal had ingezonden zonder het hem te vragen. Maar toen hij won, was hij ongelooflijk blij. Sindsdien schreef zijn lerares zijn verhaal in voor een landelijke wedstrijd.

Terwijl zijn neef zich verdiepte in de kunst van het schrijven, begon Sam aan een nieuwe hobby: genealogie. Op een avond tijdens het diner flapte hij eruit:

"Nu je een kort verhaal hebt geschreven en wat succes hebt gehad, moet je misschien proberen een roman te schrijven."

"Ik? Een roman? Echt niet."

"Jij hebt schrijversbloed," onthulde oom Sam. "Door onze geschiedenis na te gaan, heb ik ontdekt dat jij en ik familie zijn van de enige echte Charles Dickens."

"Misschien moet JIJ dan maar een roman schrijven." Hij lachte.

"Ik ben niet degene met een bekroond kort verhaal."

De groene en gele lichten flikkerden boven zijn bord. Hij hoorde tenminste niet dat hoge geluid van Uncle Sam.

".... Tenslotte zijn jij en ik neven door de tijd met Charles Dickens. Kijk naar alles wat je hebt overwonnen. Je bent een geweldig kind - wat heb je te verliezen?"

Zijn naam is Ezechiël Dickens en dit is zijn verhaal.

HOOFDSTUK EEN

In de eerste dertien jaar van zijn leven was hij bekend onder verschillende namen. Ezechiël, zijn geboortenaam. E-Z, zijn bijnaam. Vanger in zijn honkbalteam. Schrijver van korte verhalen. Zoon van zijn ouders. Neef van zijn oom. Beste vriend. Nu hadden ze een nieuwe naam voor hem.

Niet dat hij het "c"-woord erg vond. Sterker nog, sommige alternatieven vond hij minder leuk. Zoals de opmerkingen die sommige mensen maakten omdat ze dachten dat ze politiek correct waren. "Oh, daar is dat kind dat in een rolstoel zit." Ze zeiden dit terwijl ze naar hem wezen - alsof ze dachten dat hij ook slechthorend was. Of ze zeiden: "Ik vond het jammer om te horen dat je nu in een rolstoel zit." Dat deed hem ineenkrimpen. Maar degene die hem over de rand duwde, was "Oh, jij bent die jongen die nu een rolstoel gebruikt". Sommige mensen voelden zich ongemakkelijk als ze iemand zagen, vooral een jonger iemand in een rolstoel. Als ze zich zo voelden, waarom moesten ze er *dan* iets van zeggen?

Dit riep een herinnering op van lang geleden. Een herinnering aan zijn ouders, die op een regenachtige zaterdagmiddag naar de film Bambi op televisie keken. Mama maakte haar beroemde popcornballetjes. Ze hadden frisdrank, M&M's, marshmallows en papa's favoriete Twizzlers. Thumper het konijn zei: "Als je niet iets aardigs kunt zeggen, zeg dan helemaal niets". Toen Bambi's moeder stierf, was dat de eerste keer dat hij zijn vader en moeder zag huilen om een film. Omdat hij zo geschokt was door hun gedrag, liet hij zelf geen traan.

Sommige jaknikkers op school noemden hem "boomjongen - de kreupele". Een paar waren medesporters die ooit naar hem opkeken toen hij koning was achter de plaat. Hij haatte de boomjongen meer dan de kreupele opmerking. Hij had geen medelijden met zichzelf (meestal niet) en hij wilde ook niet dat iemand medelijden met hem had.

Toen hij op die eerste dag weer naar school moest, deed hij dat met de hulp van zijn vrienden. PJ (kort voor Paul Jones) en Arden steunden en duwden hem waar nodig. Ze stonden al snel bekend als The Tornado Trio. Vooral omdat overal waar ze kwamen chaos ontstond. Toen leerde E-Z het onverwachte te verwachten.

Dus toen zijn vrienden een paar maanden later op een ochtend langskwamen om hem op te halen voor school - en toen zeiden dat ze niet gingen - was hij niet zo verbaasd. Toen ze zeiden dat ze hem moesten blinddoeken - dat had hij niet verwacht.

Op de achterbank vroeg hij. "Waar gaan we heen?" Geen antwoord. "Ga ik het leuk vinden?"

"Ja," zeiden zijn vrienden.

"Waarom dan de mantel en de dolk?"

"Omdat het een verrassing is," zei PJ.

"En je zult het nog meer waarderen als we er eenmaal zijn."

"Nou, ik kan niet weglopen." spotte hij.

Arden's moeder parkeerde. "Bedankt mam," zei hij.

"Bel me als je wilt dat ik je ophaal," zei ze.

De twee vrienden hielpen E-Z in zijn rolstoel en weg waren ze.

"Ligt het aan mij, of lijkt deze stoel lichter elke keer als we hem eruit halen?" vroeg Arden.

"Jij bent het!" antwoordde PJ.

Terwijl ze zich een weg baanden over oneffen terrein, kon E-Z vers gemaaid gras ruiken. Toen zijn vrienden de blinddoek afdeden, was hij op het honkbalveld. Tranen welden op in zijn ogen toen hij zijn vroegere teamgenoten, de tegenstander en Coach Ludlow zag. Ze stonden in volledig uniform op een rij langs de vers bekrijtste basislijn.

"Welkom terug!" juichten ze.

E-Z veegde de tranen weg met zijn mouw toen de stoel dichter bij het speelveld kwam. Sinds het ongeluk zijn droom om professioneel honkbal te spelen had weggenomen, had hij het spel vermeden. Met een brok in zijn keel was hij zo vervuld van emoties dat hij geen adem kon halen.

"Hij heeft er geen woorden voor," zei PJ, terwijl hij Arden een duwtje gaf met zijn elleboog.

"Dat is de eerste keer."

"Bedankt, jongens. Jullie hadden geen ongelijk dat dit een verrassing was."

"Wacht hier," zeiden zijn vrienden.

E-Z werd alleen gelaten om het uitzicht op het honkbalveld in zich op te nemen. De plek die ooit zijn favoriete plek op aarde was geweest. Hij kreeg weer tranen in zijn ogen toen hij het groene gras zag glinsteren in het zonlicht. Hij veegde ze weg toen zijn vrienden terugkwamen met een tas vol spullen.

Arden leunde voorover, "Verrassing maat, je vangt vandaag!"

"Wat bedoel je? Ik kan hier niet in spelen!" zei hij terwijl hij met zijn handen op de armen van de rolstoel sloeg.

"Hier, kijk hier eens naar terwijl we je aankleden," zei PJ terwijl hij zijn telefoon overhandigde en op play drukte.

E-Z keek verbaasd toe hoe spelers zoals hij het honkbalveld opkwamen. Hij keek goed naar hun stoelen, die gemodificeerde wielen hadden. Een speler rolde naar de plaat, raakte de bal en zoefde rond de honken.

"Wow! Dit is geweldig!"

"Als zij het kunnen, kun jij het ook!" zei Arden terwijl hij de kniebeschermers om de benen van zijn vriend deed terwijl PJ de borstbeschermer vastmaakte. Op weg naar het veld gooiden zijn vrienden hem het vangersmasker en zijn handschoen toe.

"Batter up!" riep coach Ludlow.

De werper gooide de eerste fastball precies in de zone en hij ving hem.

De tweede worp was een pop-up. E-Z ging ervoor, zoemde eroverheen, tilde zichzelf op. Hij reikte. Hij verbaasde zelfs zichzelf toen hij hem ving. Ze hadden het niet gemerkt, maar hij had zichzelf opgetild. Zijn kont had de zitting van zijn stoel verlaten en hij had geen idee hoe hij dat had gedaan.

"Wauw," zei PJ, "dat was een uitstekende vangst."

"Ja, je zou het waarschijnlijk gemist hebben, als de stoel er niet was geweest."

E-Z glimlachte en speelde verder. Toen het spel voorbij was, voelde hij zich goed. Normaal. Hij bedankte de jongens dat ze hem er weer bovenop hadden geholpen.

"Volgende keer sla je," zei PJ.

E-Z spotte toen Arden's mama hen door de drive through bracht en dan terug naar school. Als ze zich zouden haasten, zouden ze op tijd zijn voor de volgende les begon. Leerlingen verdrongen zich in de gangen terwijl hij naar zijn kluisje rolde. Zijn klasgenoten hoorden het klappertandende geluid van de banden op de linoleumvloer - en ze gingen uit elkaar.

E-Z was het eerste kind dat een rolstoel nodig had op zijn school, maar hij was al een legende voordat hij zijn benen niet meer kon gebruiken. Er was veel voor nodig geweest om hem om hulp te vragen, maar toen hij dat eenmaal deed, kreeg hij het. Hij had hun respect al als atleet, hij had zelf en als lid van het team een heleboel trofeeën gewonnen. Hij moest hun respect opnieuw winnen als zijn nieuwe ik.

Na de wedstrijd gingen ze terug naar school en maakten ze de dag af. Omdat het maar een halve dag was geweest, was E-Z behoorlijk moe toen Arden's mama en zijn vrienden hem na school afzetten.

Nadat hij hen bedankt had, ging hij naar binnen.

"Ik ben thuis, Uncle Sam."

"Dat zie ik, heb je een goede dag gehad," zei Sam.

"Ja, het was een goede dag." Hij rekte zich uit en gaapte.

"Kom maar mee. Ik wil je iets laten zien. Een verrassing."

"Niet nog een," zei E-Z terwijl hij zijn oom door de hal volgde. Eerst rechts, de kamer van zijn ouders - voorbestemd om ooit een logeerkamer te worden. Tot die tijd was het precies zoals ze het hadden achtergelaten - en dat zou zo blijven tot E-Z anders besloot.

Af en toe bood Uncle Sam aan om hem te helpen de kamer te doorlopen, maar zijn neefje zei altijd hetzelfde.

"Ik doe het als ik er klaar voor ben."

Sam stemde met tegenzin in. Hij was vastbesloten dat zijn neefje verder moest gaan. Dit was de eerste stap in de richting van dat doel. Sindsdien had hij met zijn hulpverlener gesproken, die zei dat Sam E-Z moest aanmoedigen om meer over zijn ouders te praten. Ze zei dat hij sneller zou genezen als hij ze een onderdeel van zijn dagelijks leven zou maken. Ze liepen verder door de hal, langs de badkamer, en stopten bij de box of opslagruimte.

"Ta-dah!" zei Uncle Sam terwijl hij hem naar binnen duwde.

E-Z was sprakeloos toen hij het pas getransformeerde kantoor in zich opnam. In het midden, voor het raam dat uitkeek op de tuin, stond een bureau. Daarop stond een gloednieuwe spelcomputer en een geluidssysteem opgesteld. Hij schoof zijn stoel onder het bureau - perfect passend - en liet zijn vingers langs het toetsenbord glijden. Vlakbij stond een printer, opgestapeld met papier en een prullenbak - alles binnen handbereik.

Links van hem stond een boekenplank. Hij rolde zich dichterbij. Op de eerste plank stonden boeken over schrijven en klassiekers. Hij herkende verschillende favorieten van zijn ouders. De tweede plank bevatte trofeeën, waaronder de prijs voor zijn schrijven. Op de derde en vierde plank stonden al zijn favoriete jeugdboeken. De onderste twee planken waren leeg. Zijn ogen gingen naar de bovenkant van de boekenplank, hij moest zijn stoel achteruit zetten om te zien wat daar stond.

Sam kwam naast hem de kamer binnen. Hij legde een hand op de schouder van zijn neefje.

"Die, ik wist niet zeker of het te vroeg was. I..."

Het pièce de résistance: een familiefoto. Er rolde een traan over zijn wang toen hij terugdacht aan de dag van de fotoshoot. Het was in een kleine fotostudio in de stad. Ze waren allemaal verkleed. Papa in zijn blauwe pak. Mama in haar nieuwe blauwe jurk met een rode sjaal om haar nek. Hij in zijn grijze pak - hetzelfde pak dat hij droeg op hun begrafenis.

Hij vocht tegen een snik, terwijl hij terugdacht aan de opstelling in de studio van de fotograaf. De studio had alles in kerstsfeer - ook al was het nog maar juli. Hij glimlachte, denkend aan de goedkope kerstversiering en de nepopen haard. Weken later kwam de kaart met de post, maar voor zijn ouders was die kerst nooit gekomen. Hij draaide zijn stoel naar de uitgang en liep door de hal met zijn oom achter zich aan.

"Ik weet dat het tijd kost. Het spijt me als ik te snel te ver ben gegaan, maar het is al meer dan een jaar geleden en wij, ik en je begeleider, vonden dat het tijd was."

E-Z liep door. Hij wilde weg. Naar zijn kamer vluchten en de wereld buitensluiten, toen schoot hem iets te binnen. Iets cruciaals. Zijn oom kon de geschiedenis van de foto niet kennen. Als hij het had geweten, had hij hem daar niet neergezet. Na alles wat hij voor hem gedaan had, was hij hem een verklaring schuldig. Hij stopte.

"We hebben het nooit gebruikt, het was bedoeld voor onze kerstkaart, maar ze hebben de kerst nooit gehaald."

"Het spijt me zo. Ik wist het niet."

"Ik weet dat je dat niet deed, maar dat maakt het niet minder pijnlijk."

Uitgeput, zowel lichamelijk als geestelijk, ging hij dichter naar zijn kamer. Zijn innerlijke dialoog ging verder met positieve versterking. Hem eraan herinnerend dat alles er morgen beter uit zou zien. Omdat dat bijna altijd zo was.

"Het was bedoeld als een plek voor jou om te schrijven. Vergeet niet dat je nu een bekroond auteur bent en dat je schrijversbloed hebt."

Hij was bijna in zijn kamer - waarom had zijn oom hem niet laten gaan? Zijn humeur laaide op.

"Ik heb één kort verhaal geschreven, maar dat betekent niet dat ik er meer kan of wil schrijven. Jij zegt dat ik het bloed van Charles Dickens door mijn aderen heb stromen, maar wat ik wil is catcher worden voor de L.A. Dodgers. Het is niet omdat ze me boomjongen noemen - de kreupele, dat ik me moet schikken. Waarom zou ik me moeten schikken?"

"Ik wou dat je het 'c'-woord niet gebruikte."

"Kreupele, stomme kreupele," zei hij terwijl hij zich abrupt omdraaide en met zijn elleboog tegen de muur smakte. Zijn niet zo grappige, grappige bot deed enorm pijn.

"Gaat het?"

E-Z gromde een antwoord en liep toen door naar zijn kamer. Hij was van plan de deur achter zich dicht te slaan. In plaats daarvan werd hij half in en half uit de deuropening geklemd. Toen blokkeerden de wielen van zijn stoel.

"FRICK!"

Sam liet de stoel los zonder iets te zeggen. Hij sloot de deur op weg naar buiten.

E-Z pakte een paar onbreekbare voorwerpen en gooide ze tegen de muur. Om te kalmeren visualiseerde hij zijn ouders, die hem vertelden hoe trots ze op hem waren. Dat miste hij. Maar als zijn vader hier nu was, zou hij hem uitschelden omdat hij zo'n snotaap was. Zijn moeder zou hem ook uitschelden, maar op een vriendelijkere en zachtere manier. Hij veegde de tranen weg. Hij voelde de steek van schaamte en zijn lichaam zakte ineen van pure uitputting in zijn rolstoel.

Oom Sam vroeg door de gesloten deur: "Gaat het?"

"Laat me met rust!" antwoordde E-Z. Ook al had hij zijn hulp nodig. Zonder hem kon hij niet in zijn pyjama of in bed kruipen. Hij zou in de stoel moeten slapen, in zijn kleren. Diep van binnen wist hij altijd de waarheid. Als hij er niet meer om zou geven, zou iedereen er ook niet meer om geven. Dan zou hij echt helemaal alleen zijn.

Hij rolde zijn stoel naar het raam en keek naar de nachtelijke hemel. Muziek. Het was het enige dat hen als familie echt met elkaar verbond. Natuurlijk hadden ze hun verschillen in muziekgenres, maar als er een goed liedje op de radio kwam, zetten ze dat aan de kant.

Een schurftige zwarte kat liep over het gazon. Zijn moeder had altijd gewild dat ze naar New York zouden gaan om *Cats* te zien op Broadway. Hij wenste dat ze samen waren gegaan. Een herinnering creëren. Nu zouden ze dat nooit meer doen. Dat liedje, iets over herinneringen deed hem naar zijn telefoon grijpen. Hij koos voor een hard rock anthem, draaide het volume omhoog. Met zijn vuisten trommelde hij op de beat van zijn stoel terwijl hij tekeer ging en de tekst uitschreeuwde.

Tot hij er zo hard tegenaan schommelde dat hij uit zijn stoel rolde en op de grond belandde. Eerst wilde hij huilen toen hij zijn kamer vanaf de grond zag. In plaats daarvan begon hij te lachen en kon niet meer stoppen.

"Alles goed daarbinnen?" vroeg Sam.

"Ik kan je hulp wel gebruiken." Zijn maag deed pijn van het lachen.

De eerste reactie van Sam was alarm - toen hij zijn neefje op de grond zag liggen met zijn buik vast. Toen hij zich realiseerde dat hij die vasthield van het lachen, zakte hij naast hem op de grond.

Later, toen Sam wegging, zei hij: "Het komt wel goed, jochie."

"We redden het wel."

Toen sloten ze een pact om tatoeages te nemen.

HOOFDSTUK TWEE

"S ORRY, IK KAN VANDAAG geen honkbal met jullie spelen."

"Kom op," zei Arden. "*Zo* slecht was je de vorige keer niet."

"Rot op," antwoordde E-Z. Hij versnelde om zijn oom tegemoet te komen en botste tegen Mary Garner, de hoofdcheerleader.

"Oh, sorry, Mary."

Het was de eerste keer dat hij haar zag sinds het ongeluk. Hij keek op toen haar haar als een gordijn over zijn ogen viel: het rook naar kaneel en honing.

"Idioot," zei ze. "Kijk uit waar je loopt."

Ze deinsde achteruit en marcheerde weg. Haar gevolg volgde.

Hij glimlachte en boog zijn nek om haar weg te zien lopen. Zijn vrienden kwamen langszij en deden hetzelfde. Arden floot.

Ze wierp een blik over haar schouder en wierp een vogel in hun richting.

"God, ze is fantastisch," zei PJ.

"Ze is lekker," zei Arden.

"Heel erg."

Bij het verlaten van de school vroeg PJ: "Vertel ons eens waarom je vandaag niet wilt spelen."

"Ja, help ons, begrepen," zei Arden, terwijl hij een gezicht trok en zijn ogen kruiste. "We zijn nutteloos zonder jou."

"Kijk, oom Sam en ik hebben een pact gesloten. Om samen iets te doen - iets groots - na school vandaag."

Zijn vrienden kruisten hun armen en blokkeerden de weg van zijn stoel.

"Je bent nog steeds van plan om ons uit te sluiten - en je wilt ons niet eens vertellen waarom?" zei de roodharige PJ.

"Je bent een echte klootzak."

"Dat zouden we je nooit aandoen."

Ze liepen weg, het tempo opvoerend.

E-Z versnelde, maar het was niet genoeg. "Wacht! We krijgen tatoeages!"

Zijn vrienden bleven staan.

"Ik laat een tatoeage zetten ter nagedachtenis aan mijn vader en moeder - duivenvleugels, één op elke schouder."

"We gaan met je mee!"

"Ik dacht dat jullie zouden denken dat ik sentimenteel was."

Ze liepen verder zonder iets te zeggen.

"Oom Sam ontmoet me bij de tattooshop."

HOOFDSTUK DRIE

T OEN SAM ZIJN NEEFJE met zijn vrienden zag, was hij verrast.

"Ik dacht dat dit pact tussen ons was, d.w.z. een geheim?"

"De jongens wilden me meenemen naar een wedstrijd - ik moest het ze vertellen."

"Oké, dat is redelijk. Maar ik heb niet de gewoonte om voor hun ouders in te vallen of toestemming te geven namens hun ouders." Dan tegen PJ en Arden: "Ik vind het goed dat jullie hier zijn, maar alleen jullie ouders kunnen jullie tatoeages goedkeuren."

"Wacht!" zei PJ. "Ik heb er zelfs nooit aan gedacht dat we tatoeages zouden nemen."

"De mijne zullen zeker nee zeggen," zei Arden. Zijn ouders hadden problemen, waar hij volop van profiteerde. Hij deed alsof hun voortdurende ruzie hem meestal niet stoorde. Af en toe, als hij het niet meer aankon, zocht hij zijn toevlucht bij een vriend.

"De mijne ook." PJ was de oudste en had twee zussen van vijf en zeven jaar. Zijn ouders moedigden hem aan om het goede voorbeeld te geven en meestal deed hij dat ook. Door zich te richten op een toekomst in de sport, hield hij zichzelf op het goede spoor.

De tieners deelden een gloeilampmoment en gaven elkaar een high five.

"Wat?" vroeg Sam.

"We vertellen ze waarom E-Z het doet en dat we tatoeages willen om hem te steunen," zei PJ.

Arden knikte.

"Wacht eens even. Dus jullie twee idioten willen de dood van mijn ouders gebruiken als excuus om een tatoeage te laten zetten?"

Sam opende zijn mond, maar de woorden ontsnapten hem.

PJ en Arden hadden een rood gezicht en staarden naar de stoep.

E-Z liet hen gaan. "Mij best."

Sam sloot zijn mond terwijl hij en de twee jongens een halve cirkel rond de rolstoel vormden.

"Beloof me één ding - geen vlinders."

"Hé, wat hebben jullie tegen vlinders?" vroeg Sam.

HOOFDSTUK VIER

OM EEN LANG VERHAAL kort te maken, PJ en Arden overtuigden hun ouders om hen tatoeages te laten zetten.

"Ik kom zo bij jullie," zei de tatoeëerder terwijl hij een blik wierp op de vier. Tegenover de spiegel stond een gespierde mannelijke klant die nog een tatoeage aan zijn vele tatoeages aan het toevoegen was. Deze nieuwe zat tussen zijn duim en wijsvinger. "Ben jij Sam?" vroeg de man die de tatoeage zette.

Sam had gelezen dat de hand een van de pijnlijkste plekken was om een tatoeage te laten zetten. "Ja, ik heb met je gesproken aan de telefoon. Dit is mijn neef E-Z en zijn vrienden PJ en Arden."

"Willen jullie alle vier tatoeages, vandaag? Want ik verwachtte er maar twee van jullie."

"Dat spijt me. We kunnen een nieuwe afspraak maken, als dat nodig is, of ik kan de mijne op een andere dag laten doen," zei Sam verlangend.

"Gelukkig komt mijn dochter me binnenkort helpen. Dus welkom bij Tattoos-R-Us. Je kunt daar wachten. Help jezelf aan een glas water. Er zijn ook wat brochures die je misschien wilt bekijken. Ze kunnen je helpen om te beslissen waar je je tattoo wilt. Elk gebied op het lichaam heeft een pijngrens." De gespierde man die getatoeëerd werd grinnikte.

"Bedankt," antwoordde Sam terwijl ze naar de wachtruimte liepen. Eenmaal op een sofa, gaven zijn stuiterende knie PJ en Arden de kriebels. Ze staken de kamer over en keken naar het prikbord. Om zijn zenuwen in bedwang te houden, brabbelde Sam verder. "Ik heb ze nagetrokken op internet, ze bestaan al vijfentwintig jaar en die man die we spraken is de eigenaar. Ze hebben een uitstekende reputatie bij het Better Business Bureau. Plus, heel veel vijf-sterren recensies op hun website."

Alle ogen draaiden zich om toen een opvallende vrouw, gekleed in goth-achtige kledij, het pand binnenkwam. Ze was in de dertig en te oordelen naar haar gelaatstrekken was ze de dochter van de eigenaar. Ze had tatoeages op elk stukje blootgesteld vlees en overal elders sporadische piercings.

"Sorry dat ik te laat ben," zei ze, terwijl ze haar vader op de schouder tikte. Ze wierp een blik op de wachtruimte en fluisterde hem iets toe. Ze straalde een brede glimlach en draaide zich naar de klanten.

"Hoi, ik ben Josie." Ze stak haar hand uit en schudde elk van hen de hand. "Dat is Rocky daar. Hij is de eigenaar en ik ben zijn dochter."

"Ik ben Sam, en dit is mijn neef E-Z en zijn twee vrienden, PJ en Arden." Hij viel eerder dan dat hij weer ging zitten.

Josie ging een glas water voor hem halen.

E-Z dacht na over hoeveel pijn de piercing op haar tong moest hebben gedaan, toen zei hij tegen zijn oom: "Dat hoeft niet."

"Noem je me een kip?" zei hij, terwijl zijn hele lichaam trilde toen Josie het glas in zijn hand zette. Toen hij het naar zijn lippen bracht, morste hij wat water.

"Jullie zijn tatoeage maagden, toch?" vroeg Josie.

E-Z vond dat ze een lieve stem had, zoals Stevie Nicks, zijn vaders favoriete zangeres van Fleetwood Mac, die zong over Rhiannon de heks.

Ze hoefden niet te antwoorden, want hun zwijgen zei genoeg.

"Nou, je bent in uitstekende handen bij Rocky. Hij is de beste tatoeëerder in de stad. Het zal pijn doen jongens. Ja, het zal pijn doen. Maar het is het soort pijn waar John Cougar over zingt. Je weet wel, het doet zo goed pijn."

Sam grimaste. "Hoeveel pijn doet het eigenlijk?"

"Het hangt af van je pijngrens - en waar je het wilt hebben. Er ligt daar een brochure die de verschillende gebieden van het lichaam in kaart brengt en een pijnclassificatie geeft."

E-Z voelde zijn gezicht heet worden en de teint van zijn vrienden had een soortgelijke tint. Hij wierp een blik in Sam's richting en zag hoe zijn teint een groenige tint had gekregen.

Josie ging verder. "Na je eerste tattoo ga je het misschien leuk vinden en wil je meer."

Sam stond op, zijn lichaam trilde van angst.

"Hij heeft misschien wat frisse lucht nodig," zei E-Z, terwijl hij zijn oom naar de deur dirigeerde.

Eenmaal buiten ijsbeerde Sam op en neer over het trottoir, met een hart dat uit zijn borst wilde springen. "Ik wou dat ik rookte."

"Ik waardeer het dat je met me meegaat, echt waar, maar eerlijk gezegd hoef je er niet mee door te gaan. Ik weet dat we een pact hebben gesloten, en dit is iets wat ik wil doen - ter nagedachtenis aan mijn vader en moeder - maar je bent me niets verschuldigd. Waarom ga je niet even wandelen, misschien koffie drinken en we sms'en je als we klaar zijn, oké?"

"Ik zei dat ik er altijd voor je zou zijn. Ik ben er nu voor je. Ik haat naalden. En boren. Ik dacht dat ik het kon, maar nu realiseer ik me dat de angst sterker is dan ik. Ik ben zo'n watje."

"Je bent er altijd voor me geweest, Uncle Sam. Dat hoef je mij niet te bewijzen, aan niemand, door een tatoeage te nemen die je niet eens wilt. En nu wegwezen. Ik bel je als we klaar zijn." Hij rolde zichzelf terug de oprit op met zijn vrienden in de rij achter hem. Hij keek over zijn schouder naar Sam. De arme jongen was zo stijf als een standbeeld.

"Ik red me wel. En nu wegwezen."

Sam lachte. "Maar voordat ik ga, kun je me beter de brief geven die ik gisteravond heb geschreven, zodat ik de namen van PJ en Arden kan toevoegen. Want zonder mijn toestemming krijgt niemand van jullie een tatoeage."

"Goed bedacht," zei E-Z terwijl hij het briefje doorgaf. Nu getekend kwam het weer naar boven. Hij stopte het in zijn zak en ze gingen naar binnen waar Josie stond te wachten.

"Oké, jij bent de volgende. Als je in je broek gaat pissen, zal ik je nu laten zien waar het toilet is."

"Bijt me," zei E-Z terwijl hij zijn stoel in positie bracht.

*** *

Terwijl Rocky klaar was bij de toonbank, overhandigde Josie E-Z een boek met tatoeages.

"Ik weet het al zonder te kijken. Ik wil graag een duivenvleugel, op elke schouder." Daar waren ze weer, de groene en gele lichtjes. Hij wilde ze zo graag wegslaan, maar hij wilde niet dat Josie ook dacht dat hij gek was.

Josie bladerde door het boek. "Is dit wat je in gedachten had?"

Hij knikte en keek naar haar in de spiegel toen ze haar handen waste en een paar zwarte handschoenen aantrok. Ze haalde de inktpotjes uit de steriele verpakking en zette ze op tafel.

"Heb je een briefje, van je ouder of voogd? Ik neem aan dat je nog geen achttien bent?"

E-Z glimlachte en overhandigde haar het briefje.

"Alles ziet er goed uit. Nu naar belangrijkere zaken. Heb je een harige rug?" Ze glimlachte. "Zo ja, dan moeten we die eerst schoonmaken en scheren. Ik bedoel je hele rug."

"Zeker niet."

Het geluid van zijn vrienden die grinnikten vanuit de wachtruimte deed hem ook glimlachen. Ondertussen verdween Josie naar de achterkamer en klonk er muziek. Even Another Brick in the Wall, toen geen muziek.

"Hé, waarom doe je dat?" vroeg hij.

"Ik verafschuw alles van Pink Floyd." Ze ging verder met dingen klaarzetten.

"Dat kun je niet zeggen, tenzij je nog nooit naar Dark Side of the Moon hebt geluisterd."

"Ik heb geluisterd, het was onzin," zei ze terwijl ze zijn shirt over zijn hoofd trok. "Oh!"

POP.

POP.

En de twee lichten verdwenen.

Rocky liep naar haar toe en ging naast haar staan. "Wat krijgen we nou?"

"Wat maakt het uit, inderdaad," zei Josie.

Dat bracht PJ en Arden hier.

"Ik snap het niet, E-Z. Waarom zou je liegen?"

"Natuurlijk zou hij niet liegen - E-Z liegt nooit," zei Arden.

"WAT!?" vroeg E-Z, terwijl hij zijn stoel probeerde te manoeuvreren zodat hij kon zien wat zij zagen. "Liegen? Waarover? Vertel het me, wat het ook is. Ik kan het aan."

Josie vroeg: "Waarom heb je gelogen over het feit dat je een tatoeage maagd bent?"

✳✳✳

"Dat deed **ik** niet!" stamelde E-Z, geen idee hebbend wat ze bedoelde.

"Wacht even," zei Arden. "Kom op vriend, als je gelogen hebt, moet je daar een goede reden voor hebben."

"Het spel is uit!" zei PJ. "Hoewel, hij had ze niet kunnen krijgen zonder toestemming van een volwassene."

Rocky pakte een handspiegeltje en zette het zo neer dat E-Z kon zien wat ze zagen. Twee tatoeages, één op zijn rechterschouder en de andere op zijn linkerschouder. Vleugels.

"What the?"

"Hij zei dat hij vleugels wilde," zei Josie. "Ik dacht dat je een aardige jongen was."

"Dat ben ik ook! Eerlijk gezegd heb ik geen idee hoe ze daar zijn gekomen, en dit zijn niet het soort vleugels dat ik wilde. Ik wilde duivenvleugels. Deze lijken meer op engelenvleugels."

"Kom op maat," zei Rocky. "Deze zijn door een prof gedaan. Een tijdje geleden. En het zijn trouwens heel uitzonderlijke engelenvleugels. Mijn complimenten voor degene die ze heeft gemaakt. Zeg ze dat als ze ooit werk zoeken, ze bij mij langs moeten komen."

"Ik zweer het, ik heb geen tatoeages. Dit is de eerste keer dat ik ooit in een tattooshop ben geweest. Vraag maar aan mijn oom. Hij zal me steunen. Hij weet het."

"Dit slaat allemaal nergens op," zei Arden.

Rocky schudde zijn hoofd. "Geef het tenminste toe, jongen."

"Willen jullie twee tatoeages?" vroeg Josie met haar handen op haar heupen.

"Nee," antwoordden ze.

"Mannen zijn zulke leugenaars," zei Josie terwijl ze de deur achter zich dichttrokken.

"Laat maar, schat, het is toch tijd om te gaan eten," en toen hing hij het bordje GESLOTEN op de deur.

✳✳✳

S AM KWAM TERUG EN zag de drie jongens buiten de studio wachten. Hun lichaamstaal was vreemd. De roodharige PJ had zijn armen over elkaar geslagen, terwijl de olijfkleurige Arden zijn handen op zijn heupen had. Ondertussen was zijn neefje bijna in tranen.

"Godzijdank, Uncle Sam, Godzijdank ben je terug."

Hij haastte zich dichterbij. "Oh nee, was het vreselijk pijnlijk? Over een paar dagen wordt het minder. Het komt wel goed. Laat me nu eens kijken." Hij floot toen zijn neefje naar voren leunde zodat hij zijn shirt omhoog kon doen. "Verdomme, die moeten pijn hebben gedaan."

"Waarschijnlijk wel," zei PJ.

"Toen hij ze *voor het eerst* kreeg."

"Eerst? Wat?"

"Hij had ze al toen ze zijn shirt uittrok."

"Wat we niet kunnen achterhalen is, hoe?"

"Wat bedoel je? Ik kan je verzekeren dat hij ze gisteren niet had."

"Zie je wel, ik zei toch dat Uncle Sam me zou steunen." Als ze hem niet geloofden, zouden ze zijn oom geloven, maar waarom zouden ze denken dat hij erover zou liegen? Ze wisten dat hij geen leugenaar was.

"Volgens Rocky heeft hij deze dingen al een tijdje."

"Zie je hoe ze helemaal genezen zijn?" zei PJ. "Rocky en Josie waren geïrriteerd, en daar hebben ze alle recht toe aangezien E-Z net zo verbaasd leek te zijn als wij om hen te zien."

"En jullie twee," vroeg Sam, "hoe ging het met jullie tatoeages?"

"We hebben besloten om niet door te gaan," zei PJ.

"Het voelde niet goed."

Sam zei: "Vertel ons wat er gebeurd is. Verklaar je nader man, want ik kan er geen touw aan vastknopen."

"Dat kan ik niet. Oom Sam, u weet dat ze er gisteren niet waren. Ik heb geen verklaring. Het enige wat ik wil, is naar huis gaan." Hij begon te bewegen, tokkelde op de wieltjes van zijn stoel, sneller, sneller nog sneller. Hij wilde weg, overal weg. Als ze hem niet geloofden, naar de hel met hen.

Toen hij het einde van de straat naderde, veranderden de lichten van groen in rood. Een klein meisje was al bezig met oversteken. Ze stapte van de stoeprand toen een camper de hoek om kwam. Zijn rolstoel kwam van de grond en schoot naar haar toe. Hij stak zijn hand uit en greep haar vast. Net op tijd om te voorkomen dat ze onder de wielen van het voertuig terecht zou komen.

Nu ze buiten gevaar was, kwam de rolstoel weer naar beneden en droeg hij haar in veiligheid. Voor hem stond een witte zwaan die groter was dan normaal. Hij gaf hem een duim omhoog met zijn vleugel en vloog toen weg.

"Zwaan," zei het kleine meisje, terwijl hij rondkeek naar haar ouders.

E-Z maakte van de gelegenheid gebruik om zich in de menigte te mengen en om de hoek te verdwijnen, waarna hij harder dan ooit op de spaken van zijn wielen tokkelde en al snel een paar straten verder was.

"Zag je dat?" riep Arden uit, terwijl hij op de hoek tot stilstand kwam. "Au," zei hij toen de vrouw achter hem tegen hem opbotste. "Au" hoorde hij achter zich, andere voetgangers achter hem botsten tegen elkaar.

PJ hield stand toen de man achter hem op hem inreed. Tegen Arden zei hij: "Ja, ik zag het... maar ik weet niet zeker wat ik zag. De tatoeage vleugels was één ding, dit was...wat? Een wonder?"

"Het was een optische illusie," zei Sam toen zijn telefoon trilde. Het was een berichtje van E-Z met de vraag hem zo snel mogelijk op te komen halen bij de parkeerplaats van de bouwmarkt. "E-Z heeft me nodig, lukt het jullie om de weg naar huis weer te vinden?"

"Natuurlijk, geen probleem, Sam."

"Ik hoop dat het goed met hem gaat."

Sam liep terug naar de auto en probeerde zijn hoofd koel te houden terwijl hij probeerde uit te vogelen wat er zojuist gebeurd was.

Geen van beide jongens wilde praten over wat ze hadden gezien - E-Z's rolstoel tijdens de vlucht.

"Zag je dat?" fluisterden anderen achter hen terwijl een menigte zich verzamelde.

"Ik wou dat ik mijn telefoon bij de hand had," zei een vrouw.

Een tweede vrouw met een microfoon en een camera drong zich naar voren. Toen het licht veranderde, stak ze de weg over, gevolgd door een stel in tranen - de ouders van de kleine meisjes. Achter hen stond de bestuurder van de camper.

"Godzijdank, je was er," riep hij. "Ik had haar niet gezien. Je bent een held. Dank je."

"Mama!" riep het kind, terwijl haar moeder haar in haar armen trok. Zij en haar man omhelsden haar stevig, terwijl de verslaggever dichterbij kwam en de cameraman het moment vastlegde.

Vlakbij zat de man die haar bijna had aangereden te snikken. De verslaggever en fotograaf spraken met hem. "Hij heeft haar gered, haar en mij. De jongen, de jongen in de rolstoel."

Ze probeerden hem te vinden, maar hij was weg. Hij hield zich schuil, als een crimineel. Wachtend tot Uncle Sam hem kwam redden. Proberen te begrijpen wat er gebeurd was. Proberen niet door te draaien.

Terug op de plaats delict veegden twee lichten, een groen en een geel, de gedachten van iedereen in de buurt weg. Daarna vernietigden ze alle opgenomen beelden.

"Wat doen we hier?" vroeg de verslaggever.

"Geen idee," antwoordde de cameraman.

Op weg naar huis voelde E-Z zich een soort van held. Maar hij wist dat de echte held de stoel was; zijn rolstoel die op de vlucht was geslagen.

E-Z Dickens was een Tattoo Angel.

$$***$$

"**I**K VLOOG UNCLE SAM. Ik heb echt gevlogen."

Sam reed de oprit op en parkeerde.

"Je hebt het gezien, toch? Je zag me dat kleine meisje redden. Ik had niet op tijd kunnen zijn en mijn rolstoel wist dat en tilde op van de grond en snelde naar haar toe."

"Ja, ik heb het gezien. Het was uitzonderlijk. Ik bedoel de manier waarop je dat kleine meisje redde van de dood. Maar je stoel ging niet omhoog. Het was het momentum, dat je voortstuwde. Met de adrenalinestoot en hoe snel je moest bewegen om daar te komen, voelde het waarschijnlijk alsof je vloog - maar dat was niet zo."

"Ik vloog. De stoel verliet de grond."

"E-Z kom op. Jij weet en ik weet dat er niet gevlogen is. Dat moet je weten. Ik bedoel, wat denk je dat je bent? Een engel?"

Sam stapte uit de auto, haalde de rolstoel uit de kofferbak en kwam om zijn neefje erin te helpen. Terwijl hij dat deed, schraapte E-Z's rechterschouder tegen de rand van de deur en hij schreeuwde het uit van de pijn.

"Water!" schreeuwde hij. "Het voelt alsof ik in vlammen opga."

Sam rende naar de keuken en kwam terug met een fles water.

E-Z stortte het op zijn schouder. Het verzachtte een beetje, maar toen voelde zijn andere schouder aan alsof hij in brand stond. Hij goot de rest van de fles erop. Sam duwde hem het huis in, terwijl E-Z zijn shirt probeerde uit te trekken. Sam hielp hem het over zijn hoofd te trekken.

"Oh nee!" riep Sam, terwijl hij zijn neus bedekte. De schouderbladen van zijn neefje zagen er nu uit en roken naar verkoold barbecuevlees. Hij haastte zich naar de keuken om meer water te halen.

Onderweg schreeuwde E-Z en bleef schreeuwen, tot hij een black-out kreeg.

HOOFDSTUK VIJF

HET WAS DONKER EN hij was helemaal alleen, met alleen de schaduw van de maan die zich boven hem over de hemel verspreidde.

Zijn armen lagen gekruist op zijn borst, zoals hij dode lichamen had zien liggen bij een begrafenis met open kist. Hij schudde ze uit. Ontspannen legde hij ze op de armleuningen van zijn rolstoel om te ontdekken dat hij er niet in zat. Bang dat hij zou omvallen, sloeg hij zijn armen weer over zijn borst. Maar wacht, hij viel niet om toen hij ze eerder losmaakte - hij deed het opnieuw en bleef overeind.

E-Z hield één arm stevig tegen zijn borst, terwijl de andere, zijn rechter, zo ver mogelijk reikte. Zijn vingertoppen maakten contact met iets koel en metaalachtig. Met zijn linkerarm deed hij hetzelfde en vond opnieuw metaal. Hij leunde voorover, raakte de muur voor hem aan en deed hetzelfde achter hem. Terwijl hij zich verplaatste, verschoof de stoel onder hem, met geven en nemen als een veersysteem. Het was dit systeem dat hem overeind hield, of toch niet?

PFFT.

Het geluid van mist die in de lucht opsteeg. Het was warm, het versterkte zijn reukzin en baadde hem in een boeket van lavendel en citrusvruchten.

Hij daalde af in een diepe slaap, waarin hij dromen droomde die geen dromen waren want het waren herinneringen. Het ongeluk - het gebeurde steeds opnieuw - looping. Hij gooide zijn hoofd achterover en huilde.

"Een moment, alstublieft," zei een vrouwenstem.

Het was een robotstem zoals je die hoort op een opname als er geen mens in de buurt is.

Te bang om weer in te dommelen vroeg hij: "Wie is daar? Alsjeblieft. Waar ben ik?"

"Je bent hier," zei de stem en giechelde toen. Het gelach weerkaatste tegen de silo-achtige container en klonk in zijn oren terwijl het kwam en ging.

Toen het stopte, besloot hij zichzelf los te maken. Met al zijn kracht strekte hij zijn armen uit en duwde. Het voelde goed. Iets doen, alles - in het begin - totdat de claustrofobie de overhand kreeg.

PFFT.

De spray, dichterbij deze keer, ging recht in zijn ogen. Het citroenzuur prikte en tranen welden op alsof hij een ui aan het snijden was, en hij stond op.

Wacht eens even...

Hij viel weer neer. Hij kronkelde met zijn tenen. Hij deed het weer. Hij strekte zijn rechterbeen. Toen zijn linkerbeen. Ze werkten. Zijn benen werkten. Hij tilde zichzelf op...

Een stem, mannelijk deze keer, zei: "Blijft u alstublieft zitten."

Hij kneep zichzelf eerst in zijn rechterdij en daarna in zijn linkerdij. Wie wist dat een paar kneepjes zo goed konden voelen? Niemand kon hem tegenhouden. Zolang hij zijn benen nog kon gebruiken, zou hij weer gaan staan.

Er was een geluid boven hem, alsof er een lift bewoog. Het geluid werd luider. Hij keek omhoog. Het plafond van de silo kwam naar beneden. Het werd groter en groter. Uiteindelijk kwam het tot stilstand.

"Ga zitten," eiste de mannenstem.

E-Z richtte zich op, maar het plafond ging steeds verder omlaag - tot hij niet meer kon staan. Hij zat geduldig te wachten tot het ding zich zou terugtrekken als een lift die naar boven gaat - maar het gaf geen krimp.

PFFT.

"Laat me eruit!"

"Voeg laudanum toe," zei de vrouwenstem.

De muren pauzeerden en spoten toen een extra lange dosis uit.

PPPFFFTTT.

Het was het laatste geluid dat hij hoorde.

✳✳✳

Terug in zijn bed - zich afvragend of hij zijn verstand had verloren en zich het hele silo-incident had verbeeld, was E-Z. Het voelde echt, het rook echt. En de twee stemmen - waarom lieten ze zich niet zien? Hij krabde op zijn hoofd en zag twee lichten voor zijn ogen. Net als eerst was er één groen en één geel.

"Hallo?" fluisterde hij, toen een hoog gejank als van een muggenplaag hem overviel. Hij wierp zijn rechterhand naar achteren en haalde krachtig uit. Maar voordat hij contact kon maken, bevroor hij met zijn hand in de lucht. Zijn ogen werden glazig, als een gehypnotiseerde kip.

POP.

POP.

De lichten veranderden in twee wezens. Elk duwde tegen een schouder en E-Z liet zich op het kussen vallen waar hij zijn ogen sloot en sliep.

"We moeten het nu doen, piep-piep," zei het voormalige gele lampje.

"Laten we eerst kijken of hij slaapt, zoom-zoom," zei de voormalige groentje.

"Oké, laten we aan de slag gaan, piep-piep."

"Hebben we zijn toestemming, zoom-zoom?"

"Hij zei dat hij dat zou doen, maar hij weet het niet meer. Ik ben bang dat het geen bindende overeenkomst is. Het is misschien maar een deel en *je-weet-wel-wie heeft* een hekel aan delen. Om nog maar te zwijgen over het feit dat de menselijke partials gevangen zouden zitten tussen de piepjes."

"Ja, ik vind hem te leuk om hem een tussenzoom te laten worden."

"Als heeft er niets mee te maken. Vergeet niet wat er met de zwaan is gebeurd. Om maar te zwijgen - waarom zeggen mensen wat ze niet moeten zeggen voordat ze zeggen wat ze niet willen zeggen?" Zonder op antwoord te wachten. "We zouden in een lastig parket zitten en *je-weet-wel-wie zou* heel boos piep-piep zijn."

"Maar de mens heeft zijn getatoeëerde vleugels al. Proeven beginnen pas als de proefpersoon heeft ingestemd." Ze knipte met haar vingers en er verscheen een boek. Ze fladderde met haar vleugels en creëerde zo een briesje dat de bladzijden omsloeg. "Zie hier, er staat dat de vleugels pas worden geïnstalleerd NADAT het onderwerp is goedgekeurd. Dus, toen hij ja zei, moet dat de deal bezegeld hebben zoom-zoom." Ze hief haar armen en het boek vloog omhoog, alsof het het plafond zou raken, maar in plaats daarvan verdween het er doorheen.

Ze vlogen, één landde op E-Z's schouder en één op zijn hoofd.

"Ik heb het niet gedaan," zei hij zonder zijn ogen te openen.

"Slaap verder, zoom-zoom," zei ze terwijl ze zijn ogen aanraakte.

"Shhhh, piep-piep."

"Mam kom terug. Kom alsjeblieft terug!"

"Hij is erg onrustig, zoom-zoom."

"Hij droomt, piep-piep."

E-Z opende zijn mond en snurkte als een babyolifant. De bries hield hen in de lucht - ze hoefden niet met hun vleugels te slaan. Ze giechelden, totdat hij zijn mond sloot. Waardoor ze in een vrije val terechtkwamen. Door woedend te flapperen, herstelden ze zich snel.

"Oh nee, hij knarst met zijn tanden, piep-piep."

"Mensen hebben vreemde gewoontes, zoom-zoom."

"Dit mensenkind heeft genoeg meegemaakt. Door deze rechten toe te kennen, zal hij minder pijn voelen, piep-piep."

Het eerste wezen vloog op E-Z's borst en landde met zijn kin naar voren en zijn handen op zijn heupen. Het wezen draaide één keer, met de klok mee. Hij draaide sneller en uit het gefladder van zijn vleugels klonk een lied. Het lied was een lage kreun. Een droevig lied uit het verleden ter viering van een leven dat voorbij was. Het wezen leunde achterover, zijn hoofd rustte tegen E-Z's borst. Het draaien stopte, maar het lied bleef spelen.

Het tweede wezen deed mee en deed hetzelfde ritueel, terwijl het tegen de klok in draaide. Ze creëerden een nieuw lied, zonder de piep-piepjes en zoom-zooms. Want als ze zongen, was onomatopee niet nodig. In alledaagse gesprekken met mensen wel. Dit lied overlaadde het andere en werd een vreugdevolle, hoge viering. Een ode aan de dingen die komen gaan, aan een leven dat nog niet geleefd is. Een lied voor de toekomst.

Een nevel van diamantstof spoot uit hun gouden oogkassen. Ze draaiden zich synchroon om. Het diamanten stof spoot uit hun ogen op het slapende lichaam van E-Z. De uitwisseling ging door tot hij van top tot teen bedekt was met diamantstof.

De tiener sliep rustig verder. Totdat het diamantstof zijn vlees doorboorde - toen opende hij zijn mond om te schreeuwen, maar er kwam geen geluid uit.

"Hij wordt wakker, piep-piep."

"Til hem op, zoom-zoom."

Samen tilden ze hem op toen hij zijn glazige ogen opende.

"Meer slapen, piep-piep."

"Voel geen pijn, zoom-zoom."

Terwijl ze zijn lichaam wiegden, namen de twee wezens zijn pijn in zich op.

"Sta op, piep-piep," beval hij.

En de rolstoel kwam omhoog. Hij plaatste zich onder het lichaam van E-Z en wachtte. Toen er een druppel bloed naar beneden kwam, ving de stoel het op. Absorbeerde het. Verteerd - alsof het een levend ding was.

Naarmate de kracht van de stoel toenam, werd hij ook sterker. Al snel kon de stoel zijn meester in de lucht houden. Hierdoor konden de twee wezens hun taak voltooien. Hun taak om de stoel en de mens te verbinden. Hen voor eeuwig te binden met de kracht van diamantstof, bloed en pijn.

Terwijl het lichaam van de tiener schudde, genazen de gaten in zijn huid. De taak was volbracht. Het diamantstof was een deel van zijn essentie. De muziek stopte.

"Het is gebeurd. Nu is hij kogelvrij. En hij heeft superkracht, piep-piep."

"Ja, en het is goed, zoom-zoom."

De rolstoel keerde terug naar de vloer en de tiener op zijn bed.

"Hij zal er geen herinnering aan hebben, maar zijn echte vleugels zullen snel beginnen te werken, piep-piep."

"Hoe zit het met de andere bijwerkingen? Wanneer zullen ze beginnen, en zullen ze merkbaar zijn zoom-zoom?"

"Dat weet ik niet. Hij kan fysieke veranderingen hebben...het is een risico waard om de pijn te verminderen, piep-piep."

"Afgesproken zoom-zoom."

Uitgeput kropen de twee wezens tegen E-Z's borst en vielen in slaap. Toen hij zich 's ochtends uitrekte, wisten ze niet dat ze er waren en vielen ze op de grond.

"Oeps, sorry," zei hij tegen de gevleugelde wezens voordat hij zich omdraaide en weer ging slapen.

✳✳✳

"B EN JE WAKKER?" VROEG Sam, voordat hij de deur een stukje opende. Zijn neefje lag te snurken, maar zijn stoel stond niet waar hij hem had achtergelaten toen hij hem in bed hielp. Hij haalde zijn schouders op en ging terug naar zijn kamer waar hij een paar hoofdstukken van David Copperfield las. Uren later keerde hij terug naar de kamer van zijn neefje.

"Klop, klop."

"Goedemorgen," zei E-Z.

"Mag ik binnenkomen?"

"Tuurlijk."

"Heb je goed geslapen?"

"Ik denk het wel." Hij rekte zich uit en leunde toen achterover tegen het hoofdeinde.

"Hoe is je stoel hier gekomen? Ik dacht dat ik hem tegen de muur had geparkeerd."

Hij haalde zijn schouders op.

"En kijk eens naar de armleuningen - heb je die geschilderd?"

Hij boog zich voorover, zag de rode zweem en haalde opnieuw zijn schouders op. "Wat is er met me gebeurd?"

"Je viel flauw. Wat ik niet begrijp is waarom. Je zei dat je het gevoel had dat je schouders in brand stonden. Ik heb online gezocht aan de hand van je beschrijving en er kwam een homeopathisch middel tevoorschijn. Verbazingwekkend wat je daar allemaal kunt vinden. Ik mengde wat lavendelolie met water en aloë in een spuitflesje en pompte het rechtstreeks op je huid. Ze zeiden dat het je onmiddellijk verlichting zou geven. Ze maakten geen grapje, want je ontspande en viel in slaap."

"Bedankt, ik voel me nu veel beter." Hij probeerde uit bed te komen, maar de zzzzzs vlogen rond in zijn hoofd alsof hij Wile E. Coyote was. "Ik denk dat ik nog even in bed blijf."

"Goed idee. Kan ik iets voor je halen?"

"Misschien wat toast? Met aardbeienjam?"

"Tuurlijk jochie." Hij verliet de kamer en zei dat hij zo terug zou zijn. Toen hij terugkwam met eten op een dienblad, probeerde zijn neefje te eten, maar hij kon niets binnenhouden.

"Misschien alleen wat water."

Sam bracht een flesje mee, waar E-Z uit probeerde te drinken, maar zelfs dat kon hij niet binnenhouden.

"Ik denk dat ik verder ga met rusten." Zijn ogen bleven open, voor zich uit starend naar niets. "Hoe laat is het?"

"Het is 5 uur 's ochtends en vandaag is het zaterdag. Je bent al bijna twaalf uur weg. Je liet me schrikken."

De verbinding, lavendel op beide plaatsen, vond E-Z vreemd. Had hij een echte cross-over meegemaakt? Het was te toevallig, tenminste als de silo echt bestond. Of was het een droom geweest? Eerder een nachtmerrie. Maar zijn benen werkten wel in die metalen container. Hij zou zo teruggaan - misschien elk risico nemen - om zijn benen weer te kunnen gebruiken.

"E-Z?"

"Wat? Ik. Eerlijk gezegd, denk ik dat ik mijn ogen wil sluiten en wat meer wil rusten."

Sam verliet de kamer en sloot de deur achter zich.

E-Z dromde in en uit het bewustzijn terwijl het ongeluk in een lus werd afgespeeld. Stevie Nicks, die witte vleugels droeg, zorgde voor de begeleidende soundtrack. Terwijl op de achtergrond twee lichten - een groene en een gele - op en neer stuiterden.

$$***$$

De volgende dagen probeerde hij de stukjes in zijn hoofd samen te voegen door een lijst van overeenkomsten te maken:

1. Witte vleugels - witte vleugels op zijn schouders getatoeëerd. Stevie Nicks had witte vleugels in zijn droom.

2. Lavendel - Uncle Sam gebruikte lavendel en aloë om zijn brandwonden te verzachten. In de silo spoot lavendel in de lucht om hem te kalmeren.

3. Gele en groene lichten. Hij zag ze na het ongeluk en in zijn kamer.

4. Rolstoel - had gevlogen zodat hij het kleine meisje kon redden. Toen hij catcher was, had hij zijn kont uit de stoel gelaten zodat hij de bal kon vangen.

5. Armsteunen - waren nu rood. Geen vergelijkbare incidenten. Geen verklaring.

6. Brandend gevoel op schouders/tatoeages die op schouders verschijnen. Geen verklaring.

Hij geloofde niet meer in god, niet meer sinds het ongeluk. Geen enkele god zou een boom zijn ouders laten verpletteren. Ze waren goede mensen, deden nooit iemand kwaad. Wat er met zijn benen gebeurde, deed er niet toe. Elke god die ook maar iets waard was, zou zijn hand uitgestoken hebben en het gestopt hebben voordat het gebeurde.

Tenzij, als er een god was, hij misschien aan het lunchen was. Yeah right.

Zijn lichaam veranderde en hij wilde antwoorden. Diep van binnen wist hij dat de enige manier om ze te krijgen was om terug te gaan naar die verdomde silo - als die bestond.

HOOFDSTUK ZES

DE VOLGENDE OCHTEND ZWEEFDE E-Z in de lucht boven zijn bed sinds zijn vleugels waren ontsproten. Op weg naar zijn nieuwe aanhangsels in de spiegel van zijn kleerkast, botste hij bijna tegen de muur.

"Alles goed daarbinnen?" riep Sam vanuit zijn kamer ernaast.

"Ja," zei hij, zijwaarts fladderend, terwijl hij zijn nieuwe vliegkracht bewonderde. De pluimen fascineerden hem. Vooral de manier waarop ze hem voortstuwden, alsof ze één waren met zijn lichaam. Hij voelde zich meer een vogel dan een engel en probeerde zich te herinneren wat hij op school had geleerd over ornithologie. Hij wist dat de meeste vogels primaire veren hadden, misschien wel tien. Zonder de primaire veren konden ze niet vliegen. Hij had meer dan tien primaire veren op zijn vleugels, en ook meer secundaire. Hij probeerde naar links te gaan, dan naar rechts, om zijn wendbaarheid te testen. Hij voelde zich gewichtloos en vloog door zijn kamer. Zweefde boven de rolstoel - die hij niet meer nodig had. Met deze vleugels kon hij over de wereld zweven. Hij plaatste zijn handen op zijn heupen, net als Superman, en richtte zich in de richting van de deur. Hij kwam daar aan toen Sam de deur opende.

"Ik schrok me half dood!" zei Sam, die bijna uit zijn vel sprong.

Overrompeld probeerde de tiener de situatie onder controle te houden. Hij veranderde van richting, met de bedoeling om naar het bed te gaan. De overgang was echter niet zo gemakkelijk als hij had gehoopt en hij viel in een vrije val.

Sam rende naar de rolstoel en bewoog die heen en weer om hem onder zijn neefje te houden.

E-Z herstelde zich en ging weer omhoog.

"Jij komt hierheen, nu meteen!" riep Sam, zijn vuisten in de lucht zwaaiend.

Hij vloog naar het bed en maakte een veilige landing. Zijn vleugels sloten zich als een accordeon zonder muziek. "Dat was zo leuk. Ik kan niet wachten om naar school te vliegen."

Sam viel in de stoel van zijn neef. "Waar ging dat allemaal over? En denk je echt dat je met die dingen naar school kunt vliegen? Je zou een lachertje zijn."

"Ze zouden eraan wennen en in plaats van me boomjongen - de kreupele te noemen, zouden ze me vliegenjongen kunnen noemen. Ja, dat vind ik leuk."

"Van wat ik zag, was het een onbeholpen poging. En vliegenier klinkt belachelijk."

"Het was mijn eerste poging. Ik krijg het wel onder de knie."

Sam schudde zijn hoofd toen zijn nieuwsgierigheid hem overviel en zijn emoties overstemde om te vluchten. "Mag ik het van dichterbij bekijken?" vroeg hij. "Ik bedoel zonder dat jullie er vandoor gaan?" vroeg hij terwijl hij opstond en E-Z zijn lichaam naar hem toe draaide. "Ze zijn weg. Helemaal. Ik bedoel de tatoeages. Ze zijn vervangen door echte vleugels - en je kunt vliegen. Oh boy!" Hij ging zitten voordat hij viel.

"Ik werd wakker, de vleugels kwamen tevoorschijn en voor ik het wist vloog ik."

"Het is magie. Moet wel. Of misschien dromen we, jij in mijn droom of ik in de jouwe en binnenkort worden we wakker en..." Sam probeerde kalm te blijven voor zijn neefje, maar van binnen ging zijn hart tekeer.

"Het is geen droom."

"Hoe zijn ze eruit gekomen? Moest je iets zeggen? Ik bedoel, zijn er magische woorden die je moet zeggen?"

"Ik kan me niet herinneren dat ik iets gezegd heb. Ik denk dat ik het wel kan proberen." Hij dacht er een paar seconden over na en nam een houding aan als de Denker van Rodin. "Wacht even, laat me iets proberen." Hij zwaaide met een toverstokloze beweging door de lucht: "Autem!"

"Wanneer heb je Latijn geleerd?"

"Duolingo, gratis app op mijn telefoon."

"Ik ook, ik leer Frans. Probeer en haut."

"En haut!" Nog steeds niets. "Til me op! Qui exaltas me!" Geïrriteerd sloeg hij zijn armen over elkaar. "Het is maar goed dat je binnenkwam en me zag vliegen, anders zou je me niet geloven!" Hij vroeg zich af wat PJ en Arden van plan waren - hij had ze al dagen niet gezien. Voor hij het wist gingen zijn vleugels open en zweefde hij boven zijn bed.

"Ro-ro," zei Sam toen de vleugels zich terugtrokken en E-Z de grond raakte.

"Dat zou een cool moment voor je zijn geweest om mijn stoel te pakken."

Sam glimlachte. "Makkelijker gezegd dan gedaan. Sorry. Gaat het?"

"Ik ben niet gewond. Ik bedoel lichamelijk, maar geestelijk, wie weet?" Hij lachte. "Vind je het erg om me een handje in mijn stoel te helpen?"

Sam tilde hem op en zette hem veilig in de stoel. Toen hij achterover leunde, veerden de vleugels met volle kracht terug in plaats van helemaal in te trekken. E-Z ging omhoog, rondfladderend als Tinkerbell.

"Zo, dat is dus hoe het is, hè?" zei Sam.

"Ik moet het onder de knie krijgen - weet niet zeker waarom - maar..."

"Nou, als je er klaar voor bent, kom dan naar beneden en dan gaan we ontbijten. Ik neem mijn laptop mee en dan kunnen we wat onderzoek doen."

"Dat is een slim idee. We kunnen naar Ann's Café gaan. En ik *zou* naar beneden komen - als ik kon." De vleugels trokken zich terug toen E-Z recht boven zijn rolstoel stond. "Dat noem ik nog eens service," zei hij terwijl hij zachtjes in de stoel zakte.

Ze kletsten terwijl hij zich aankleedde. Toen ging E-Z naar de badkamer, terwijl Sam zich klaarmaakte.

Terwijl ze het huis uitliepen in de richting van Ann's Café, was E-Z in tweestrijd. Eén, dat hij het gemist had om er naartoe te gaan en twee, "Ik ben er in geen tijden geweest. Niet sinds..."

"Ik weet het, kiddo. Weet je zeker dat het niet te vroeg is?"

Ontbijten in Ann's Café was een traditie voor zijn familie. Het ging niet alleen vroeg open, om 6 uur 's ochtends, maar het was ook op loopafstand. Binnen waren er privéhokjes, versierd met kunstleer en roodgeruite tafelkleden. Zijn vader zei altijd dat de zaak een 'far out'-thema had. Muziek uit de jaren zestig speelde op de jukeboxen - ze hadden het zo opgezet dat mensen niet hoefden te betalen. En posters van Marilyn Monroe, James Dean en Marlon Brando vulden de muren. Het menu was enorm met alles van Club Sandwiches tot Cheeseburgers tot Fondues. Maar zijn persoonlijke favorieten waren de extra dikke shakes en de Apple Pancakes.

Zodra ze hen zag, kwam eigenares Ann meteen naar haar toe. "Ik heb je gemist." Ze gooide haar armen om hem heen.

"Dit is mijn oom Sam, Ann." Ze schudden elkaar de hand. "Bedankt trouwens voor het kaartje en de bloemen, dat was erg attent."

Haar ogen vulden zich met tranen. "Kom nu hierheen. Ik heb de perfecte tafel voor je."

Het was in een rustige hoek, dus hij hoefde zich geen zorgen te maken dat zijn stoel het keukenpersoneel of de gasten in de weg zou zitten.

"Ik zal je gebruikelijke gerecht meteen laten koken. Weet je al wat je wilt, Sam, of moet ik terugkomen?"

"Wat wil je hebben?"

"Appelpannenkoeken a la mode. Ze zijn de beste van de planeet en Ann brengt altijd extra stroop en kaneel mee."

"Dat klinkt goed, maar ik denk dat ik ga voor saaie spek en eieren, met champignons."

"Begrepen," zei Ann. "En ga je voor een chocolade dikke shake?" Hij knikte. "Koffie voor jou Sam? " "Zwart," antwoordde hij. "En bedankt dat je me zo welkom hebt geheten."

"Elke oom van E-Z is hier welkom."

Nadat Ann de drankjes had gehaald, flapte hij eruit: "Oom Sam, ik denk dat ik in een engel verander."

"Je zou eerst moeten sterven," zei hij, terwijl Ann de drankjes op tafel zette en terugging naar de keuken.

"Misschien ben ik wel doodgegaan, tijdens het auto-ongeluk. Voor een paar minuten. Wie weet hoe lang het duurt om een engel te worden? In de films kan de grote man, als je bij de hemelpoort bent, alles omdraaien en je weer terugsturen. Dat is als je in zulke dingen gelooft, wat ik niet doe."

"Ik ook niet. Er bestaan geen engelen. Noch duivels. Behalve binnen in ieder van ons. Ik bedoel, we hebben allemaal goed en we hebben allemaal slecht in ons. Dat maakt ons mensen. Wat betreft het sterven, ze zouden het me verteld hebben als ze je moesten reanimeren. Dat hebben ze niet gezegd."

"Hoe verklaar je dan de plotselinge verschijning van de tatoeages, en nu zijn ze veranderd in echte vleugels? Gisteren had ik ze nog niet. Wat is er dan gebeurd tussen gisteren en vandaag? Niets dat de groei van nieuwe aanhangsels rechtvaardigt."

"Niet dat je kunt bedenken," zei Sam. Hij lachte.

E-Z stak een pannenkoek in zijn mond en liet de stroop langs zijn kin naar beneden lopen. Ann maakte zich uit de voeten.

"Nou, je ziet er op dit moment niet bepaald engelachtig uit," zei Sam terwijl hij een vork roerei pakte. "Mm, deze zijn echt lekker." Na nog een paar happen reikte hij in zijn aktetas en haalde zijn laptop tevoorschijn. Hij klikte hem aan en typte "definieer engel" in. Hij draaide het scherm zodat ze de informatie konden lezen terwijl ze aten.

"Een boodschapper, vooral van god," las Sam, "een persoon die een missie van god uitvoert of handelt alsof hij door god gezonden is."

"Alsof," herhaalde E-Z terwijl hij nog meer pannenkoeken in zijn mond propte.

Sam las: "Een informeel persoon, vooral een vrouw, die aardig, puur of mooi is. Je bent best mooi, met je blonde haar en blauwe ogen."

"Hou je mond."

"Een conventionele voorstelling," pauzeerde hij. " Van een van deze wezens afgebeeld in menselijke vorm met vleugels." Sam nam nog een slok koffie, net op tijd voordat Ann zijn kopje bijvulde.

"Jullie krijgen indigestie van lezen en eten tegelijk."

E-Z lachte.

Sam zei: "Nee, ik zit in de IT, dus ik kan vrij goed multitasken."

Ann grinnikte en liep weg.

"Wat bedoelen ze met 'deze wezens'?" vroeg E-Z.

"Er staat dat in de middeleeuwse engelenleer engelen in rangen werden verdeeld. Negen orden: serafijnen, cherubijnen, tronen, heerschappijen (ook wel dominions genoemd)," hij pauzeerde, nam een slok water. Toen vervolgde hij: "Deugden, vorstendommen, aartsengelen en engelen."

"Whoa! Probeer dat maar eens snel tien keer te zeggen." Hij glimlachte. "Ik had geen idee dat er zoveel soorten engelen waren."

"Ik ook niet. Dit eten is zo lekker dat ik me blijf afvragen of jij en ik aan het dromen zijn."

"Bedoel je dat je zou willen dat we droomden - en dat mijn vleugels zouden verdwijnen?"

"Ze konden net zo snel vertrekken als ze gekomen waren." Hij schoof de laptop dichterbij en typte "Mens krijgt engelenvleugels." in. E-Z spotte, maar leunde dichterbij om te zien wat er tevoorschijn kwam. Sam klikte op een wetenschappelijk artikel.

"Zoals ik al zei, geen bewijs van engelenvleugels. Ik dacht het niet. Ik denk dat het incident, toen ik het kleine meisje redde, er misschien iets mee te maken had dat ze verschenen. Het was een trigger want het branden begon direct nadat ik thuis kwam en toen, nou ja, je kent de rest."

"Hoe doen jullie het hier?" vroeg Ann.

"Ik heb nog twee pannenkoeken voor je besteld, E-Z, zoals gewoonlijk. Tenzij je meer kunt eten?"

"Perfect."

"En jij, Sam?"

"Nog een keer," zei hij en bood zijn lege mok aan, die ze aannam en tot de rand gevuld terugkwam. Er ging een belletje rinkelen in de keuken en ze ging de pannenkoeken halen.

E-Z goot er ahornsiroop op, gevolgd door een klontje boter. "Je bent de beste," zei hij tegen Ann. Ze glimlachte en liet hen achter om hun maaltijd op te eten.

Oom Sam keek aandachtig naar zijn neefje. Hij wou dat hij de appelpannenkoeken had besteld, maar hij zat al vol.

"Wat?"

"Ik weet het niet, het is alsof wanneer je het eten proeft, je gezicht oplicht als een engel in een kerstboom."

E-Z legde zijn vork neer. "Heel grappig. Je bent een echte komiek."

Toen ze klaar waren met eten, vroeg Sam: "Dus na het lezen over engelen, ben je van gedachten veranderd? Ik bedoel, denk je nog steeds dat je er in een verandert. En zo ja, wat ga je er dan aan doen?"

"Wat bedoel je, DOEN? Ik heb vleugels, kan ze net zo goed gebruiken."

"De manier waarop ik het zie is, als je ze niet gebruikt, als je hun bestaan ontkent - dan zullen ze verdwijnen."

E-Z schudde zijn hoofd. "Geen optie. Je hebt gezien wat er is gebeurd. Ze kwamen naar buiten zonder dat ik iets deed en ik zei je, toen ik vanmorgen wakker werd vloog ik boven mijn bed. Ik zweefde."

"E-Z, ik denk aan de toekomst. Misschien moet je met iemand praten, we moeten hier met iemand over praten."

"Het ongeluk gebeurde meer dan een jaar geleden, de hulpverlener zei dat ik in orde ben. Bovendien is dit allemaal nieuw."

"Het kan vertraagd zijn. Iets kan het geactiveerd hebben."

"Laten we de feiten eens op een rijtje zetten. Nummer één, ik had tatoeages toen ik geen tatoeages kreeg. Ten tweede, mijn stoel kwam van de grond en ik redde een klein meisje - plus, ik kwam van mijn stoel af om een bal te vangen tijdens een wedstrijd. Tot voor kort ontkende ik dat... Nummer drie, de tatoeages brandden als de hel. Nummer vier, echte vleugels verschenen. Nummer vijf, ik kan vliegen. Klinkt dat je bekend in de oren? Ik bedoel in andere gevallen."

"Dat is wat ik niet begrijp. Hoe dit kon gebeuren, maar het brein is een enorm krachtige computer. Het is wat ons scheidt van het dierenrijk en waarom de mens zo lang heeft overleefd. Ik heb verhalen gehoord waarin iemand in extreem gevaar was en er hulp kwam. Of waar iemand vastzat onder een voertuig en een voorbijganger de auto kon optillen om zijn leven te redden."

"Daar heb ik over gelezen; dat heet hysterische kracht - maar ik heb nog nooit gehoord van een geval waarin vleugels groeiden."

"Misschien verschenen de vleugels om je te redden."

"Van wat? Te veel slaap?" lachte hij. "Ze waren wel aardig geweest bij het ongeluk. Ik had papa en mama kunnen laten vliegen om hulp te halen in plaats van daar te wachten met een bloederige boomstam op me. Die me vasthield. Het is geen wonder. Ik, weet niet wat het is Uncle Sam, alles wat ik weet is dat het is."

"We praten. Beoordelen. Ideeën uitwisselen. Proberen antwoorden te vinden."

"Het zou fijn zijn om antwoorden te hebben, maar... wie zou een expert zijn die we in deze situatie kunnen vragen?"

"Hoe zit het met een dominee of een priester?"

E-Z schudde zijn hoofd. Hij was niet meer in een kerk geweest sinds de begrafenis van zijn ouders.

"Wat hebben we te verliezen?"

"Ik denk dat het het proberen waard is, maar... Oh, oh."

"Wat is er?"

"Ik voel druk tegen mijn schouderbladen. Ik moet gaan en we zijn hier niet naartoe gereden. Sorry, ik moet opschieten. Tot thuis." Hij snelde het café uit en bleef doorgaan, totdat zijn vleugels uit zijn capuchon sprongen en hij van de grond werd getild. Thuis besefte hij dat hij geen sleutel had, maar hij kon niet op de veranda blijven - niet met zijn vleugels uit. Hij probeerde Latijn om ze er weer in te krijgen, maar niets hielp. Dus vloog hij omhoog en slaagde erin door zijn slaapkamerraam naar binnen te komen zonder door iemand gezien te worden.

"E-Z!" riep Sam toen hij thuiskwam. "E-Z!"

"Ik ben hierboven."

"Gaat het goed met je? Ik ben zo snel mogelijk gekomen."

"Kom binnen, neem plaats. Geen teken dat ze zich terugtrekken - nog niet."

Hij zag het open raam. "Ik neem aan dat je hierheen bent gevlogen?"

"Ja, maar goed dat ik gisteravond vergeten ben mijn raam op slot te doen. We kunnen net zo goed onze discussie voortzetten, totdat ik weer naar buiten kan."

"Ik ken een priester. Als iemand kan helpen, is hij het wel."

Twee uur later, met deuntjes die uit de radio schalden, waren ze op weg naar de priester. Take Me to Church van Hozier vulde de ether. Toeval? Ze dachten van niet en zongen de tekst uit volle borst mee. Gelukkig kon niemand hen horen met de ramen omhoog.

∗∗∗

I N DE KERK WAS er geen toegang voor rolstoelen en er waren veel trappen om te beklimmen.

"Ga jij maar in de schaduw van de grote eik staan, dan ga ik Vader Hopper zoeken," stelde Sam voor.

"Is dat zijn echte naam?" E-Z lachte.

"Voor zover ik weet. Blijf waar je bent en ik ben zo terug."

"Doen we."

De tiener haalde zijn telefoon tevoorschijn. Hoewel hij genoot van de schaduw die de boom bood - het maakte het onmogelijk om zijn scherm te zien. Hij verplaatste zijn stoel en merkte een ongewoon gebrom in de lucht op. Een geluid dat uit de boom zelf leek te komen.

Hij keek op om te zien of het een vogel was, toen de toonhoogte steeg en het volume toenam. Hij dempte zijn telefoon. Het geluid eindigde en een nieuw geluid begon. Deze was melodieus; betoverend en hij viel in een droomachtige staat.

Zijn hoofd rolde naar voren, tot een nieuw geluid hem wakker schudde. Gefluister, van boven zijn hoofd. Stemmen die uit het gebladerte van de boom stroomden. Hij sloeg zijn armen over elkaar en een rilling ging door hem heen, waardoor zijn vleugels lossprongen. Voor hij het wist, was zijn stoel van de grond getild. Hij bukte voor takken en steeg op naar het hart van de massieve eik.

"Zet me neer!" beval hij.

Hij ging verder omhoog. Toen zijn ledematen de boom raakten, droop er bloed langs zijn onderarmen en hoofd.

"Stop! Jij stomme..."

"Dat is niet erg aardig, piep-piep," zei een hoog stemmetje.

"Ik dacht dat je zei dat hij mooi was als hij wakker was zoom-zoom," zei een tweede stem.

"Whoa!" zei E-Z, terwijl hij probeerde grip te krijgen en niet helemaal door het lint te gaan. Hij haalde een paar keer diep adem. Kalmeerde zichzelf. "Wie, wat en waar ben je?"

"Wie zijn wij inderdaad, piep-piep."

Opnieuw dansten dezelfde lichten, groen en één geel, voor zijn ogen.

Nieuwsgierig zei hij: "Hoi."

Het gele licht verdween.

Een schreeuw.

Toen verdween de groene.

"Wat nou? Jullie twee, wat jullie ook zijn, hou daar mee op. Je bent me een verklaring schuldig. Ik weet dat jullie me stalken. Kom naar buiten en kijk me aan!"

POP.

Een klein groen engelachtig ding landde op zijn neus. Een vreemde, onaantrekkelijke, bijna limburgse stank kwam zijn richting uit. Hij bedekte zijn neus.

"Goedendag, E-Z, piep-piep," zei het ding met een buiging.

Toen het zijn naam zei, verloor hij de controle over zijn vleugels. Hij wiebelde en zwaaide in de lucht als een vogel die leert vliegen. Hij wilde dat zijn vleugels weer tevoorschijn kwamen, maar ze negeerden hem. Hij klampte zich vast aan de armen van zijn stoel terwijl hij naar beneden stortte.

POP!

Nu waren ze met z'n tweeën. Ze pakten elk een van zijn oren en lieten hem en zijn stoel veilig op de grond zakken.

"Au," zei E-Z terwijl hij over zijn oren wreef toen de priester en zijn oom de hoek om kwamen. "Uh, bedankt, denk ik."

POP.

POP.

De twee wezens verdwenen.

"E-Z, dit is Vader Bradley Hopper en hij wil graag helpen."

Hopper stak zijn hand uit, E-Z deed hetzelfde. Toen hun vlees zich met elkaar verbond, verdween de tiener.

Hopper en Sam bleven naast elkaar staan met hun ogen glazig. Beiden staarden in het niets als twee etalagepoppen.

HOOFDSTUK ZEVEN

E -Z'S VOETEN RAAKTEN DE grond en eerst werd hij verblind door wit. Hij zette de ene voet voor de andere, eerst wandelend, toen joggend ter plekke, om vervolgens in volle vaart door te breken. Hij wierp zich tegen de muur, stuiterend, alsof hij in een springkasteel zat.

POP

POP

Hij was niet langer alleen. Voor hem stonden twee meervleugelige dingen, in bloemen. Het ene was groen, het andere geel. Toen hij dichterbij kwam, draaiden hun vleugels als een caleidoscoop rond gouden ogen.

Hij raakte eerst de bloemblaadjes van de groene bloem aan. Hij had nog nooit een volledig groene bloem gezien, laat staan een met ogen. De ogen die hij herkende van hun eerdere ontmoeting. De vleugels kietelden zijn vinger en de groene bloem lachte. Hij vermeed het om met zijn neus te dichtbij te komen, verwachtend dat er een kaasachtige geur naar voren zou komen - maar dat gebeurde niet.

De tweede bloem, geel, had meer bloemblaadjes dan de andere. De bloemblaadjes reageerden op zijn aanraking, zoals koraal dat in de oceaan beweegt. De gouden ogen van deze bloem hadden gedefinieerde wimpers. Hij leunde voorover om het beter te bekijken.

Terwijl hij de twee bleef observeren, vulde een PFFT de lucht. Er kwam een krachtige en zeer mierzoete stank uit die hem misselijk maakte. Hij deinsde achteruit, bedekte zijn neus en veegde de prik uit zijn ogen.

De gele bloem sprak. "Mijn naam is Reiki en we hebben je hierheen gebracht piep-piep."

"Waar is hier precies? En waarom werken mijn benen?"

"Het maakt niet uit waar, E-Z Dickens, noch waarom je bent zoals je bent piep-piep."

Hij stak de kamer over en pakte de gele bloem met zijn rechterhand en de groene met zijn linker. WHOOSH! Deze keer werd hij getroffen door een doordringende mist, en hij begon te niezen en bleef niezen.

"Zet ons alsjeblieft neer, voordat je ons laat vallen, piep-piep."

"Daar staat een doos tissues, zoom-zoom."

"Oh, sorry." Hij legde ze neer, pakte een tissue - maar die had hij niet meer nodig. Hij hield afstand en leunde met zijn rug tegen een witte muur.

"We hebben je nu hier gebracht, piep-piep."

"Ik ben Hadz, trouwens zoom-zoom."

"Omdat je het moest weten piep-piep."

"Dat je niet met de priester mag praten, over je vleugels zoom-zoom."

"In feite mag je met niemand over iets piep-piep praten."

Hij legde zijn hand op de muur en liep, terwijl hij nadacht. "Ten eerste, waarom zeg je piep-piep en zoom-zoom?"

Reiki en Hadz rolden met hun ogen. "Heb je niet gehoord van onomatopeeën?"

"Natuurlijk heb ik dat."

"Dan moet je het weten, piep-piep."

"Dat het spanning, actie en interesse toevoegt, zoom-zoom."

"Om ervoor te zorgen dat de lezer het hoort en onthoudt, piep-piep."

"Wat je wilt dat ze weten, zoom-zoom."

Hij lachte. "Dat is waar als je iets leest, maar niet nodig in een gesprek. Ik onthoud wat Reiki zegt omdat hij het zegt en ik onthoud wat Hadz zegt omdat zij het zegt. Ik ga ervan uit dat één van jullie een meisje is en één een jongen - klopt dat?"

"Ja," bevestigde Hadz. "Ik ben een meisje. Oef, ik ben blij dat ik niet steeds zoom-zoom hoef te zeggen."

"En ik ben een jongen. Ik zal het missen om piep-piep te zeggen."

"Je kunt ze zeggen als je wilt, maar het is een beetje vervelend en tijdens een gesprek kan de herhaling saai zijn."

"We willen niet saai zijn!"

"Het zou ons doel om jullie hier te brengen teniet doen."

"Oké," zei E-Z. "Dus, laten we nu teruggaan naar wat je zei voordat we begonnen te praten over een literair apparaat." Ze knikten. "Als ik niemand kan vertellen over wat er met me gebeurt, dan sta ik er alleen voor - wat het ook is. Ik heb een klein meisje gered. Ik neem aan dat het iets met jou te maken had?"

"Ja, je hebt gelijk in die veronderstelling piep, oeps, sorry."

"Ik wil weten wat dit is en waarom het mij overkomt?"

"Sluit je ogen," zei Hadz.

"Dat zal ik doen, maar geen geintjes."

De bloemen giechelden.

Zijn voeten verlieten de grond en hij landde in een andere kamer. In deze kamer werd hij, net als eerder, eerst verblind door wit. Toen zijn ogen gewend raakten aan zijn omgeving, merkte hij de boeken op. Planken en rekken met boeken die torenhoog waren opgestapeld.

"Wees niet bang," zei Hadz.

Hij was niet bang. In feite was hij extatisch. Want in deze kamer kon hij niet alleen zijn benen gebruiken, maar voelde hij ook het bloed door zijn benen pulseren. Zijn zintuigen werden sterker; de geur van oude boeken kwam zijn kant op. Hij snoof het zoete parfum van prunus dulcis (zoete amandel) op. Vermengd met planifolia (vanille) creëerde het een perfecte anisol. Zijn hart klopte, het bloed pompte - hij had zich nog nooit zo levend gevoeld. Hij wilde blijven, voor altijd.

In zijn schoenen gaf de beweging van elke teen hem plezier. Hij herinnerde zich een spelletje dat hij vroeger als kleine jongen speelde. Hij deed zijn schoenen en sokken uit en raakte elke teen aan terwijl hij het rijmpje "Dit varkentje ging naar de markt" zei.

"Hij is gek geworden," zei Reiki, terwijl E-Z uitriep: "Wee!".

"Geef hem even de tijd. Dit is een verbazingwekkende plek."

E-Z trok zijn sokken weer aan. Hij gleed door de kamer over de witte vloeren die glommen als een ijslaag. Hij lachte terwijl hij zich tegen de eerste en dan tegen de tweede muur stootte en op de grond landde. Hij kon niet stoppen met lachen, totdat hij merkte dat er iets vreemds aan de hand was met de boeken boven hem. Hij schudde zijn hoofd toen er een van de plank in zijn hand vloog. Het was een boek van zijn voorvader, Charles Dickens. Het boek ging vanzelf open, bladerde van begin tot eind en vloog toen weer omhoog naar waar het vandaan kwam.

"Welkom in de engelenbibliotheek," zei Reiki.

"Wow! Gewoon wow! Dus jullie zijn engelen?"

"Je hebt gelijk," zei Hadz. "En jullie zijn hier, omdat wij zijn aangesteld als jullie mentoren."

"Aangesteld? Aangesteld door wie? God?" spotte hij.

Hadz en Reiki keken elkaar aan en schudden hun gebloemde hoofden.

"Ons doel."

"Is om je missie aan je uit te leggen."

"Ook om je de weg te wijzen. Om je bij te staan," zeiden ze samen.

"Missie? Welke missie?" Zijn gedachten dwaalden af. In zijn hoofd hoorde hij het thema van Mission Impossible. Zag hoe Tom Cruise met een kabel in een computerkamer werd gedropt. "Hé, wacht eens even! Jullie waren toch in mijn kamer? En jullie volgen me al sinds het ongeluk."

"We wachtten op het juiste moment om onszelf voor te stellen," zei Reiki. "We hadden gehoopt om het op een minder formele manier te doen, maar toen je...."

"...Gaan praten met de Priester, we moesten doorzetten."

"Nou, je hebt wel je tijd genomen. Ik dacht dat ik hallucineerde," zei hij luider dan hij had gewild.

POP.

Reiki verdween.

"Kijk nou wat je gedaan hebt!" zei Hadz.

POP.

Omdat ze weg waren en hij geen idee had waar, wanneer en of ze terug zouden komen. Toch ging hij geen minuut verspillen. Hij ging op de grond liggen en deed twintig push-ups, gevolgd door evenveel jumping jacks. Zijn ogen deden pijn van de schittering en hij wenste dat hij een zonnebril had.

TICK-TOCK.

Uit het niets verscheen een paar Ray Bans. Hij zette ze op, terwijl zijn maag knorde. Hij nam een selfie en keek toen hoe laat het was. Er gebeurde iets vreemds met de klok. Hij werd gek. En de cijfers bleven veranderen. Zijn maag knorde weer.

TICK-TOCK.

Een cheeseburger en frietjes verschenen, nu had hij zijn handen vol. Hij dacht aan een dikke chocoladeshake met een marasquin kers erop.

TICK-TOCK.

Een extra grote shake, met een kers op de bovenkant, kwam aan op een witte tafel die er nog niet eerder had gestaan. Of toch wel? Aangezien zowel de tafel als de muur wit waren?

Voordat hij begon te eten, genoot hij van de geur en bij elke hap van de smaak. Het was alsof hij nog nooit een cheeseburger of frietjes had gegeten. En de kersen smaakten zo zoet, gevolgd door de chocolade. Hij verslond zijn maaltijd staand. Eten smaakte altijd beter als je het staand at. Deze bestelling smaakte zo goed, het was belachelijk.

Toen hij klaar was, bedankte hij niemand voor de maaltijd. Daarna richtte hij zijn aandacht op de bibliotheek en een witte ladder die hem nog niet eerder was opgevallen. Alleen al de gedachte eraan maakte dat de ladder dichter naar hem toe bewoog, alsof hij van nut wilde zijn. Hij klom aan boord en bewoog als een schijf op een Ouija-bord langs de ene plank na de andere met boeken. Toen stopte het.

Terwijl hij klom, las hij de titels op de ruggen. Die recht voor hem waren van Charles Dickens, elk deel had zijn eigen paar vleugels.

Er vloog er een op hem af, *A Christmas Carol*. Het bladerde door een paar pagina's om hem te laten zien dat het een Eerste Editie was, gepubliceerd op 19 december 1843. Terwijl het de pagina's bleef doorlopen, verwonderde hij zich over de illustraties. Hoe gedetailleerd ze waren en nog in kleur ook. En op de achtergrond, achter Tiny Tim en zijn familie op een van de tekeningen, bewoog er iets. Ogen. Twee paar. Hadz en Reiki! Hij liet het boek bijna vallen. Omdat het vleugels had, ging het terug naar waar het op de plank stond. Ondertussen verloor hij zijn evenwicht, viel van de ladder en hing zich vast aan zijn leven. Toen hij weer stabiel was, kwam hij langzaam naar beneden en zette zijn voeten stevig op de grond. Hij vroeg zich af waarom zijn vleugels niet tevoorschijn waren gekomen om hem te helpen. Al het andere hier had vleugels die werkten, de engelen hadden zelfs meerdere paren vleugels. In de wereld daarbuiten werkten zijn benen niet en had hij vleugels, die wel werkten. Hier, waar hij ook was, werkten zijn benen wel, maar zijn vleugels waren nu kapot.

Hij krabde op zijn hoofd. Was oom Sam hier maar. En toch kon hij niet met hem praten. Het was verboden. Maar waarom? Wat konden ze met hem doen? De engelen achtervolgden hem sinds het ongeluk. Hij nam aan dat het goede engelen waren, want ze hadden hem nog niets gedaan. Heimwee overspoelde hem als een gigantische golf die hem dreigde mee te sleuren.

"Ik wil naar huis!" riep hij, toen zijn telefoon trilde. Voordat hij de kans had om hem te ontgrendelen...

POP.

Reiki pakte het en gooide het naar...

POP.

Hadz die het tegen de verste witte muur gooide. Het stuiterde, raakte de grond en viel in stukjes uiteen.

"Je bent me vierhonderd dollar schuldig voor een nieuwe telefoon! Ik hoop dat je engelen geld hebben."

Hadz reikte naar hem toe en sloeg E-Z met zijn vleugel in zijn gezicht. De veren kietelden, in plaats van hem pijn te doen. "Nu jij, E-Z Dickens, ga hier maar zitten." Een witte stoel drukte tegen de achterkant van zijn benen en dwong hem te gaan zitten.

"En doe niet zo lullig," zei Reiki.

"Whoa! Kunnen engelen dat zeggen? Wat voor soort engelen zijn jullie eigenlijk? Engelen in opleiding? Ben ik de man die je gaat helpen om je vleugels te verdienen?"

Hij realiseerde zich dat ze al vleugels hadden. Meerdere paren zelfs. Dus het punt dat hij probeerde te maken leek betwistbaar toen ze boven hem zweefden.

"Ben ik degene die jou gaat helpen, of is het de bedoeling dat jij mij helpt? Want als dat zo is, wat je zei dat je was, dan doe je verschrikkelijk je best. Ik zal niet snel een goed woordje voor jullie doen."

"We wachten op een verontschuldiging."

"Nou, je zult er lang op moeten wachten. Want ik heb dorst."

TICK-TOCK.

Er verscheen een beker wortelbier in een mat glas. Hij dronk het in één teug naar binnen. "Omdat je me hierheen hebt gebracht, zonder mijn toestemming. En..."

"Zwijg!" zei een dreunende stem, terwijl ze uit een van de witte muren kroop.

Ze was net zo lang als het plafond. In feite groter. Ze was krom, maar immens groot en gestalte. Haar vleugels stootten tegen de muren en het plafond. "HOU JE TANDEN VAST!" eiste de engel van enorme omvang, terwijl ze haar vleugels met een SWOOSH naar E-Z toe trok tot hij recht voor zijn neus stond.

✳✳✳

"E-Z DICKENS, JE BENT hier voor mij ontboden," zei de enorme engel. "Ik ben Ophaniel, heerser van de maan en de sterren. En dit zijn mijn ondergeschikten. Je DIENT ze NIET met brutaliteit te behandelen. Jullie DIENEN hen met vriendelijkheid en respect te behandelen, want zij zijn mijn OGEN en mijn OORGEN voor jullie. Zonder hen zijn jullie NIETS."

Hij stamelde een onverstaanbare zin terwijl hij vocht tegen de drang om te vluchten.

"Onderbreek me NIET totdat ik uitgesproken ben," beval Ophaniel.

Hij knikte, zijn lichaam trilde, te bang om een woord te zeggen.

"E-Z," donderde zijn stem. "Je bent gered. We hebben je gered, voor een doel."

Reiki en Hadz fladderden dichterbij en gingen op Ophaniels schouders zitten.

"Wees stil," beval Ophaniel.

Ze vouwden hun vleugels, leunden voorover om geen woord te missen.

E-Z maakte een notitie om hen te vragen hoe hij zijn vleugels net zo efficiënt kon opvouwen als zij dat deden. Tenminste, als hij zijn vleugels terugkreeg.

Ophaniel vervolgde. "Toen je ouders stierven, E-Z Dickens, had jij ook moeten sterven. Het was jouw lot. Eén die wij voor ons doel hebben veranderd. We hebben met succes voor je gepleit. We beloofden dat je opmerkelijke dingen zou doen. Dat je anderen zou helpen. We hebben je gered en er was een schuld ontstaan. Een schuld die je grotendeels hebt betaald door je benen af te staan."

Overgegeven? Dat klonk alsof hij een keuze had. Dat hij definitief had besloten om nooit meer te lopen, wat een leugen was. Hij opende zijn mond om te spreken, maar Ophaniels stem denderde verder.

"Er is nog steeds een schuld, een schuld die je ons verschuldigd bent."

E-Z nam een grote slok lucht. Hij wilde spreken, maar kon het niet. Zijn lippen bewogen maar er kwam geen geluid uit. Hoe durfde deze engel beslissingen voor hem te nemen en hem te vertellen dat hij een schuld had?

"We hebben je gereedschap gegeven - een krachtige stoel. Dit om je te helpen. Zodat je op een dag hier bij je ouders kunt zijn en met ons, met hen, in de evermore kunt wandelen." Ophaniel aarzelde een paar seconden, om dat te laten bezinken. "Je mag me vandaag één vraag stellen, maar slechts één. Maak het goed."

In plaats van over zijn vraag na te denken, flapte E-Z eruit: "Wanneer zie ik mijn ouders weer?"

"Als je je schuld volledig hebt betaald."

"Nog één vraag, alstublieft."

"Er zal tijd zijn voor vragen en er zal tijd zijn voor antwoorden. Voor nu ben je onder de hoede van mijn ondergeschikten. Je mag hen vragen stellen en zij mogen antwoorden. Of ze kiezen ervoor om niet te antwoorden. Het is hun keuze om ja of nee te antwoorden. Op dezelfde manier heb jij de keuze om te antwoorden als ze jou vragen stellen. Behandel hen zoals je zelf behandeld wilt worden en onthul geen details over deze plek of onze ontmoeting. Spreek hier met geen enkel mens over. Ik herhaal, houd deze zaken alleen voor jezelf."

Hij kon nog steeds niet spreken. Zonder het te vragen, ging Ophaniel verder met het beantwoorden van zijn volgende vraag.

"Als je deze belofte breekt, zullen je vleugels als pasta zijn - zwak - en zul je nooit in staat zijn om je schuld terug te betalen."

Hij dacht aan een andere vraag.

"Ja, toen je dat kleine meisje redde - het branden - was een deel van het proces. Je vleugels moeten branden, om sterker te worden, om je te binden, zodat je voorbereid bent op je volgende uitdaging."

Hij dacht: wat als ik dat niet wil?

Ophaniel lachte en vloog naar het hoogste deel van de kamer. Toen verdween ze door het plafond.

HOOFDSTUK ACHT

V OOR HIJ HET WIST zat hij weer in zijn rolstoel tegenover de Priester.

"Uh, Uncle Sam, we moeten gaan. NU."

"Oh," zei Sam, terwijl hij zijn neefje weg zag rijden. "Mijn excuses voor het verspillen van uw tijd, hij uh, moet naar huis." Sam haastte zich terwijl Hopper achter hem aanliep. Hij voerde het tempo op, haalde zijn neefje in en nam de handgrepen over om de rolstoel te duwen. Hopper rende en liep al snel naast hen, zij het buiten adem.

"Ik zie het, je hebt niet echt vleugels dan E-Z."

Hij wierp een blik over zijn schouder, bracht een nepglas naar zijn lippen en rolde toen met zijn ogen.

"Ik heb geen drankprobleem," zei Sam uitdagend.

Opnieuw rolde de tiener met zijn ogen toen ze de parkeerplaats naderden. De priester volgde niet.

Toen ze bij de auto waren, zei Sam terwijl hij op adem probeerde te komen: "Waar ging dat in hemelsnaam over?" terwijl hij de deur opende en zijn neefje naar binnen hielp.

"Laten we hier eerst weggaan." Hij probeerde tijd te rekken omdat hij hem niet kon vertellen wat er was gebeurd. Hij moest een overtuigende leugen bedenken - en hij was nooit een goede leugenaar. Zijn moeder betrapte hem er altijd op dat zijn oren rood werden als hij loog.

"Ik wacht op een verklaring," zei Sam terwijl hij zijn greep op het stuurwiel verstevigde.

Don't Look Back van Boston schalde door de luidsprekers van de auto.

"Sorry, ik moest gaan. Ik denk niet dat Hopper kon helpen en ik wilde niet dat hij meer wist dan jij hem al verteld had."

"Je hebt nog steeds niet uitgelegd waarom je impliceerde dat ik een drankprobleem had."

"Oh, dat. Het schoot me te binnen en ik zei het zonder na te denken. Het spijt me."

"Ik ben er trots op dat ik geen alcohol drink. Natuurlijk drink ik af en toe een biertje. Om gezellig te zijn op een werkbijeenkomst. Maar ik ben niet zoals de andere I.T. zuiplappen. En dat zal ik ook nooit worden."

E-Z dacht niet na over wat Uncle Sam zei. In plaats daarvan nam hij de informatie door die Ophaniel hem had verteld. Hij stond bij de engelen in het krijt omdat ze hem hadden gered en hij had zijn benen geruild voor zijn leven. De ruil door de engelen, was voor hun eigen doel - en nu verwachtten ze dat hij de schuld zou betalen - maar hoe?

Het enige wat hij zeker wist, was dat hij moest winnen. Welke taken ze ook op zijn pad gooiden, hij moest ze overwinnen. Met de hulp van Reiki en Hadz - hoe klein ze ook waren - zou hij betalen wat hem verschuldigd was. Dan, als er niets anders was, zou hij zijn ouders weer zien. Hij veronderstelde dat dat betekende dat hij zou sterven en dat ze elkaar in de hemel zouden ontmoeten, als er zo'n plek was. Daar zou hij snel genoeg achter komen.

HOOFDSTUK NEGEN

WEER THUIS GING DE tiener meteen naar zijn kamer.

"Als je mijn hulp nodig hebt," was alles wat Sam eruit kon krijgen voordat zijn neef de deur dichtsloeg.

E-Z bedekte zijn gezicht met zijn handen. Het was iets geweest, zijn benen weer terug te hebben. Hij sloeg zijn vuisten neer op de armleuningen, terwijl zijn vleugels tevoorschijn kwamen en hem naar het bed vlogen. "Bedankt," zei hij tegen ze, alsof ze apart stonden en geen deel van hem uitmaakten.

"Pas op," zei Hadz, die op zijn kussen had liggen rusten. De engel vloog naar de lamp en zei: "Word wakker, hij is thuis."

E-Z lag nu comfortabel op zijn bed, met gesloten ogen, bijna in slaap.

"Vannacht vlieg je," zongen de engelen.

"Kijk, ik heb een vermoeiende dag gehad, zoals je weet, en ik wil alleen maar slapen."

"Je mag vijf minuten een dutje doen," zei Reiki.

"Dan is het erop en erover!"

Hij sliep bijna weer toen Sam binnenstormde. "Sorry dat ik je stoor, maar PJ en Arden zeggen dat ze je al de hele dag proberen te bereiken. Is je batterij leeg?"

"Uh, nee, ik ben mijn telefoon kwijt," zei hij terwijl hij boos naar zijn twee helpers keek.

"Leugenaar, leugenaar, broek in brand," riepen ze. Gezien zijn gebrek aan reactie hoorde Sam hun hoge stemmen niet. E-Z joeg ze weg.

"Daarom koop ik altijd een verzekering bij mijn plan. Maak je geen zorgen, we zorgen morgen voor een vervangend toestel. Het wordt toch tijd voor een upgrade. Je kunt hetzelfde telefoonnummer houden. Ik zal de jongens laten weten dat je dan contact opneemt."

"Bedankt, oom Sam. Welterusten."

"Nacht E-Z."

HOOFDSTUK TIEN

IN ZIJN DROOM WAS hij met zijn ouders op skireis. Het was in feite een herinnering, maar hij beleefde het als een droom.

E-Z was zes jaar oud. Hij en zijn moeder kregen les van een skileraar. Ondertussen baande zijn vader - die geen nieuweling was zoals zij - zich een weg naar beneden op de besneeuwde helling.

Ze leerden skiën op de babyheuvel - zo noemden ze de testheuvels.

"Zijn jullie er klaar voor?" zei de instructeur, "om een van de grote heuvels te nemen?"

Ze zeiden van wel. Ze dachten van wel. Maar zeggen en doen zijn twee verschillende dingen.

Bij de eerste poging kwamen ze niet ver voordat een van hen viel. Het was zijn moeder en toen ze flauwviel, zat ze lachend op de koude sneeuw. Hij hielp haar overeind en daar gingen ze weer.

Deze keer was het E-Z die neerstortte en met zijn gezicht in het koude witte spul terechtkwam. Hij schudde het van zich af, werd overeind geholpen door de instructeur, terwijl zijn moeder onderweg sneeuw sproeide. Hij beschouwde dat als een uitdaging en reed haar met een grijns voorbij.

Voor hij het wist, kwam ze achter hem aan. Ze raakte wat poeder - en liet hem voor stof achter - en vond haar pas. Toch groef hij zich in, gaf alles wat hij had en haalde haar in. Ze dreven naar beneden, zij aan zij, dan uit elkaar, dan weer samen. Al die tijd lachten ze als twee kleine kinderen.

Onderaan de heuvel, van top tot teen gekleed in hemelsblauw, stond zijn vader. Hij viel op; een streepje blauw omringd door maagdelijke sneeuw - met een rolstoel in zijn handen.

"De sneeuw," zei E-Z terwijl hij nog een marshmallow innam. Het smaakte nog beter, helemaal gesmolten. Toen voelde hij zich ijskoud worden en werd wakker omringd door ijs in de badkuip. Oom Sam zat naast hem.

"E-Z, je liet me echt schrikken deze keer."

"Wat? Wat is er gebeurd?

"Ik hoorde wat geluiden en ging naar binnen om te kijken hoe het met je ging. Je raam stond wijd open, de gordijnen wapperden. Ik voelde aan je voorhoofd en je was gloeiend heet. Ik was bang dat je een volledige aanval zou krijgen. Zelfs je vleugels zagen er verlept uit.

"Ik heb overwogen om 911 te bellen, maar besloot het niet te doen. Ik bedoel, ik kon je niet naar de eerste hulp brengen, niet met die vleugels. Ik moest je in je rolstoel zetten en het bad met ijs vullen om te kijken of ik je temperatuur omlaag kon krijgen. Ik ben ijs gaan halen en heb donaties gevraagd aan vrienden uit de buurt. Ze zijn enorm behulpzaam geweest."

"Ik voel me nu beter, bedankt," zei hij terwijl hij probeerde op te staan. Hij kwam niet ver, voordat hij weer neerging.

"Je moet me vertellen wat er aan de hand is."

"Dat kan ik niet oom Sam. Je moet me vertrouwen."

De tiener probeerde weer op te staan. "Wacht hier," zei Sam terwijl hij de badkamer uitliep en terugkwam met de rolstoel. "Hier," stopte hij de thermometer in de mond van zijn neefje. "Als het normaal is, kun je in de stoel gaan zitten."

Het was normaal, dus met een badjas om zich heen werd E-Z uit het bad getild en in de stoel gezet. Zijn vleugels zetten uit, ontspanden zich en ze voelden niet meer aan alsof ze in brand stonden.

Toen hij langs de woonkamer liep, ving hij een glimp op van het nieuws.

"Gisteravond werd een neergestort vliegtuig omgeleid," zei de woordvoerder. "Ze noemen het een wonderlanding, maar hier zijn wat ruwe beelden, gemaakt door een van onze kijkers toen het gebeurde."

Hij bekeek de clip, waarop het vliegtuig landde, maar er was niets anders - geen opname van hem. Hij voelde zich opgelucht en ging terug naar zijn kamer.

"Ik ben zo terug om je te helpen met aankleden."

Hij wilde zo graag dat hij zijn oom alles kon vertellen - maar dat kon hij niet. "Bedankt," zei hij toen hij aangekleed was.

"Ik sta altijd achter je."

"Ik ben zo terug," zei de tiener. "Ik denk dat ik naar mijn kantoor ga om wat te schrijven."

"Goed idee, ik heb klusjes rond het huis op mijn to-do lijst staan die ik vandaag wil afwerken." Hij wilde weggaan, maar draaide zich toen om. "Weet je, je hoeft niet meteen een roman te schrijven. Je zou een dagboek kunnen bijhouden, of een dagboek. Schrijf de dingen op die je misschien ooit vergeet. Zoals dierbare herinneringen."

"Ik dacht iets te schrijven en het Tattoo Angel te noemen."

"Dat vind ik leuk."

Eenmaal in zijn kantoor zat hij even na te denken over het vliegtuig - zich afvragend hoe hij had kunnen doen wat er van hem gevraagd werd. Hij had het niet kunnen doen zonder de hulp van de zwaan en zijn vogelvrienden, of zonder de hulp van zijn stoel. Misschien hadden zelfs die twee wanna-be engelen op hun eigen manier geholpen door hem op de achtergrond aan te moedigen.

Hij concentreerde zich op het schrijven en typte de titel in: Tattoo Angel.

Zijn vingers wilden meer typen, maar zijn geest wilde afdwalen. Hij leunde achterover in zijn stoel en staarde naar het lege scherm. Hij had een fantastische eerste zin nodig, zoals zijn voorvader Charles Dickens had geschreven - 'Ik ben geboren.'

Toen hij even later de aanblik van het witte scherm niet meer kon verdragen, typte hij -

Ik wou dat ik nooit geboren was.

En hij bleef typen.

Ik kan niet meer lopen.

Ik zal nooit professioneel honkbal of hockey spelen of een sportbeurs krijgen.

Ik kan niet rennen.

Ik kan niet springen.

Er zijn zoveel dingen die ik niet kan doen.

Dat zal ik nooit doen.

Hij stopte met typen en zag iets rechtsboven op het scherm dat naar beneden bewoog. Vloeiend.

Tranen. Hele kleine traantjes.

Aansluiten. Groter en groter worden.

Cascadering op het scherm.

Hij dacht dat hij iets hoorde - zette het volume harder.

"WAH! WAH! WAH!" zong een hoge stem.

Een tweede stem deed mee.

"WAH-WAH!

WAH-WAH!

WAH-WAH!"

E-Z zette de computer uit.

Het was maar een tirade geweest en hij voelde zich er beter door. Iedereen had af en toe een medelijdenfeestje nodig. Het was uit zijn systeem.

Hij wist één ding zeker: als schrijver was hij geen Charles Dickens.

Charles Dickens kon echter niet vliegen.

✳✳✳

"**W**AKKER WORDEN, HET IS tijd om te gaan!" zei Reiki, terwijl ze naar het raam vloog.

Hadz wachtte bij het open raam. "Klaar?"

Dus verwachtten ze dat hij van de derde verdieping van zijn huis zou springen. "Ik ga niet naar buiten! Kijk eens hoe hoog we zitten."

"Je vergeet dat je vleugels hebt."

"En als je valt, kom je er wel achter."

Hij had tenminste zijn kleren nog aan toen ze hem in zijn rolstoel lieten vallen. Hij rilde, keek naar beneden en vroeg zich af hoe zijn vleugels hem en zijn stoel in de lucht konden houden.

"En mijn rolstoel dan?"

"Weet je nog wat Ophaniel zei? Nu - eruit!"

Eenmaal buiten strekten zijn vleugels zich volledig uit. Over zijn schouders kon hij de vleugels in actie zien.

De kleine maar sterke wezens tilden hem op, hoger en hoger, en leidden de tiener langs de nachtelijke hemel, terwijl de heldere sterrenogen op hem neerkeken. Toen ze dachten dat hij er klaar voor was, lieten ze hem los.

"Ik kan vliegen," zei hij. "Ik kan echt vliegen!"

"Stop met opscheppen," zei Reiki, "en doe mee met het programma."

"Dat zou ik doen als ik wist wat het was," grinnikte hij.

Hadz vloog vooruit. E-Z en Reiki vlogen over de school, bij het honkbalveld. Op naar de stadskern. De lichten op de landingsbaan bij het vliegveld concurreerden met de sterren boven hem.

"Je doet het heel goed," zei Reiki.

"Dank je."

Het geluid van een uitvallende motor in een jumbojet voor hen trok zijn aandacht.

"Kijk daar, dat vliegtuig zit in de problemen. Ik wou dat ik mijn telefoon had om hulp te bellen." De motor sputterde en het vliegtuig zakte een beetje en vloog toen weer recht.

"Je hebt geen telefoon nodig. Welkom bij je tweede proef."

"Verwacht je dat ik, wat? Het vliegtuig op mijn rug draag? Ik kan geen vliegtuig redden; ik heb niet genoeg kracht. Ik kan het niet."

"Oké dan," zei Hadz die ze nu hadden ingehaald.

"Maar één ding moet je weten: als je ze niet redt, zal iedereen aan boord omkomen."

"Alle 293 passagiers. Mannen, vrouwen en kinderen."

"Plus, twee honden en een kat," voegde Reiki eraan toe.

Zijn hoofd vulde zich met geschreeuw van de mensen in het vliegtuig. Hoe kon hij ze horen door de dikke metalen wanden? Honden blaften en een kat miauwde. Een baby huilde.

"Stop ermee, zet het uit en ik doe het."

"We zetten hem niet uit."

"Maar het zal eindigen, zodra je het vliegtuig veilig hebt neergezet op het vliegveld, daarginds."

"We geloven in je," zei Hadz.

"Maar zullen ze me niet zien? Als ze me zien is het game over, ik bedoel met Ophaniel's voorwaarden - ik zal mijn ouders nooit zien."

"Zie je?"

"Dat is het minste van je zorgen!"

"En nu wegwezen," zei Hadz. "Oh, en dit heb je misschien nodig."

Nu had hij een veiligheidsgordel om hem in zijn rolstoel te houden terwijl hij door de lucht naar het neerstortende vliegtuig vloog.

"We zullen kijken," riepen ze.

"Wil je me helpen, als ik je nodig heb?"

"Dit zijn jullie beproevingen, toegeschreven aan jullie en alleen aan jullie. We zijn hier om je aan te moedigen. Veel succes."

"Wacht eens even, ga je me geen echte lessen geven? Me laten zien wat ik moet doen?"

POP.

POP.

"Bedankt voor niets!" riep hij.

✳✳✳

Op het vliegveld, in de luchtverkeerstoren, merkte een verkeersleider dat het vliegtuig in de problemen zat. Hij kon de piloot niet bereiken en zag een ongeïdentificeerd vliegend object op zijn radar.

Met Superman en Mighty Mouse als inspiratie, hief E-Z zijn armen op. Hij plaatste zich onder het lichaam van het machtige metalen beest en riep al zijn kracht op.

"Ik dacht dat je wel wat hulp kon gebruiken," zei een zwaan die groter was dan normaal. Hij knikte en de vogels vlogen uit allerlei richtingen. Toen de jumbojet contact met hem maakte, richtten de echte vogels zich op. Ze hielpen hem het vliegtuig stabiel te houden. Om het te stabiliseren, zodat hij en zijn stoel het volle gewicht konden dragen.

Binnenin rolden dingen rond als knikkers. Hij moest opschieten en wenste dat hij een ander stel vleugels had, of krachtigere vleugels. Was hij maar in de witte kamer. Hij concentreerde zich op zijn taak en bereidde zich mentaal voor op de afdaling. Toen hij naar beneden keek, zag hij dat zijn stoel ook vleugels had, aan de voetsteunen en aan de wielen. "Dank je," fluisterde hij tegen niemand. Toen tegen de vogels: "Ik heb dit nu, bedankt voor jullie hulp."

Hij was er nu klaar voor en bracht de jumbo naar beneden, terwijl hij hem stabiel en horizontaal hield. Hij tikte de voorkant van het vliegtuig op het asfalt. Omdat het landingsgestel nog niet naar beneden was, moest hij uit de weg gaan. Hij strekte zijn rechterarm zo ver mogelijk uit en zette zijn stoel weg van het midden van het vliegtuig. Hij liet het midden van het vliegtuig zakken en daarna de staart. Het was hem gelukt! Ja! Hij bewoog zich weg onder het angstaanjagende geluid van gillende sirenes die uit alle richtingen naderden in de vorm van brandweerwagens, ambulances en politiewagens.

Voordat ze hem zagen, vloog hij weg. Dankbare passagiers binnen juichten, namen foto's en legden hem vast op hun telefoons. Al snel was hij terug bij Hadz en Reiki.

"Je hebt het heel goed gedaan. We zijn trots op je, protegé."

Hij glimlachte, totdat zijn vleugels aanvoelden alsof iemand ze in brand had gestoken. Voor hij het wist stond hij in brand, en het deed zo'n pijn dat hij dood wilde. Hij wenste de dood. Verlangde ernaar. Nu in een vrije val, met zijn stoel naar beneden gericht, hield hij zijn ogen wijd open en wachtte tot zijn lippen de grond zouden kussen. Toen werd hij weggedragen door de twee engelen, die hem naar huis brachten en in bed stopten.

De pijn werd niet minder, maar E-Z wist dat hij vandaag niet zou sterven. Hij zou veilig zijn voor nog een dag. Een andere beproeving. Het enige wat hij moest doen, was deze overleven.

✳✳✳

"**Wanneer** begint het diamantstof te werken?" vroeg Hadz. "Hij heeft nog steeds enorm veel pijn."

"Het was een nieuwe behandeling, dus ik kan niet zeggen wanneer - maar het zal aanslaan - uiteindelijk."

"Hopelijk houdt hij het zo lang vol!"

"Met de hulp van Uncle Sam komt hij er wel doorheen. Als het eenmaal begint, zullen we tekenen zien. Misschien wat fysieke veranderingen."

E-Z blijft snurken

POP.

POP.

En weer waren ze weg.

HOOFDSTUK ZEVEN

EEN DAG LATER HAD E-Z zijn dag gepland. Eerst moest hij zijn rugzak klaarmaken voor een uitstapje naar het park op zaterdag. Hij zou ontbijten, wat schrijven en dan op pad gaan. Terwijl hij zijn rugzak klaarmaakte, hoorde hij de hoge stemmen van Hadz en Reiki voordat hij ze zag.

"Ik kan je horen," zei hij.

POP.

Hadz verscheen als eerste.

POP.

Dan Reiki - beide in hun volledig getransformeerde engelengrootheid.

"Goedemorgen," zongen ze in ziekelijk zoete eenstemmigheid.

E-Z stopte een notitieboekje in zijn rugzak en een paar pennen die hij negeerde. Hij hoopte in het park iets inspirerends te vinden om over te schrijven. Hij wilde zijn rugzak dichtritsen toen hij merkte dat de twee engelen op de rits zaten.

"Oh, sorry. Ik had je bijna niet gezien."

"Oef, dat scheelde niet veel," zei Reiki.

Hadz beefde te erg om ook maar één woord uit te brengen.

Ze vlogen op zijn schouders terwijl hij zijn stoel op de gesloten deur richtte.

"We moeten met je praten," zei Hadz.

"Het is...belangrijk. We hebben iets gedaan..."

"Voor mij?"

Ze zweefden voor zijn ogen.

"Ja. Toen je een paar weken geleden sliep."

"Een paar weken geleden! Oké, ik luister..." In werkelijkheid probeerde hij zijn top niet te bereiken. De gedachte dat ze hem iets zouden aandoen. Terwijl hij sliep. Zonder zijn toestemming. Het was een verschrikkelijke vertrouwensbreuk. Hij balde zijn vuisten. Stilte. Hij sloeg zijn armen over elkaar. Hij ging het hen niet gemakkelijk maken.

Sam klopte op de deur: "Ontbijt E-Z, heb je hulp nodig?"

"Nee, het is goed zo. Ik ben er over een paar minuten." Stilte buiten de geluiden dat Sam terugkeerde naar de keuken.

"Ten eerste," zei Hadz, "deden we alleen wat we deden om jou te helpen."

"Met de proeven. We hebben iets gedaan om je te helpen je doelen te bereiken."

"Bedoel je dat je me had kunnen helpen, met het vliegtuig? Ik had je hulp zeker kunnen gebruiken. Gelukkig is het gelukt dankzij die zwaan en de vogels."

"Uh, ja, daarover gesproken, hulp is niet toegestaan - niet van vrienden noch van gevogelte. We hebben het incident in kwestie gemeld bij de juiste autoriteiten."

E-Z schudde zijn hoofd, hij kon niet geloven wat hij hoorde. "Vertel me niet dat iemand de zwaan of de vogels iets heeft aangedaan? Dat kun je me beter niet vertellen...Oh en waarom sprak die zwaan precies tegen me, in het Engels. Dat deed hij weet je."

"Die zaak is vertrouwelijk," zei Hadz, terwijl hij met zijn handen op zijn heupen dicht tegen zijn gezicht fladderde. Reiki nam dezelfde houding aan en hun vleugels raakten zijn oogleden.

"Hé, hou op," zei hij, luider dan de bedoeling was.

"Alles goed daarbinnen?" vroeg Sam door de gesloten deur.

"Ik ben goed," zei hij, terwijl hij zijn hand voor zijn gezicht zwaaide en de wezens door de kamer slingerde. Reiki raakte de muur en gleed naar beneden. Hadz, die al verder naar beneden was, probeerde Reiki op te vangen, maar te laat. Beide engelen stortten neer en belandden op de grond.

"Sorry," zei de tiener. Hij schoof zijn rolstoel dichter naar hen toe. Hij vroeg zich af of ze sterren in hun hoofd hadden, zoals de tekenfilmfiguren van vroeger. Dat vond hij altijd zo leuk als het met Wile E. Coyote gebeurde. Ze wankelden een beetje, dus legde hij ze op het bed. Toen de engelen bijkwamen, zei hij: "Nogmaals sorry. Ik wilde jullie niet slaan. Je vleugels kietelden mijn ogen."

"Ja!" zei Reiki.

"En we zullen het niet vergeten."

Hij voelde zich slecht. Ze waren zo klein; hij had zich niet gerealiseerd dat een simpele beweging ze zo kon laten vliegen. Het was alsof hij ze uit het park had geslagen en hij ze nauwelijks had aangeraakt.

"Daarover..." zei Reiki.

Hadz zei: "Terwijl je sliep, hebben we een ritueel op je uitgevoerd."

E-Z hield opnieuw het hoofd koel, maar ternauwernood. "Een ritueel zeg je?" Ze keken hem aan, zo schuldig als wat. "Als je een mens was, zouden ze je in de bak gooien als je mij iets aandoet zonder mijn toestemming. Het is aanranding van een minderjarige. Je zou in de gevangenis zitten..."

De engelen beefden en hielden elkaar vast.

"We hadden geen keus."

"We deden het voor je eigen bestwil."

"Dat snap ik, maar op dit moment worden je excuses NIET geaccepteerd."

"Eerlijk genoeg," zeiden de engelen. "Voor nu." Ze zongen: "We riepen krachten op, de grote en illusoire krachten boven en om je heen. We vroegen ze je te helpen door je kracht, moed en wijsheid te vergroten. Simpel gezegd, we geloofden dat je meer nodig had en dus toverden we het voor je."

"Ik begrijp het. Excuses nog steeds NIET geaccepteerd."

"We hebben het gedaan met zo min mogelijk ongemak voor jou," zei Hadz.

E-Z overwoog deze laatste informatie. Tegelijkertijd keek hij naar zijn rolstoel. Die leek nu wel anders, naast de overduidelijke kleurverandering van de armleuningen.

"Wat is er met mijn stoel de laatste tijd?" vroeg hij. "Het lijkt wel of hij een eigen wil heeft."

De engelen beefden weer.

"Wat heb je gedaan? Precies? Want ik vermoed dat je niet alleen mij hebt mishandeld, maar ook mijn stoel."

Tenslotte legden de engelen alles uit over het diamantstof en het bloed. Over de krachten die aan hem en de stoel waren toegekend. "Naarmate de taak moeilijker wordt, zul je meer moeten doen."

"Ik weet het al, daarom branden mijn vleugels. Toenemend in temperatuur na elke taak. Maar ik blijf tegen mezelf zeggen dat het het allemaal waard zal zijn als ik mijn ouders weer kan zien."

"Als je de proeven binnen de gestelde tijd afrondt. En de richtlijnen nauwkeurig volgt," zei Hadz.

"Wacht eens even," zei E-Z terwijl hij zijn armen op de armleuningen sloeg. "Niemand heeft gezegd dat er een deadline was. Niet in de Witte Kamer. Op geen enkel moment. En als er een reglement is dat ik geacht word te volgen, geef het dan hier, zodat ik het kan lezen. Er zijn ook geen toezeggingen gedaan door beide partijen. Niemand heeft gezegd hoeveel afgeronde proeven er nodig zijn om de deal te bezegelen. Misschien moeten we alles op papier zetten? Bestaat er zoiets als een Engelenadvocaat of beter nog Engelenrechtsbijstand?"

Hadz lachte. "Natuurlijk hebben we Engelenadvocaten, maar je moet een Engel zijn om daarvoor in aanmerking te komen."

Reiki zei, "Je hebt de eerste taak zonder hulp van iemand volbracht. Je hebt het leven van dat kleine meisje gered met het initiatief van je stoel, wilskracht en geluk. Met die drie dingen kom je niet ver, dus hebben we meer vuurkracht voor je. Het meest waar we om konden vragen."

"Het meeste dat we je kunnen geven."

"Hé, wat bedoel je met risico? Bedoel je dat dit ritueel me kan schaden?"

"We hebben jullie een dienst bewezen. We hebben onszelf in gevaar gebracht om jou te helpen. Als je ons nu niet kunt vergeven, dan zul je dat op een dag wel doen."

"Over het ontwijken van mijn vraag gesproken! Ooit gedacht om in de engelenpolitiek te gaan - als dat bestaat?"

Hadz zei. "De mensen om je heen kunnen bepaalde veranderingen in je fysieke verschijning opmerken."

"Ja, dat mag," zei Reiki met een grijns.

"Wat bedoel je met fysieke veranderingen?" riep hij.

POP.

POP.

En weg waren ze.

E-Z was weer helemaal alleen. Terwijl hij naar de deur liep, vroeg hij zich af wat ze bedoelden. Wat het ook was, hij zou er snel genoeg achter komen. Ondertussen dacht hij na over hoe zijn stoel nu zijn bloed had. Hoe de stoel een verlengstuk van hemzelf was. Hij liep naar de keuken waar oom Sam stond te wachten.

$$***$$

"**N**OU, DAT LIEP NIET helemaal zoals we gepland hadden," zei Reiki. "Hij was behoorlijk boos op ons. Ik denk niet dat hij ons ooit nog zal vertrouwen."

"Hij heeft ons meer nodig dan wij hem."

"We kunnen zijn geest wissen, zoals we bij de anderen hebben gedaan."

"Als hij ons niet vergeeft, kunnen we er niets aan doen. Zijn geest wissen is geen optie. Zonder zijn toestemming en als, nee als hij erachter komt, vervreemden we voor altijd van hem. En je weet wie dat niet leuk zou vinden."

"Je hebt zoals altijd gelijk," zei Hadz.

"Denk je dat iemand de veranderingen aan zijn uiterlijk vandaag zal opmerken?"

"Dat hebben we gemerkt, hè!"

"Misschien hadden we het hem moeten vertellen, in ieder geval over zijn haar. Het had hem misschien geliefd gemaakt. Als we het hadden uitgelegd."

"Ik denk dat de veranderingen beter zouden zijn als ze van iemand anders dan ons kwamen."

"Mensen zijn heel vreemd," zei Reiki.

"Dat zijn ze. Maar met hen samenwerken is de enige manier waarop we als echte engelen gepromoot kunnen worden."

"Gelukkig voor ons is hij best aardig."

HOOFDSTUK TWEE

E-Z STAK ZIJN VORK in een bord vol pannenkoeken. Hij was uitgehongerd, alsof hij in dagen niet had gegeten. En dorstig. Hij gooide glas na glas sinaasappelsap achterover. Hij vulde zijn bord met pannenkoeken en bleef eten tot ze allemaal op waren.

Sam lachte toen hij zijn neefje zag en ging toen verder met het dopen van een plak beboterde toast in zijn koffie.

"Wat is er zo grappig?" vroeg E-Z.

"Uh, niets denk ik."

De enige geluiden in de keuken waren van slurpen, snijden en kauwen. Daarnaast tikte de klok op de muur achter hen.

"Wat?" eiste E-Z, terwijl hij merkte dat zijn oom grijnsde en het achter zijn hand verborg.

"Er is iets anders aan je, nou, je weet wel, vanmorgen. Wil je me iets vertellen? Zoals waarom?"

De twee wezens doken op en gingen elk op een van E-Z's schouders zitten. Ze waren aan het afluisteren en hij vond hun ongevraagde indringing helemaal niet leuk, dus hij mepte ze weg.

POP.

POP.

Ze verdwenen.

"Ik weet niet zeker wat je bedoelt."

Sam schonk zichzelf nog een kop koffie in. "Is het voor een meisje? Want elk meisje zou je moeten accepteren zoals je bent."

E-Z lachte. "Nee meisje. Je zit er ver naast."

Beiden waren nog een paar tellen stil terwijl de klok doortikte.

"Ik heb een tas ingepakt en ik ga naar het park nadat ik vanmorgen wat heb geschreven. Ik neem een blocnote en wat pennen mee voor het geval het park me inspireert."

"Klinkt als een plan, maar eerst help je me opruimen," zei Sam terwijl ze opstond van de tafel.

De tiener schoof zijn stoel naar achteren en samen ruimden ze snel op. E-Z ging naar zijn kantoor en sloot de deur achter zich toen de voordeurbel klonk.

Sam liet Arden en PJ binnen. "Hij is in zijn kantoor aan het werk. Verwacht hij jullie? Als dat zo is, heeft hij er niets over gezegd."

"Ik stuurde hem een sms, maar hij antwoordde niet," zei PJ.

"Dus we dachten, we gaan even langs en nemen hem mee uit vandaag. Ervoor zorgen dat hij een beetje plezier had. Die vent werkt te veel. Mam zei dat ze ons erheen zou rijden. Ik moet het even navragen bij E-Z en haar dan bellen."

"Mijn neef is enthousiast over het boek dat hij aan het schrijven is. Misschien heeft hij bezwaar."

"Hoe dan ook, we halen hem hier vandaag weg," zei PJ.

"Hij was van plan om naar het park te gaan, nadat hij wat geschreven had. Maar ga maar naar beneden, misschien kan hij je daar straks ontmoeten?" Sam ging terug naar de keuken en haalde wat gemalen rundvlees uit de vriezer. Hij controleerde de kast voor saus, spaghetti, eieren, uien, paneermeel en spinazie. Hij had alles wat nodig was om later spaghetti en gehaktballen te maken.

De twee jongens liepen door de gang nadat ze hun jassen hadden opgehangen.

Sam trok zijn jas aan. Hij had het maaien van het gazon al een tijdje uitgesteld. Vandaag zou hij het doen.

E-Z probeerde te schrijven, maar de creativiteit stroomde niet. Toen zijn vrienden aankwamen, was hij blij met de onderbreking. Hij opende Facebook en deed alsof hij de updates aan het bekijken was. "Uh, hoi jongens." Hij draaide zijn stoel naar hen toe.

"Whoa man, wat is er met je haar gebeurd? Ben je naar de schoonheidssalon geweest zonder ons?"

"Heb je ze een foto laten zien en gevraagd om een omgekeerde Pepe Le Pew-look?"

"En je wenkbrauwen ook! Ik wist niet eens dat ze die konden verven?"

E-Z haalde zijn vingers door zijn haar en had geen idee waar ze het over hadden. Wacht eens even - was dat waar Sam het over had?

"En zijn ogen zijn ook anders."

Arden boog zich voorover, "Ja, er zitten goudvlokjes in. Geweldig!"

"Hé man, achteruit, wil je," zei E-Z. "Jullie twee maken me bang. Mijn ruimte binnendringen is niet cool."

"Hij ruikt tenminste niet naar Pepe," zei Arden achteruit. PJ voegde zich bij hem aan de andere kant van de kamer waar ze onder elkaar fluisterden.

"Mogen we een foto maken?"

E-Z glimlachte en zei: "Mozzarella."

PJ liet de opname die hij had gemaakt aan Arden zien. "Zie je wel!" zeiden ze terwijl ze de grote onthulling deden.

E-Z kon niet geloven wat hij zag. Zijn blonde haar had een zwarte streep door het midden en grijze vlekken op de slapen. Grijs! Hij zoomde in, ze hadden gelijk, zijn ogen hadden gouden vlekken. Zijn gedachten flitsten terug naar het diamantstof, zag diamantstof er zo uit? Die twee idiote engelen hebben dit gedaan! En ze kunnen maar beter weten hoe ze het moeten oplossen! De volgende keer dat hij ze zag, zou hij ze laten boeten. Ondertussen probeerde hij de situatie te sussen.

"Nou en? Ik had een zware nacht."

Arden vroeg: "Wat vertel je ons niet?"

PJ voegde eraan toe: "Je haar wordt grijs en je zit nog op de middelbare school. Vind je dat normaal?"

"Ik denk dat hij gelijk heeft; we maken een grote zaak om niets. Wat zei je oom erover?"

"Hij merkte het niet - of als hij het merkte, zei hij niets."

"Wat? Bedoel je dat Sam het niet eens gemerkt heeft?"

"Waren zijn ogen open?"

E-Z probeerde het zich te herinneren. Eerst had Uncle Sam gevraagd of hij hem iets te vertellen had. Bedoelde hij dat?

"Wacht even," zei E-Z terwijl hij naar de badkamer liep. Hij gebruikte de tienvoudige vergroting van de spiegel om hem beter te bekijken. Hij hijgde. De sterretjes of vlekjes in zijn ogen waren wel leuk. Niet schadelijk, sterker nog, ze maakten hem juist cool. Hij bekeek de grijze haren langs zijn slapen.

Nou en? Hij had veel meegemaakt toen zijn ouders stierven. Plus de dagelijkse druk van de middelbare school. En wennen aan de rolstoel. Om nog maar te zwijgen over het omgaan met de aartsengelen en de beproevingen.

Dat zijn haar vroegtijdig grijs werd, was geen probleem. Hij bewoog de spiegel rond en haalde zijn vingers door zijn haar. De textuur was anders toen hij de zwarte streep aanraakte. Het voelde stug, bijna borstelachtig. Geen probleem, hij zou er wat gel op doen en...

Buiten trapte de grasmaaier in de versnelling. Sam was eindelijk bezig met de gevreesde klus. Voor het ongeluk was grasmaaien E-Z's meest gehate klus.

"YEOW!" riep Sam toen de grasmaaier tot stilstand kwam.

E-Z's stoel slingerde naar de voordeur, die vanzelf openvloog. Hij steeg op, miste de trap en landde op het gazon achter Sam.

"Verdorie!" riep Sam uit. Hij had een steen geraakt met de grasmaaier en die vloog omhoog en raakte hem vlak bij zijn oog. Bloeddruppels drupten langs zijn wang en kwamen op het gras terecht.

De rolstoel bewoog naar de plek waar het bloed zat en slurpte het op met de wielen.

"Gaat het?"

"Ik ben in orde," zei Sam. Hij grabbelde in zijn zak, haalde er een zakdoek uit en hield die tegen zijn wond.

Arden en PJ kwamen aan. "We hoorden de schreeuw."

"Ik ben oké, echt," zei Sam. "Een klein ongelukje. Je hoeft je geen zorgen te maken. Laten we terug naar binnen gaan."

Hij pakte de handvatten van de rolstoel en duwde. Het was heel moeilijk om over het gras te manoeuvreren.

Ondertussen bracht Arden de grasmaaier en borg hem op in de schuur.

"Ben je aangekomen?" vroeg PJ toen hij merkte hoe moeilijk Sam het had.

"Ik heb vanmorgen zo'n twintig pannenkoeken gegeten."

"Misschien is de zwarte streep zwaarder dan je normale haar?" zei Arden die zich met een grijns weer bij hen voegde.

"Oh, dat hebben ze gemerkt," zei Sam.

"Ja, ze maken me al belachelijk sinds ze hier zijn. Waarom heb je niets gezegd?"

Nu hij binnen was, haalde E-Z een pleister tevoorschijn en plakte die op de wond van zijn oom.

"Het was een subtiele verandering," zei Sam. "Niet dus!" glimlachte hij. "Oh, en heb je ooit overwogen om in de verpleging te gaan? Je hebt een delicate touch."

PJ en Arden spotten.

HOOFDSTUK DERTIEN

E-**Z** EN ZIJN VRIENDEN keerden terug naar zijn kantoor. Hij besloot dicht bij huis te blijven voor het geval Sam hem nodig had. Sam had het te druk met eten koken om na te denken over wat er met de grasmaaier had kunnen gebeuren.

"Het eten is klaar," riep hij een paar uur later. "Kom het maar halen."

E-Z ging voorop, "Het ruikt heerlijk!"

Ze gingen zitten en deelden het eten en de kruiden uit.

"Je hebt daar al een behoorlijke blauw oog," zei Arden tegen Sam.

Sam die tot nu toe niet wist dat hij een zichtbare wond had en die nu met trots droeg. Hij stak nog een gehaktbal naar binnen en legde die op zijn bord.

"Wat is daar eigenlijk gebeurd," vroeg PJ.

"Het was een steen. Kwam vast te zitten in de maaier en raakte me." Hij ging door met zijn eten op zijn bord te schuiven. "Hoe gaat het met het schrijven?" vroeg hij aan zijn neefje om de aandacht van zichzelf af te leiden.

"Ik had vanmorgen geen tijd om me erin te verdiepen."

Sam veranderde van onderwerp en vroeg of er iets aan de hand was op school of in het team.

"We hebben vanavond een training," zei PJ.

"En we hopen dat E-Z morgen in de wedstrijd vangt."

E-Z schudde zijn hoofd voor een duidelijke nee en ging verder met eten.

"Eén inning, slechts één en als je niet verder wilt spelen, vinden we dat prima", zei Arden.

"Goed idee," zei Uncle Sam. "Dompel je teen erin. Als het niet goed voelt, stap je eruit. Wat heb je te verliezen?"

PJ opende zijn mond om iets te zeggen, maar besloot het niet te doen. Hij stak een gehaktbal in zijn mond. Hij kauwde, dronk wat. "Als je er bent, E-Z, geef je iedereen een boost. De jongens denken veel aan je. Altijd al gedaan, zal altijd zo blijven."

"Oké," zei E-Z. "Ik ga op de bank zitten als je denkt dat dat helpt. Laten we na het eten naar het park gaan en een beetje oefenen. Kijken hoe het gaat."

"Eerlijk is eerlijk," zei PJ.

Ze bedankten Sam voor een geweldig diner.

"Jij hebt gekookt, dus wij ruimen wel op," bood Arden aan.

E-Z en PJ wisselden blikken uit.

Toen Sam buiten gehoorsafstand was, zei PJ: "Je bent zo'n watje."

Arden spatte een beetje water in PJ's richting, maar E-Z ving het meeste op in zijn gezicht.

PJ gaf een plons terug die over de keukenvloer spatte en Sam's schoenen raakte.

"De dweil en emmer staan in de kast," zei hij, terwijl hij zijn jas pakte toen hij naar buiten liep.

Ze waren klaar met opruimen, en tegen die tijd waren ze grotendeels droog, behalve E-Z die een ander shirt aantrok. Eindelijk kwamen ze aan bij het honkbalveld, dat al bezet was.

"Geweldig," zei E-Z. "Laten we gaan."

Aan de zijlijn stonden een paar meisjes van de cheerleaders van de tegenstander. Eentje, een roodharig meisje, wierp een blik in E-Z's richting. Ze deed een radslag en landde met gemak.

"Ik denk dat we nog wel even kunnen blijven," zei E-Z.

Ze liepen over het veld naar de bankjes. Ze moesten op z'n minst gedag zeggen, anders zouden ze er als eikels uitzien.

Het kleine roodharige meisje fluisterde iets tegen haar vriendin en ze giechelden.

E-Z was er zeker van dat ze hem uitlachten.

"We hebben bezoek," zei het roodharige meisje.

"Ja, een kerel in een rolstoel met zebrahaar en twee nerds," schreeuwde de derde honkman. Hij verwachtte dat iedereen zou lachen om zijn flauwe grap, maar dat deed niemand.

"Let maar niet op hem," zei de vriendin van het roodharige meisje. "Hij is zielig."

"Wegwezen," schreeuwde de linksvelder. "Er is hier geen plaats voor een kreupele."

E-Z negeerde alle opmerkingen. Zijn stoel echter niet. Hij duwde, toeterde als een stier die uit een hok probeert te breken. "Whoa!" zei hij, toen de stoel haperde als een wild paard.

Arden greep de handgrepen van de stoel vast en de stoel deed weer normaal.

Achter de plaat liet de vanger een bal vallen en knoeide met een worp. "Ik zie dat je een fatsoenlijke catcher nodig hebt," zei E-Z.

De cheerleaders giechelden.

"Geef me vijf minuten achter de plaat, slechts vijf. Als ik elke worp kan vangen die je mijn kant op stuurt, doen we je een plezier en blijven we."

"En als je dat niet doet?" vroeg de werper.

De vanger verwijderde zijn masker. "Jij koopt hamburgers en friet voor ons."

"En schudt," voegde de eerste honkman eraan toe.

"Deal," zei E-Z terwijl zijn stoel vooruit schoof.

Hij bleef geduldig zitten terwijl Arden zijn kniebeschermers omgespte. PJ trok de borstbeschermer over zijn hoofd en bracht het vangersmasker aan op zijn gezicht. E-Z propte zijn vuist in de catcher's mitt.

"Goed, gooi me de bal," beval E-Z.

"Ik hoop dat je weet wat je doet maat," zeiden Arden en PJ.

"Vertrouw me," zei E-Z. Hij draaide zichzelf in positie achter de plaat. "Batter up!"

De werper gebaarde naar Arden om te slaan. Hij koos een knuppel en stapte naar de plaat.

E-Z seinde naar de werper om een hoge fastball te gooien. In plaats daarvan gooide de werper een curvebal en die was precies in de zone. Arden miste de slag, maar niet helemaal, want hij raakte de bal een tikje en de bal ketste terug. E-Z stond op in zijn stoel en greep de bal.

"Whoa!" riep de werper. "Mooie redding."

"Geluk," zei de eerste honkman.

De cheerleaders kwamen dichterbij.

Tweede worp naar Arden, hij sloeg op naar het rechtsveld.

PJ kwam aan slag en sloeg uit. E-Z ving alle ballen gemakkelijk, maar de laatste worp ging wild en hij verloor bijna. PJ was op weg naar het eerste honk, maar E-Z gooide de bal naar beneden en hij was uit.

Ze speelden tot het te donker was om de bal nog te zien.

Na de wedstrijd besloten ze dat het gelijkspel was. Ze gingen naar een eethuis in de buurt en iedereen betaalde voor zijn eigen eten.

"We gaan jullie morgen in de wedstrijd afmaken" schepte Brad Whipper, de aanvoerder van het team, op.

"Speel je E-Z?" vroeg Larry Fox, de eerste honkman.

"Oh, hij speelt zeker," zeiden Arden en PJ.

"Zeker weten."

Het roodharige meisje was Sally Swoon en ze fluisterde iets tegen Arden, die zijn hoofd schudde. "Vraag het hem zelf," zei hij.

"Vraag me wat?"

Haar wangen bloosden.

"Je wilt toch weten wat er gebeurd is?"

Ze knikte. "Heb je je kapper gevraagd om het te doen, of hebben ze..."

"Maak je een fout?" zei hij.

Ze knikte.

"Ik werd vanmorgen wakker en het was zo. Einde verhaal."

"Trek aan de andere," zei een speler. "Vertel ons nu waarom je in een rolstoel zit."

E-Z vertelde zijn verhaal. Iedereen bleef stil terwijl hij dat deed. Niemand at of dronk. Toen hij klaar was, was hij bang dat iedereen hem anders zou behandelen, maar dat gebeurde niet.

Ze spraken over de komende World Series en andere sportgerelateerde praatjes.

Toen zijn vrienden later met hem naar huis liepen, waren ze allemaal stil. Hij zei de jongens welterusten en ging terug naar zijn kamer. Hij probeerde televisie te kijken, een beetje te schrijven, maar wat hij ook deed, hij bleef maar denken aan alles wat hij was kwijtgeraakt. Hij viel terug op bed, staarde naar het plafond en viel uiteindelijk in slaap.

HOOFDSTUK VEERTIEN

E-**Z** SLIEP, DROOMDE.

"Word wakker E-Z! Wakker worden!" zei Reiki, op en neer springend op zijn borst.

"Hou op!" riep hij uit.

Hadz spoot wat water op zijn gezicht.

Hij schudde het van zich af. "Jullie hebben wat uit te leggen en te regelen. Doe mijn haar terug zoals het was. En mijn ogen ook!"

"Er is geen tijd!" zeiden ze, toen zijn stoel omrolde, hem erin liet vallen en vervolgens uit het al open raam vloog.

"Ik ben niet eens aangekleed!" riep E-Z uit.

Reiki en Hadz giechelden en zeiden tegen E-Z dat hij moest wensen wat hij aan wilde. Toen hij weer naar beneden keek, droeg hij een spijkerbroek, een riem en een t-shirt. Hij keek naar zijn voeten, waar zijn hardloopschoenen hun eigen veters aan het strikken waren. Terwijl ze door de lucht vlogen, bedankte E-Z hen.

"Dus je vergeeft het ons?" vroeg Hadz.

"Geef het tijd," zei Reiki.

E-Z knikte, terwijl zijn stoel hoger en hoger ging. Boven een vliegtuig, langs het vliegtuig. Duidelijk niet hun bestemming. Ze vlogen verder, tot zijn rolstoel tot stilstand kwam en vervolgens naar beneden wees.

"Daar is het," zei Reiki.

Hieronder stond een groep mensen in een groep buiten een hoog kantoorgebouw.

"Voel je dat?" vroeg E-Z, terwijl hij merkte dat de lucht rondom het incident anders was. Het vibreerde met energie.

"Ja," zei Hadz.

"Goed van je dat je het deze keer opmerkt," zei Reiki.

"Bedoel je dat er de andere keren trillingen waren?"

"Ja, maar als je krachten groeien, zul je in staat zijn om de locaties te bepalen."

"En niet alleen jij, je stoel kan ze ook oppikken."

"Bedoel je dat ik een super-duper slimme stoel heb? Ik wist dat het gemod was, maar dit is geweldig!"

De engelen lachten.

De stoel reed verder terwijl er beneden hen schoten klonken. Ze zagen mensen rennen, schreeuwen, vallen.

In de richting van de chaos vlogen E-Z en zijn stoel in de aanstormende kogelregen. Hij deinsde terug toen de rolstoel ze afboog. Hij vroeg zich af wat er zou gebeuren als de stoel er een zou missen.

"We zijn er vrij zeker van dat je kogelvrij bent," zei Reiki zonder dat hij het vroeg. "Het was onderdeel van het ritueel."

"En het diamantstof zou moeten werken."

"Vrij zeker?" zei hij, hopend dat ze gelijk hadden. "Als het werkt, dan is het een goede ruil voor mijn haarsituatie!"

De wannabe engelen lachten.

HOOFDSTUK VIJFTIEN

ZIJN ROLSTOEL REED VERDER naar beneden en richtte zich op een man op het dak van het gebouw. Hij had in de menigte beneden geschoten, en op hen toen ze dichter bij hem kwamen. De rolstoel schommelde naar voren, E-Z hoorde een vreemd geluid, als van een vliegtuig dat zijn landingsgestel neerlaat. Het kwam uit de rolstoel, toen een metalen kist naar beneden viel en bovenop de man landde. Het pistool vloog uit zijn hand, over het dak, voordat het apparaat zich vastgreep. De man probeerde E-Z en de rolstoel van zijn rug af te trekken, maar niets hielp.

In de verte klonk een sirene die steeds luider werd naarmate hij dichterbij kwam.

"Als ik je laat gaan," vroeg E-Z, "gedraag je je dan?"

Hoewel de man instemmend knikte, weigerde de rolstoel te bewegen.

E-Z moest het wapen uitschakelen en maken dat hij wegkwam voor de politie arriveerde. Hij vroeg zich af of er beneden iemand gewond was. Hij verwachtte dat er ambulances onderweg waren. Maar hij en zijn stoel konden de zwaargewonden veel sneller naar het ziekenhuis vliegen.

Hij staarde naar het pistool aan de andere kant van het dak. Hij concentreerde zich en stak toen zijn hand uit. Alsof zijn hand een magneet was, vloog het pistool erin en maakte hij het onklaar door het in een knoop te leggen. E-Z verwijderde zijn riem en gebruikte die om de handen van de schutter achter zijn rug vast te binden.

De stoel steeg op en vloog weg als een raket, terwijl de deuren op het dak openvlogen. Het gemodificeerde apparaat hing in de lucht terwijl E-Z toekeek hoe een SWAT-team op de schutter afging en hem in hechtenis nam. De blik op het gezicht van de agent die het pistool vond dat in de knoop zat, was onbetaalbaar.

Een seconde of twee twijfelde hij over zijn mandaat, maar er waren mensen gewond beneden en hij kon ze sneller helpen dan wie dan ook en dat was wat hij deed. Hij zou zich later wel zorgen maken over de gevolgen en hopen dat ze het zouden begrijpen.

E-Z landde vlakbij de menigte. Hij verzamelde de vier zwaargewonden en omdat ze bewusteloos waren, gebruikte hij een deel van zijn vleugel om ze veilig op zijn stoel te houden terwijl ze door de lucht vlogen.

De stoel absorbeerde het bloed van de gewonde passagiers terwijl het uit hun wonden droop. Hun bloed werd gecombineerd met dat van E-Z en Sam Dickens. Dit samensmelten duwde de kogels uit hun lichaam en hun wonden begonnen te genezen.

Het duurde enkele minuten voordat ze het ziekenhuis bereikten. Tegen de tijd dat ze aankwamen, waren alle patiënten genezen, alsof hun verwondingen nooit gebeurd waren. Ze sloegen hun armen om E-Z heen en bedankten hem.

Op de parkeerplaats bij het ziekenhuis sprongen ze allebei uit de rolstoel.

Hulpverleners stonden klaar bij de ingang met brancards in de aanslag.

E-Z wierp een blik in hun richting. Hij zwaaide en vloog toen de lucht in. Beneden hem zwaaiden degenen die hij gered had terug. Hij hoopte dat de wachtenden het vervelend zouden vinden dat ze toch niet nodig waren.

"Dank je," riep een jonge man, met een zwaai.

"Ik hoop je nog eens te zien," riep een vrouw van middelbare leeftijd uit.

"Je bent een echte held!" zei een man die hem aan Uncle Sam deed denken.

"Je doet me denken aan mijn kleinzoon - behalve die rare streep in je haar!" zei een oudere vrouw.

De begeleiders kwamen naar de vier toe en vroegen: "Heeft iemand hulp nodig?"

De jongeman zei: "Je zult het niet geloven, maar ik ben een tijdje geleden twee keer neergeschoten. Ik denk dat ik bewusteloos ben geraakt. Toen ik wakker werd," hij trok de voorkant van zijn shirt omhoog dat bebloed was, "waren de wonden verdwenen."

De oudere vrouw, wiens jurk onder het bloed zat, legde uit hoe ze dicht bij haar hart was neergeschoten.

"Ik was er geweest als die jongen in de rolstoel mijn leven niet had gered."

De andere twee patiënten hadden vergelijkbare verhalen te vertellen. Ze prezen E-Z en bedankten hem nogmaals. Ook al was hij niet meer bij hen.

"Ik denk dat jullie allemaal nog naar het ziekenhuis moeten komen," zei de eerste verzorger.

De tweede begeleider zei: "Ja, je hebt een traumatische ervaring meegemaakt. Je moet naar een dokter om alles veilig te stellen."

Alle vier de gewonde burgers lieten de verzorgers toe om hen naar binnen te helpen. Ze probeerden de oudste van de vier op de brancard te krijgen.

"Ik ben zo fit als een hoentje!" riep de oudere vrouw uit.

Ze volgden haar het ziekenhuis in.

✳✳✳

"**W**E KUNNEN HET BETER nu doen," zei Reiki.

"Het is wel een beetje triest. Hij deed zulke opmerkelijke dingen en nu zal niemand het meer weten."

Ze veegden de geesten van iedereen in de buurt weg.

"Hij heeft het geweldig gedaan."

"Ja, hij was goed gekozen," zei Hadz.

E-Z keerde terug naar huis en vloog er zo snel als hij kon naartoe. Hij wist dat de pijn zou komen, maar niet hoe erg het deze keer zou zijn. Hij kon nauwelijks door het raam en op het bed komen voordat zijn schouders in brand stonden en hij bewusteloos raakte.

De engelen keerden terug en fluisterden kalmerende woorden toen hij in zijn slaap schreeuwde. Toen de pijn te groot werd, verzachtten ze die door hem tot zich te nemen.

"Dat is proef nummer drie," zei Reiki. "Hij komt er met gemak doorheen."

"Klopt, maar we moeten ervoor zorgen dat hij niet geïdentificeerd wordt. Hij kan gezien worden, maar we moeten de herinneringen wegvegen. Ik maak me echter zorgen, misschien missen we iemand."

"Als we de gedachten van iedereen in de buurt wissen, zou alles goed moeten komen."

HOOFDSTUK ZESTIEN

D E VOLGENDE OCHTEND ZAT E-Z ontbijtgranen te eten toen Sam de keuken binnenkwam.

"De koffie ruikt heerlijk," zei Sam.

De tiener schonk zijn oom een mok vol. "Wat?" vroeg hij met een déjà vu-gevoel.

"Wat?" vroeg Sam terwijl hij een beetje room in het kopje deed.

"Je staart me aan," zei E-Z. Hij schudde zijn hoofd. Was hij in Groundhog Day? De film over een dag die zich steeds herhaalt, met Bill Murray?

"Oh, dat. Is er iets dat je me wilt vertellen?" Hij liet een suikerklontje in zijn koffie vallen.

Hij negeerde zijn oom en schepte cornflakes in zijn mond. "Ik weet niet zeker wat je bedoelt."

Sam wachtte tot zijn neef klaar was met ontbijten. "Ik keek gisteravond bij je en je bed was leeg en het raam stond open. Hoe je eruit bent gekomen met je stoel, weet ik niet. In ieder geval, als je weggaat, moet je het me vertellen. Ik ben verantwoordelijk voor jou en je verblijfplaats. Beloof me dat je me de volgende keer laat weten waar je heen gaat en wanneer je terug bent. Het is beleefdheid."

"I..."

POP.

POP.

Hadz en Reiki verschenen. Reiki vloog naar Sam toe en fladderde voor zijn ogen. Een paar seconden lang leek Sam een zombie. Toen nam hij weer een slok van zijn koffie. Hij hief het glas op, nipte, zette het neer. Herhalen.

E-Z moest denken aan een speeltje voor vogels - waarbij de vogel zijn kop in het glas dompelt en drinkt. Hoe heette dat ding eigenlijk?

"Dippy bird," zei Sam. Hij keek op zijn horloge.

Wat krijgen we nou? Kon zijn oom nu zijn gedachten lezen?

"Wie *kan* zijn gedachten niet lezen?" zei Hadz met een grijns.

Sam stond op en met glazige ogen en robotachtige bewegingen liep hij naar de gootsteen, spoelde zijn beker uit en zette hem in de vaatwasser. Vervolgens pakte hij zijn autosleutels en vertrok zonder iets te zeggen.

E-Z's mond hing open terwijl hij de informatie verwerkte en vroeg toen: "Oké, jullie twee. Wat hebben jullie met mijn oom Sam gedaan? Jullie hadden het recht niet... om... te doen wat jullie deden." Hij was zo boos dat zijn gezicht rood aanliep en zijn vuisten gebald waren.

POP.

POP.

Daar had hij een hekel aan. Elke keer als ze iets verkeerds deden, verdwenen ze en moest hij zich verontschuldigen om ze terug te laten komen, terwijl hij niets verkeerds had gedaan.

"Sorry," zei hij. "Kom alsjeblieft terug."

POP

POP.

"Wat gebeurd is, is gebeurd," zei hij kalm. "Heeft hij echt mijn gedachten gelezen?"

Reiki zei: "Dat deed hij, maar het was een op zichzelf staand incident."

"Dat is goed. Ik zou nooit ergens mee weg kunnen komen."

"Wij zijn jullie back-up, tijdens de beproevingen. Het is aan ons om jou en je vrienden te beschermen, inclusief Uncle Sam."

"Wat heb je met hem gedaan?" vroeg hij opnieuw, toen de deurbel ging. Hij bewoog niet, hij wachtte tot ze zijn vraag zouden beantwoorden. De bel ging weer. "Momentje," zei hij. "Vertel me wat je met hem gedaan hebt. NU!"

"Ik heb zijn geest gewist," fluisterde Reiki.

"Wat heb je gedaan!"

"We moesten wel, om jou en je missie te beschermen," voegde Hadz eraan toe.

PJ en Arden kwamen de keuken binnen. "De deur was niet op slot," zei Arden.

"Ja, we hebben Sam gisteren verteld dat we je vanochtend zouden ophalen."

"Jij ook goedemorgen." Hij duwde zich van tafel.

"We moeten praten maat. Maar we hebben haast."

Hij pakte zijn rugzak en zijn lunch. Ze liepen naar de voordeur. Bovenaan de trap schommelde de stoel naar voren - alsof hij naar beneden wilde vliegen. Hij vroeg zijn vrienden hem naar beneden te helpen. Arden en PJ hielpen hem op de achterbank van de auto. Arden legde de rolstoel in de koffer.

"Hallo, Mrs. Lester," zei E-Z toen de drie jongens op de achterbank van de auto gingen zitten.

"Goedemorgen," zei ze, waarna ze de radio aanzette. De omroeper had het over een nieuw recept.

"Toen ze eenmaal onderweg waren," fluisterde PJ, "wat heb je gisteravond gedaan?"

"Niet veel. Eten. Geslapen. Het gebruikelijke."

"Laat het hem zien."

PJ gaf zijn telefoon door en drukte op play.

Het was een YouTube-video. Van hem, in zijn rolstoel vliegend door de lucht, gewonde mensen dragend. Zijn stoel was bloedrood en bewoog zo snel als een waas in brand. Zijn witte vleugels waren zichtbaar. En het contrast van die zwarte streep op zijn blonde haar accentueerde zijn verschijning.

"Geen idee," zei E-Z, terwijl hij op zijn hoofd krabde en geen enkele verklaring kon delen. Hij wachtte tot de engelen zouden komen en de gedachten van zijn vrienden zouden wissen - dat deden ze niet. Hij wachtte tot de wereld volledig tot stilstand zou komen - dat gebeurde niet. Hij vroeg zich af of hij zijn ouders ooit nog zou zien? Was dit een test? Hij klapte de telefoon dicht en legde hem terug.

"Kerel," zei Arden toen zijn moeder achteruit een parkeerplaats opreed.

"Schiet op, anders kom je te laat," zei ze terwijl ze de kofferbak opende.

"Tot straks," zei Arden toen zijn moeder wegreed.

De drie vrienden liepen zonder iets te zeggen de school binnen. De laatste bel kon elk moment afgaan.

E-Z rolde zichzelf door de gang, terwijl hij in zichzelf glimlachte en zich tegelijkertijd zorgen maakte over wie het filmpje nog meer zou zien. Hoewel het geweldig was om zichzelf in actie te zien. Als een koelere Superman. Een echte held. Hij had mensen gered. Levens gered. Hij en zijn rolstoel waren onoverwinnelijk. Ze waren een dynamisch duo. Hij vroeg zich af of ze de hulp van de twee wannabe engelen wel nodig hadden. Het had goed gevoeld. Elk moment. Het redden. Het redden. De succesvolle voltooiing van nog een beproeving. Geweldig. Kon hij zijn beste vrienden zijn geheim maar verklappen.

"E-Z Dickens!" riep mevrouw Klaus, zijn lerares.

"Ja mevrouw," zei E-Z terwijl hij de bladzijde omsloeg om de les te lezen. Hij vroeg zich af waarom hij tijd verspilde op school. Hij had het niet meer nodig.

✳✳✳

Hij probeerde niet in te dommelen tijdens de les. Mevrouw Klaus hield hem in de gaten, meer dan gewoonlijk. Elke keer als hij wegdoezelde, verhief ze haar stem. Dan werd hij wakker zonder een idee te hebben waar ze het over had.

Toen de bel ging en de les voorbij was, gingen de leerlingen uit elkaar zodat hij als eerste de deur uit kon. Hij wierp een blik op een paar klasgenoten om ze te bedanken. Weinigen maakten oogcontact. De meesten keken weg. Ze waren nog niet gewend aan zijn nieuwe status.

In de gang stond een menigte medestudenten en bewonderaars te wachten. Er gingen flitsen af en er werden foto's gemaakt door camera's en cameratelefoons. Hij hoopte dat de schoolkrant er was. Misschien zouden ze zelfs een artikel over hem schrijven. Maar wacht eens even. Hij zou zijn ouders nooit meer zien - niet als iedereen het wist! Hoe kon dit gebeuren? Hij duwde zich er doorheen. Ze bleven applaudisseren, steeds luider naarmate de tijd verstreek. Een paar riepen: "Speech!"

PJ schoof aan en vroeg: "Heb je Facebook de laatste tijd nog gezien?"

E-Z haalde zijn schouders op.

"Kijk eens naar het laatste nieuws," zei PJ terwijl hij zijn vriend de krantenkoppen liet zien.

"Lokale held in een rolstoel." Hij stopte met bewegen en klikte op de clip. Er stond dat de lokale held op Lincoln High in Hartford Connecticut zat. E-Z besefte al snel dat de leerlingen dachten dat hij de held was - dat was hij ook - maar dat konden ze niet weten. Het was niet de bedoeling dat ze dat wisten. Ze hadden hun gedachten moeten wissen, zoals ze bij Uncle Sam hadden gedaan. Maar het maakte niet uit - hij woonde niet in Hartford Connecticut. Ze hadden het mis. Waarom applaudisseerden zijn klasgenoten dan?

Hij duwde door, zij gingen aan de kant. Hij liep recht de stromende regen in. E-Z vroeg zich af of hij de nieuwe krachten van zijn stoel voor zichzelf kon gebruiken. Ook al was er geen crisis of rechtszaak, zou hij kunnen toveren, of zichzelf naar huis kunnen ritualiseren? Hij dacht hierover na terwijl hij verder rolde over het trottoir. Zijn stoel had hem ooit geholpen een klein meisje te redden, nog voordat hij speciale krachten had.

Hij dacht aan magische woorden als bibbidi-bobbidi-boo en expelliarmus. Hij probeerde ze allebei op zijn rolstoel, maar geen van beide deed iets. Hij keek over zijn schouder en hoorde voetstappen achter zich. Hij verwachtte een van zijn vrienden - in plaats daarvan was het een jongere leerling, die vroeg: "Waar zijn je vleugels?"

E-Z lachte, "Ik heb geen vleugels." Op het juiste moment kwamen zijn vleugels tevoorschijn en droegen hem de lucht in. Eerst dacht hij oh nee, maar hij besloot om het te doen en zwaaide naar het kind, terug op de stoep. Het kind was zo opgewonden dat hij er niet eens aan gedacht had zijn telefoon te pakken om het moment vast te leggen. "Naar huis!" commandeerde hij. Een flits van rood licht voerde hem door de lucht, vlak langs zijn huis omdat de stoel ergens anders moest zijn.

Ze bleven vliegen tot ze recht boven een winkelcentrum waren. Hij voelde de lucht nu trillen en trok hem dichter naar de plek waar hij nodig was. De stoel wees naar beneden, liet hem in een bank vallen en stopte toen in de lucht. De klanten beneden bleven rondlopen - hij was uit hun gezichtsveld. Hij had nog steeds geen idee waarom hij hier was.

Is dit weer een proces? vroeg hij. Hij wachtte, maar er kwam geen antwoord. Als dit weer een beproeving was, dan werd de tijd tussen hen steeds minder. Waar waren die twee engelen - moesten zij hem niet steunen? Hij dacht na over de andere beproevingen. De meeste vonden 's nachts plaats. In het donker. Misschien konden wannabe engelen niet in het licht komen, zoals vampiers? Hij lachte om dat vreemde verband en hoopte dat het waar was. Ergens vond hij het niet erg dat het deze keer alleen hij en zijn stoel waren. E-Z kwam terug bij het moment. Klanten schreeuwden in het winkelcentrum. Hij vloog naar voren, de bank uit en een nabijgelegen warenhuis in. Er waren vrijwel geen mensen.

Bij het landen draaiden de wielen vanzelf en leidden hem mee. E-Z probeerde de controle over te nemen. Maar zijn rolstoel wilde ook controle. Hij versnelde, sneller en sneller. Uiteindelijk liet hij hem domineren, bang dat zijn vingers zouden worden gemangeld.

De stoel kwam tot stilstand toen er klanten voor hen op de grond lagen. De meesten lagen met hun mond gespreid op de grond. Sommigen hadden hun handen op hun achterhoofd, anderen hadden hun handen achter hun rug.

Op verschillende posities zag hij beveiligingscamera's die alleen maar ruis vertoonden. Geen goed teken.

De rolstoel rukte weer naar voren in de richting van een jonge vrouw. Ze was gekleed in camouflagekleding met een hoed over haar ogen getrokken. Ze was blond en had blauwe ogen, het modeltype. Ze had een geweer in haar ene hand en een jachtmes in haar andere. Haar stilte bij het hanteren van de wapens verontrustte hem. Dat en haar overmatig gebruik van rode lippenstift. Het was uitgesmeerd en veranderde een griezelige glimlach in een dreigende grimas.

E-Z keek naar de mensen op de vloer die in gevaar waren. Hoe lang lagen ze daar al? Waar wachtte ze op? Had ze geld geëist? Wie buiten de winkel wist dat deze gijzelingsscène zich afspeelde omdat de camera's niet werkten?

Een van de jongens op de vloer viel hem op. E-Z bracht zijn vinger naar zijn lippen. De man draaide zich om en toen zag hij een telefoon op de grond liggen met een rood pulserend lampje. Het nam het geluid op. Hij hoopte dat het meisje het niet merkte - ze zag eruit alsof ze elk moment kon doordraaien.

E-Z's stoel steeg op, als een kanonskogel, en was al snel bij het meisje. Haar pistool vloog de ene kant op en het mes de andere. Het metalen omhulsel van de stoel viel naar beneden.

"Bel 911," schreeuwde E-Z. En tegen de klanten op de vloer: "Maak dat je wegkomt!" Ze renden weg zonder om te kijken. Nu was hij helemaal alleen met het gekke meisje. "Waarom heb je het gedaan?" vroeg hij.

Ze neuriede de woorden van een liedje dat hij eerder had gehoord, "Ik hou niet van maandagen", grijnsde toen, rolde met haar ogen en zei: "Trouwens, het is maar een spelletje." Ze neuriede het liedje weer voor een paar seconden, met gesloten ogen. Toen opende ze ze, en met wilde ogen en gelach zei ze: "Oh, en als je een professional nodig hebt om je haar goed te verven, ik ken wel iemand."

"Uh, bedankt," zei hij, terwijl hij met zijn vingers door zijn haar ging.

Hij herinnerde zich een liedje dat zijn moeder zong. Een waar gebeurd verhaal, over een schietpartij. De band was vernoemd naar muizen, of ratten.

Hij schudde zijn hoofd. Het meisje voor hem leek op een personage uit een spel dat hij een paar keer had gespeeld. Zelfs tot aan de uitgesmeerde lippenstift toe. Hij kon zich niet herinneren welke, maar hij wist zeker dat ze een speler imiteerde. "Een spelletje spelen is één ding - niemand raakt gewond. Dit is het echte leven. Als je iets niet leuk vindt - doe het dan niet! Doe anderen geen pijn."

"Rot op," antwoordde ze, "alsof ik daar een keuze in had."

De politie viel binnen en hij moest weg.

Ze vonden het meisje vastgebonden met haar wapens in knopen in het beveiligingspad bij een spelcomputer.

Hij ging naar huis, wachtend tot het gevreesde brandende gevoel van zijn vleugels hem zou raken. Hij had het helemaal gemaakt, tot zover ging het goed. Maar hij had zo'n honger dat hij niet kon wachten om alles te eten wat hij te pakken kon krijgen.

In de koelkast lag een halve kip klaar die hij opat terwijl hij wachtte tot de kaas in de pan was gesmolten. Hij at de gegrilde kaas op. Daarna maakte hij er nog een, terwijl hij op een appel knabbelde. Toen hij de appel op had, schepte hij ijs uit de bak. De pijn kwam nooit, maar hij zou een serieus gewichtsprobleem krijgen als hij zo bleef eten.

"Oom Sam?" riep hij, terwijl hij keek of hij ergens in huis was - dat was hij niet. Hij ging naar zijn kantoor en maakte wat huiswerk, daarna speelde hij een paar spelletjes. Nog steeds geen teken van Sam. Geen sms. Geen telefoontjes of gesproken berichten. Sam liet hem altijd weten wanneer hij laat thuis zou komen. Vreemd. Waar was hij?

HOOFDSTUK ZEVENTIEN

HET WAS AL NA middernacht en oom Sam was nog steeds nergens te bekennen. Het was de eerste keer dat hij het maken van eten had overgeslagen, laat staan dat hij E-Z niet had verteld waar hij was. Hij wist hoe angstig zijn neefje werd als hij er geen controle over had. Op zulke momenten jeukte zijn huid, alsof zijn bloed onder de oppervlakte kookte.

Zittend in zijn rolstoel deed hij het equivalent van ijsberen. Hij rolde zijn stoel door de gang en weer terug naar beneden. Het lastige deel was het omdraaien, wat hij in zijn kantoor deed. Op de terugweg naar de keuken zette hij de televisie aan om wat witte ruis te creëren. Hij stopte om te kijken voordat hij terugging naar de gang en een uittreding nam hem over.

Hij zat in de woonkamer in zijn rolstoel naar zichzelf te kijken op de televisie. E-Z schudde zijn hoofd en probeerde er wijs uit te worden. Waarom hadden Hadz en Reiki hun herinneringen niet gewist? Toen gebeurde het - de verslaggever zei zijn naam en zijn echte adres inclusief buitenwijk. Deze keer had hij alles goed - en daar bleef het niet bij.

"De dertienjarige E-Z Dickens wilde een professionele honkbalspeler worden. En hij had de vaardigheden. Toen nam een ongeluk zijn ouders van hem af - en zijn benen. De wees - superheld geworden - woont nu bij zijn enige familielid, Samuel Dickens."

Hij wilde tegen het televisiescherm schoppen. Ze zeiden het zomaar. Alsof alle superhelden wezen moesten zijn. Alsof het een voorwaarde was. Toen zijn telefoon ging, hoopte hij dat het Sam was - het was Arden.

"Kijk je wel?" vroeg hij. "Ze hebben IEDEREEN verteld waar je woont!"

"Ik weet het," zei E-Z. "Het ergste is dat Uncle Sam AWOL is. Hij belt me altijd, wat er ook gebeurt."

Arden had een gesprek met zijn vader. "Blijf daar, pap en ik komen er zo aan. Je kunt bij ons blijven, totdat jij en Sam weten wat we moeten doen. Laat een briefje voor hem achter."

"Bedankt, maar ik red me hier wel."

"Papa zegt, geen als, en of maar. Hij zegt dat de journalisten op je zullen vallen als wit op rijst - wat dat ook moge betekenen."

"Ik had er niet aan gedacht dat de verslaggevers hier zouden komen. Oké, ik maak me klaar."

Hij ging naar zijn kamer, pakte een weekendtas en ging toen naar de keuken om een briefje te schrijven en het op de koelkast te leggen. Buiten stopte plotseling een voertuig met piepende banden. Een deur sloeg dicht, toen werden er schoten gelost en glasscherven uit de ramen geblazen. De voordeur knalde uit zijn scharnieren en zijn stoel steeg op in de richting van de schutter, die bleef schieten toen hij dichterbij kwam.

"Het is nog maar een kind," zei E-Z, gebruik makend van zijn aarzeling. Hij pakte het pistool, bond het in een knoop en gooide het over het gazon.

De jongen, die jonger was dan E-Z, gebruikte de seconden dat hij het pistool gooide om hem op de grond te tillen.

"Niet cool," zei E-Z, terwijl zijn stoel hem van zich af duwde en de metalen kooi op het kind liet vallen dat snikte en om zijn mama vroeg. "Achteruit," zei E-Z tegen de stoel.

Het kind lag opgerold in foetushouding, trillend en huilend. De stoel trok de kooi terug: de jongen bewoog niet.

E-Z, nu terug in zijn rolstoel, vroeg: "Wie heeft je hierheen gereden? En waarom al dat schieten?"

"Het is niets persoonlijks," legde de jongen uit. "Ik moest het doen. Een stem in mijn hoofd zei dat ik het moest doen. Anders zouden ze mij en mijn familie vermoorden. Daarom stal ik de sleutels van mijn vader en leerde ik rijden - snel."

"Heb je nog nooit gereden?"

"Alleen in spelletjes."

Weer spelen. "Over wie heb je het? Hoe heten ze?"

"Ik weet het niet. Ik speel een paar spelletjes online. Een vrouw kwam in het spel en zei dat ze mijn zus zou vermoorden. Ik schakelde over naar een ander spel; een andere vrouw zei dat ze mijn ouders zou vermoorden. In het spel dat ik vandaag speelde vertelde een derde vrouw me dat als ik een kind dat op dit adres woonde niet zou vermoorden, er ernstige gevolgen zouden zijn." De jongen nam een aanloop naar E-Z, maar kwam niet ver. De stoel duwde hem omver en liet de giek zakken.

"Haal me hier uit!" eiste de jongen.

E-Z lachte; de jongen had ballen. "Ga staan," zei hij tegen zijn stoel en hielp de jongen overeind. De jongen bedankte hem door in zijn gezicht te spugen. Hij balde zijn vuisten en overwoog om zijn hoofd eraf te rukken, maar dat deed hij niet. In plaats daarvan omhelsde hij hem. Het kind begon weer te huilen en zijn tranen vielen op E-Z's schouders en vleugels.

"Dank je, Dude," zei de jongen. Hij stapte achteruit, legde zijn hand over zijn hart en verdween.

Toen de politie eindelijk arriveerde, zat E-Z in zijn stoel op de stoep. Toen niet meer. Hij zat weer in de silo en voelde zich claustrofobisch in totale duisternis.

$$\text{✳✳✳}$$

VOORHEEN, TOEN HIJ IN de metalen container zat, kon hij zich bewegen. Nu zat hij in zijn rolstoel en kon hij zich nauwelijks bewegen. Hij probeerde zijn tenen in zijn schoenen te bewegen - hij voelde ze niet. Als zijn benen hier niet werkten, dan was hij blij dat hij in zijn rolstoel zat. Ze waren tenslotte een team: zoals Batman en de Batmobiel. Als reactie op zijn gedachten schoot de rolstoel naar voren als een mastiff aan de lijn.

"Haal ons hier weg," beval E-Z.

Hij voelde een beweging boven zich. Een verschuivend licht als een wolk die door de lucht trok. Kon hij maar omhoog vliegen en door het dak ontsnappen, maar zijn vleugels hadden geen ruimte om uit te zetten.

Zijn huid begon te bubbelen en hij begon te jeuken. Waar was die kalmerende lavendelspray gebleven?

PFFT.

"Uh, dank je," zei hij. Zelfs dit ding kon nu zijn gedachten lezen.

Zijn schouders ontspanden terwijl hij een lijst met eisen opstelde:

Nummer één. Hij wilde Uncle Sam alles vertellen. En hij meende alles. Niets weglaten.

Nummer twee. Hij wilde dat PJ en Arden het wisten. Niet alles, zoals Uncle Sam zou doen. Maar genoeg zodat ze begrepen onder welke druk hij stond. Genoeg zodat ze hem konden steunen en aanmoedigen. Hij haatte het om tegen hen te liegen. Hij wilde dat ze wisten van de proeven. Waarom hij ze deed. Alsof hij er een keuze in had.

Nummer drie. Hij wilde dat ze zijn toestemming vroegen voordat ze hem ontvoerden. Op die manier wist hij wat hem te wachten stond. Hij haatte het om hierin gedropt te worden.

Nummer vier. Hij wilde weten waar hij was. Waarom hij altijd in dezelfde container werd gedropt. Waarom soms zijn benen werkten en soms niet. Waarom soms zijn stoel bij hem was en soms niet.

"De wachttijd is twaalf minuten," zei een vrouwenstem. "Wilt u iets drinken?"

"Water," zei hij, toen het metaal rechts van hem een plank uitspuugde met daarop een glas water. "Bedankt." Hij gooide het terug. Het glas vulde zich weer tot de rand. Hij zette het neer voor later.

Nu hij meer ontspannen was, schoot hem een liedje te binnen. Zijn vader was er dol op. De rolstoel schommelde heen en weer terwijl hij de tekst zong. De stoel bouwde momentum op - alsof hij probeerde los te komen.

Seconden later was hij weer thuis, in zijn slaapkamer met overal gebroken glas. Blauwe en rode lichten pulseerden op de muren. Nu keek hij bij het gebroken raam naar buiten.

"Hij is daarboven!" riep een verslaggever.

✳✳✳

"**N**IET WEER!" RIEP HIJ, nu terug in de metalen container. "Haal me hieruit!" Hij schopte met zijn voet tegen de wand van de silo. "Au!" riep hij. Toen glimlachte hij, blij dat hij zijn benen weer voelde en stond op. Hij stak zijn vuist in de lucht, "Wie denk je wel dat je bent om me hier te brengen, naar je elke gril!"

"De wachttijd is nu zes minuten, blijft u alstublieft zitten."

Er kwamen riemen uit de muren voor hem, achter hem en aan weerszijden van hem. Hij was vastgebonden. Hij vocht om los te komen, maar de leren riemen werden alleen maar strakker. Al snel kon hij alleen nog zijn hoofd en nek bewegen.

PFFT.

"Ah, lavendel," zei hij. Onder hem begon zijn rolstoel te schudden en te trillen. "Het komt wel goed." "Zijn jullie lafaards te bang om naar beneden te komen en me onder ogen te komen?"

PFFT.

PFFT.

Hij viel flauw.

ﾠ ✱✱✱

HIJ SLIEP VAST TOT het dak van de silo openviel als de Astrodome van Houston. En een ding slokte het licht op. Hij kon het voelen, voordat hij het kon zien. Het nam het licht uit zijn wereld. Onder hem trilde de rolstoel, terwijl het ding erboven een vrije val maakte.

Hij kwam tot stilstand, als een spin aan het einde van zijn Latijn.

Lucifer?

Satan?

Hij wachtte, te bang om te spreken.

"Hallo - o - o - o," brulde het gevleugelde wezen, zijn stem weerkaatste tegen de muren.

Hij wenste zo dat hij zijn oren kon bedekken.

Het ding grijnsde, liet scheermesachtige tanden zien en stootte een vies ruikende stank uit.

Hij verslikte zich, hoestte en wenste dat hij ook zijn neus kon bedekken.

Het beest lachte in een brul die op en neer zijn metalen gevangenis denderde alsof het popcorn aan het knallen was. Hij leunde dichter naar het gezicht van de tiener en spuwde: "Spreek ik uw taal niet, meneer?"

E-Z antwoordde niet. Hij kon het niet. Hij voelde zich erg onheroïsch. Het feit dat zijn rolstoel onder hem leek te trillen, maakte zijn zelfvertrouwen er niet beter op.

"Begrijpen jullie me niet?" brulde het ding, waardoor de metalen gevangenis op zijn grondvesten trilde. Het ding kwam nog dichterbij, "DO. JIJ. NIET. HOREN. ME?"

Het was net een pratende wolk met een hoofd in het midden, die zich klaarmaakte om met donder en bliksem op hem neer te regenen. Terwijl hij zijn nagels in de armleuningen zette, vond hij de moed om "Ja" te zeggen. In zijn hoofd overliep hij zijn lijst met eisen.

Het beest brulde en er vloog vuur uit zijn bek. Gelukkig voor E-Z stijgt hitte. Opeens had hij erge honger, naar spek.

"Ik hou van spek," bekende het schepsel.

E-Z vroeg zich af of hij dat over spek hardop had gezegd. Zelfs gezien zijn versnelde angst wist hij dat hij het niet had gezegd. Dat betekende maar één ding: iedereen kon zijn gedachten lezen! Hij rechtte zichzelf en probeerde zichzelf te beschermen door zijn gedachten te sluiten. Zijn gedachten dwaalden af naar voedsel, pannenkoeken in Ann's Café, een dikke chocoladeshake, boterachtige siroop. Alles om de angst weg te houden en de spanning te verminderen. Dit was een marteling, het ding kon zijn gedachten lezen en hem voor altijd gevangen houden. Was er een Superhelden Unie waar hij lid van kon worden?

"Bah, ha, ha!" bulderde het ding van het lachen.

E-Z wou zo graag dat hij zijn oren kon bereiken, maar omdat hij dat niet kon, troostte hij zich met het feit dat het tenminste gevoel voor humor had. "Waarom ben ik hier?"

Het ding antwoordde niet meteen, dus probeerde hij hem te intimideren met een starende blik. Het was vooral moeilijk om de oogklem vast te houden omdat de stoel hem er steeds uit probeerde te gooien. Hij balde zijn vuisten en trok bloed.

Het schepsel bewoog zich met slangachtige behendigheid, zijn schuimende tong golfde heen en weer terwijl het E-Z's vuisten likte.

"Ewww!" riep hij. "Dat is zo vies!"

"Meer alsjeblieft!" eiste het ding, terwijl het bloed op zijn tong glinsterde als regendruppels.

E-Z was eerder bang geweest, maar nu was hij veel banger dan bang. Meer als versteend - maar hij was een superheld. Hij moest ergens kracht vandaan halen - ook al was de stoel nutteloos.

"Nah, nah, nah, nah, nah," zong het ding, terwijl het dichterbij kwam, dan weer verder weg zapte, dan weer dichterbij. Het weerkaatste tegen de muren.

Na enkele ogenblikken kwam het wezen tot rust. Hij kruiste zijn benen in de lucht. Toen legde hij zijn lange knokige vinger op zijn wang. Het leek alsof hij een vriendelijk praatje verwachtte.

"Hadz en Reiki zijn van je zaak gehaald," fluisterde het ding. "Die twee waren imbecielen. Minder dan nutteloos. Ik ben je nieuwe mentor."

Het duistere wezen maakte zich los. Hij fladderde naar boven, maakte een halve buiging met een zwier en steeg hoger op in de container.

E-Z dacht een paar seconden na voor hij antwoordde. Die twee wezens waren hem trouw geweest. Ze hadden hem geholpen en voor hem gezorgd - en het belangrijkste, ze dronken geen mensenbloed.

"Kunnen we dit bespreken?" vroeg E-Z. Hij probeerde te glimlachen. Hij wist niet hoe het er aan de andere kant uitzag.

"NEE!" zei het ding, terwijl het zichzelf dichter naar de uitgang duwde.

E-Z keek toe hoe het omhoog dreef. Hulpeloos. Hopeloos.

"Wacht!" schreeuwde hij, het ding was half in en half uit de container. "Ik beveel je te wachten!" zei E-Z, terwijl het dak zich begon te sluiten, toen stond het ding in een flits in zijn gezicht.

"Y-E-S?" vroeg het.

"Ik wil met je baas praten over het terughalen van Reiki en Hadz. Ze zijn meer geschikt voor mijn, mijn proeven. Voor het succes van de proeven."

"Vind je me niet aardig?" krijste het wezen met een stem als nagels op een schoolbord.

"Stop! Alsjeblieft!"

"Die twee idioten terugbrengen is uitgesloten," draaide het ding als een hamster in een wiel.

"Hou op! Je maakt me duizelig! Haal me hier weg!"

"Oké," zei het, terwijl het zijn armen over elkaar sloeg en knipperde zoals de vrouw in het oude televisieprogramma I Dream of Jeannie.

De silo verdween, terwijl E-Z en zijn stoel op de grond terechtkwamen.

"Ahhh!" riep hij.

Toen verdween zijn rolstoel.

En terwijl hij verder viel, schudde hij zijn vuisten naar het wezen boven hem. Hij zette zich schrap voor de val.

"Ik heet trouwens Eriel."

"Arrggghhh!" riep hij uit.

Hij zat weer in zijn rolstoel en hield zich vast aan zijn leven. Ze vielen nog steeds.

HOOFDSTUK ACHTTIEN

CRASH!

Recht door het dak van zijn huis. Zijn rolstoel kantelde naar voren en dumpte hem op het bed. Daarna rolde hij op de vloer. Ze waren allebei in orde. Ze waren er niet slechter aan toe.

Boven hem herstelde het gat dat ze hadden gemaakt zichzelf.

"Oh, daar ben je!" zei Sam. "Uh, welkom thuis."

E-Z had hem niet eens opgemerkt. Hij had vast geslapen in de stoel in de hoek.

Sam rekte zich uit en gaapte. Toen wankelde hij door de kamer waar een kan water stond te wachten. Hij slurpte een glas vol en bood zijn neefje toen een kopje aan.

"Hoe zit het met dat gemene schepsel Eriel!" zei Sam.

E-Z spuugde het water bijna uit.

"Wie? WAT?"

Sam vervolgde. "Die Eriel, is het smerigste, walgelijkste uit de kluiten gewassen vliegende schepsel dat ik nooit had durven hopen te ontmoeten!" Hij balde zijn vuisten. "Ik hoop dat je me kunt horen, waar je ook bent! Ik ben niet bang voor je!"

E-Z's kaak viel bijna op de grond.

Sam ging verder. "Dat ding had me in een metalen container. Nu weet ik waarom je zo'n nare droom had. Het was echt net een silo. Hij vertelde me dat ik je voogdijschap aan hem moest overdragen, anders zou je worden neergeschoten."

"Oh, dat," zei E-Z. "Ik verwacht dat je al het gebroken glas hebt gezien. Het was een kind, hij probeerde me te vermoorden."

"Ik weet er alles van. Ik heb alles vanuit de silo bekeken. Wist je dat daar een groot tv-scherm was? En ook een behoorlijk goed geluidssysteem."

"Wat? Ik was er net en Eriel heeft niets tegen me gezegd over jou of het overnemen van de voogdij." Hij stak de kamer over, keek naar het plafond, "Is dit een test Eriel? Als ik iets zeg, herroep je dan het aanbod? Geef me een teken."

"Tegen wie heb je het? Eriel is hier niet. Als hij er wel was, zouden we zijn stank van een kilometer afstand kunnen ruiken. Nee, we zijn alleen - ook al heb ik mijn vuisten naar hem opgeheven. Ik had niet verwacht dat hij me zou horen."

"Hij heeft waarschijnlijk overal ogen en oren."

"Ze zeggen dat God overal ogen en oren heeft. Als hij bestaat."

"Wat heeft hij je nog meer verteld, over mij?"

"Hij vertelde me dat je met je ouders had moeten sterven. Hij en zijn collega's hebben je gered - en nu moet je een reeks proeven voltooien."

"Dat klopt. Ik heb geheimhouding gezworen, dus ik vraag me af waarom hij u deze informatie heeft gegeven."

"In het begin probeerde hij me te pesten, maar jij kwam uit de problemen met dat kind. Hij zette me hier in huis af en ik kon je nergens vinden."

"Ja, want hij had me in de container."

"Hij duwde me een paar keer in en uit, maar ik weigerde je voogdij op te geven. Na de tweede of derde keer zei hij dat je gevraagd had om mij alles te vertellen en..."

"Ik heb een plan bedacht om hem dat te vragen. Ik heb hem niet verteld wat het was - maar hij kan, net als bijna iedereen de laatste tijd, mijn gedachten lezen."

"Wat bedoel je met iedereen?"

"Uh, voor Eriel waren er twee wannabe engelen genaamd Hadz en Reiki."

"Oh, hij had het over twee imbecielen. Hij zei dat ze gedegradeerd waren om in de diamantmijnen te werken."

"De hemel heeft mijnen?"

"Ik betwijfel of dat ding uit de hemel kwam - als er zoiets bestaat."

"Vind je het erg als we naar de keuken gaan voor een snack?" vroeg E-Z. Ze baanden zich een weg door de gang, Sam zette de grill aan en maakte brood met kaas en boter klaar. "Terwijl jullie sliepen, heb ik wat onderzoek gedaan naar Eriel. Het kostte wat graafwerk om hem te vinden, maar toen ik de zoektocht eenmaal verkleind had, vond ik goud." Hij schoof de broodjes op borden en bracht ze naar de tafel.

"Bedankt, ik kan niet wachten om er alles over te horen. Vind je het erg als ik er meteen in duik?"

"Nee, ga je gang." Sam keek toe hoe zijn neefje vier happen nam en toen was het broodje op. Hij gaf de zijne door, toch geen honger voelend. "Ik begon met zoeken door Eriel in te toetsen. Er kwam niets naar boven. Dus typte ik Aartsengelen in en de naam Uriel stond bovenaan de pagina."

"Denk je dat ze hetzelfde zijn?" Hij nam nog een hap.

"Dat dacht ik eerst ook. Toen vond ik een lijst van Aartsengelen en de naam Radueriel in de Joodse Mythologie. Toen ik zijn beschrijving bekeek, stond er dat hij mindere engelen kon creëren met een simpele uitspraak."

"Je bedoelt zoals Hadz en Reiki? Wacht even, als hij ze gemaakt heeft, is dat waarschijnlijk waarom hij ze naar de mijnen kon sturen."

"Dat dacht ik ook. Dus, ik denk dat we op basis van die informatie nu weten dat Eriel, alias Radueriel een aartsengel is."

E-Z knikte.

"Dus ik ging verder graven en vond dit. "Een prins die in geheime plaatsen en geheime mysteries kijkt. Ook een grote en heilige engel van licht en glorie."

"Wow, hij is een echte slechterik!

"Hij kan ook iets creëren uit het niets, het manifesteren vanuit de lucht."

"Dus ik neem aan dat hij zijn eigen uiterlijk kan veranderen, plus dat van anderen."

"Dat klopt. En ik heb wat woorden opgeschreven." Hij schoof het stuk papier over de tafel. "Zeg ze echter niet hardop. Als je dat zou doen, zou je hem oproepen." De woorden op het papier waren:

Rosh-Ah-Or.A.Ra-Du,EE,El.

"Onthoud de woorden op dit stuk papier, voor het geval je hem ooit bij je moet roepen."

"Hoe weten we of ze werken?"

"Gebruik ze alleen als het moet. Het is het niet waard om hem hierheen te roepen - tenzij het een laatste redmiddel is."

"Afgesproken." Terwijl hij ze in gedachten herhaalde, voelde hij zich gerustgesteld in de wetenschap dat de aartsengel toch niet continu zijn gedachten las.

"Eriel zei dat ik je moest helpen met de proeven. Ik neem aan dat het redden van dat kleine meisje, de eerste was die je moest doen?"

"Tot nu toe heb ik er verschillende gedaan. De eerste, ja, het kleine meisje. De tweede, ik heb een vliegtuig van een crash gered."

"Ik zou graag meer willen weten over hoe je het hebt gedaan. Het verbaast me dat je niet op het nieuws was."

"Dat was ik, maar je kon niet zien dat ik het was. De derde keer hield ik een schutter tegen op het dak van een gebouw in de binnenstad. De vierde, nog een schutter in een winkelcentrum met gijzelaars en de vijfde, de jongen buiten die me probeerde te vermoorden."

Sam pakte de borden op en bracht ze naar de vaatwasser. "Ik kan je niet vertellen hoe trots ik op je ben. Dit gebeurt allemaal en ik had er geen idee van."

"Ik had geheimhouding gezworen. Als ik het iemand zou vertellen, zouden ze..."

"Zorg ervoor dat je je ouders nooit meer ziet - ja, dat zei hij. Dat klinkt me een beetje verdacht in de oren. Eriel is niet het sentimentele type, hij was als een grote bal van woede die wachtte op een doelwit."

"Ik heb zijn gevoelens gekwetst toen hij dacht dat ik hem niet mocht."

Sam spotte. "Stel je voor dat dat ding gevoelens heeft." Hij stond op. "Wil je koffie?"

"Ik heb liever cacao." Hij gaapte. "Het is echt een lange dag geweest."

"We kunnen hier morgenochtend verder over praten, maar wat vind je van de deadline? Je hebt vijf proeven voltooid, in hoeveel dagen?"

"Ze zijn willekeurig. Ik weet niets over een vaste deadline."

"Eriel vertelde me dat je twaalf proeven in dertig dagen moet voltooien. Als je al twee weken bezig bent, dan moeten ze het opvoeren - heel veel."

"Dat is de eerste keer dat ik dat hoor."

"Hij zei dat als je ze niet op tijd afmaakt - je zult sterven."

"Wat?"

"Ook dat iedereen die je hebt gered zal vergaan. Sam pauzeerde, de gedachte hem nu te verliezen terwijl ze nog maar net begonnen waren. Zijn leven zou weer leeg zijn, alleen maar werk, thuis, werk, thuis. E-Z staarde hem afwachtend aan. "Sorry, ik dacht net aan hoeveel je voor me betekent, kiddo. Maar hij vertelde me nog iets, hij zei dat je samen met je ouders zou sterven. Dat zou betekenen dat alles wat we hebben gedaan, alle tijd die we samen hebben doorgebracht, zou verdwijnen. En ik zeg niet dat ik ooit de plaats van je ouders zou kunnen of willen innemen, maar je weet wat ik bedoel, toch? Ik hou van je, kiddo."

"Jij ook," zei E-Z. Hij wilde Sam omhelzen en Sam wilde hem omhelzen, dat kon hij zien en toch bewogen hun. Hij haalde diep adem, "Dat is hard. Klinkt meer als Eriel though."

"Nog iets, hij zei dat elke keer dat je een proef voltooit, je ziel toeneemt. Tegen de tijd dat je twaalf bent, is je ziel optimaal. Zielsvaluta die je kunt gebruiken om je ouders weer te zien en met ze te praten."

E-Z's stoel schoof achteruit van de tafel toen de voordeur uit de scharnieren vloog en hij de lucht in vloog.

"Arrgghhhhh!" gilde Sam van achter hem. Hij klampte zich vast aan de stoel en de vleugels van zijn neefje als een eigenzinnige vlieger.

"Hou je vast!" zei E-Z. "Volgens mij belt Eriel."

Ze vlogen verder.

HOOFDSTUK NEGENTIEN

"**H**OU JE VAST - we gaan landen." Zijn rolstoel ging naar beneden.

"Ik wou ook dat ik een gordel had!" riep Sam uit, terwijl hij zijn armen om de nek van zijn neefje sloeg.

"Maak je geen zorgen, het wordt een veilige landing."

"Als ik niet eerder loslaat! Arrgghhh!"

Terwijl ze naar beneden liepen, zag E-Z een cirkel van standbeelden. Omdat hij niets anders te doen had, telde hij ze - het waren er honderd met iets in het midden. Vreemd, hij was vaak genoeg in het centrum van de stad geweest maar herinnerde zich deze groep betonblokken niet. De wielen van de stoel tikten aan, maar Sam hield zich nog steeds vast aan zijn leven.

"Het is goed nu," zei E-Z. "Je kunt je ogen open doen."

Dat deed hij. "Ik vermoord die Eriel de volgende keer dat ik hem zie!"

"Shhhh. Het kan sneller zijn dan je denkt." Het ding dat hij in het midden van de standbeelden had gezien was Eriel in menselijke vorm, qua fysieke kenmerken maar niet qua grootte. Bovendien zat hij in een rolstoel die zweefde als een magische troon.

Zijn haar was gitzwart en liep over zijn schouders tot aan zijn middel. Zijn ogen waren als houtskool en zijn huidskleur als albast. Zijn kin was bedekt met stoppels, als een schaduw van zes uur, ook al was het dichter bij de middag. Zijn lippen waren erg rood, alsof hij verse lippenstift had aangebracht. Zijn neus zag eruit als die van een voetballer die meer dan eens gebroken was. Qua kleding droeg hij een wit t-shirt, een zwarte spijkerbroek en aan zijn voeten een paar Jezus-sandalen.

E-Z draaide zich in een kring om en keek opnieuw naar de honderdtien mannen. Ze waren allemaal gekleed in moderne kleding. De meesten droegen brillen en power suits. Toen wist hij de waarheid: Eriel had honderdtien levende, ademende mannen in standbeelden veranderd.

En dat was nog niet alles. Hij realiseerde zich dat, ook al waren ze in het centrale zakendistrict, er geen van de gebruikelijke geluiden waren. Op een normale dag zouden auto's in de file claxonneren en zou de uitlaat de lucht vullen.

De stilte was storend, maar de frisse, schone lucht deed hem dieper inademen. Het kalmeerde hem. Hij wist dat dit de stilte voor de storm was.

Hij keek omhoog in de lucht. Een passagiersvliegtuig was midden in de lucht gestopt. Ernaast zaten vogels die niet meer vlogen. Op de achtergrond wolken. Onbeweeglijk. Stilstaand.

Toen veranderde alles boven hem van blauw in zwart.

En de eens zo angstaanjagende stilte werd weggerukt.

Wat ervoor in de plaats kwam, waren kreunen. Gekreun. Als boomwortels die uit de aarde werden getrokken. En de lucht werd dikker en kronkelde om hun kelen. Stelen hun adem.

En onder hun voeten begon de grond te beven. Het brak wijd open. Een aardbeving. Scheurend. Scheurend.

En de zon en de maan en de sterren schenen allemaal samen, maar slechts voor een seconde. Toen barstten ze uit elkaar en versplinterden in een miljoen stukjes.

"Waarom heb je de mannen in standbeelden veranderd? En waarom probeer je de wereld te vernietigen?" vroeg E-Z. "En waarom zweef je daarboven in een rolstoel?"

"Oh nee," riep Sam terwijl hij zijn vuisten in de lucht stak.

Eriel lachte, "Het werd tijd dat je hier kwam protegé. Hoe durf je me aan te spreken, me vragen te stellen. Ik ben de grote en de machtige, maar ik ben echt, niet nep zoals de Tovenaar van Oz. Je bestaat alleen omdat ik ervoor koos om je te redden."

"Toen Ophaniel met me sprak in de Engelenbibliotheek, had ze het niet eens over jou."

Eriel lachte en wees met een knokige vinger die zich naar beneden uitstrekte en E-Z's neus aanraakte. "Jouw zaak is aan mij gegeven, nadat die twee idioten Hadz en Reiki gefaald hebben in hun taak."

"Raak me niet aan!" De vinger trok terug. "Ik vraag het je nog een keer, wat doe je hier op mijn terrein - en waarom zit je in een rolstoel?"

"Alles zal worden uitgelegd," zei Eriel. Hij tilde zijn voeten op en glimlachte naar hen. "Ik vind deze schoenen mooi; ze zitten erg comfortabel."

"Het zijn geen schoenen, het zijn sandalen," zei Sam, terwijl hij dichter naar de zwevende stoel stapte.

"Wacht, Uncle Sam, ga achter me staan."

Eriel gooide zijn hoofd achterover en lachte. "'Waarheid is een hond moet kennel' - dat is een citaat van Shakespeare wat betekent, je oom moet getemd worden."

"Waarom jij!" riep Sam, terwijl hij zijn vuist in de lucht stak.

" It's hard to beat a person who never gives up' - dat is een uitspraak van Babe Ruth een van de beroemdste honkbalspelers ooit." De stoel van E-Z kwam los van de grond en vloog dichter naar Eriel toe.

"Honkbal is een spel van evenwicht," zei Eriel. "Dat is een citaat van de schrijver Stephen King." Hij aarzelde, grijnsde toen een grijns zo groot dat het leek alsof zijn wangen zouden instorten toen E-Z's stoel viel alsof hij van lood was gemaakt. "Oeps," zei Eriel, terwijl hij bulderde van het lachen.

Het duurde niet lang voordat E-Z controle kreeg over zijn stoel en hij steeg als een lift. Hij probeerde zijn vleugels onder controle te krijgen. Maar daar was geen tijd voor, want hij was in een tol veranderd en draaide rond en rond.

"Arrgghhhhh!" riep hij, terwijl hij zijn nagels in de armleuningen van de stoel zette. Het draaien stopte, de stoel zakte weer als een loden ballon en stopte toen.

Opnieuw probeerde hij zijn vleugels aan de praat te krijgen. Ze werkten niet mee en voor hij het wist draaide hij weer. Maar deze keer tegen de klok in.

"Hhhhgggggrrraaa!" riep hij.

Eriel lachte zo hard dat de aarde schudde.

Beneden raapte Sam stenen op van de stoep en gooide ze naar Eriel, die de meeste stenen ontweek. Eén grote steen raakte echter de neus van het wezen. "Pak iemand van je eigen leeftijd!" riep Sam.

Terwijl het bloed over zijn gezicht stroomde, zette Eriel de oom van E-Z op zijn plaats.

"Neeee!" schreeuwde E-Z terwijl hij verder draaide. Toen hij ondersteboven tot stilstand kwam, kon hij zich niet vergissen in wat hij beneden zag. Uncle Sam was nu een van de standbeelden in een cirkel: daar stonden honderdelf mannen. Hij was zo duizelig, maar toch schoot hem een citaat te binnen en omdat het alles was wat hij had, schreeuwde hij het zo hard hij kon: "Het is niet voorbij tot het voorbij is!

POP.

POP.

Hadz zat op een van de schouders van de tiener, Reiki op de andere.

"Dat is een quote van Yogi Berra en dit, is van mij en Uncle Sam!"

In zijn handen hield hij nu de grootste knuppel ter wereld, een replica van Babe Ruth's 54 ouncer en hij was verblind door diamantstof. Hij had geen idee hoe zwaar deze knuppel was toen hij een zwaai maakte naar Eriel op zijn rolstoeltroon en hem over de kop liet vliegen. Hij zong: "doe de man in de maan de groeten als je hem tegenkomt!".

In de verte zei de galmende stem van Eriel: "Proef volbracht!".

Hadz en Reiki applaudisseerden. Net als de honderd-en-elf mannen die waren teruggekeerd naar hun menselijke vorm, waaronder Uncle Sam.

"Natuurlijk weet je dat hij terugkomt," zei Hadz. "En hij zal heel boos zijn!"

"Bedankt voor jullie hulp!" zei E-Z, terwijl hij en Sam naar huis vlogen.

Reiki en Hadz wiste de gedachten van de honderdtien, hervatte toen het werk in de mijnen en hoopte dat niemand merkte dat ze hadden bedacht hoe ze konden ontsnappen.

Eriel bleef uit de hand lopen terwijl hij een wraakplan opstelde.

EPILOOG

NA EEN PAAR DRUKKE dagen kon E-Z eindelijk goed slapen. Hij droomde over honkbal en de volgende dag kwamen Arden en PJ langs om hem mee te nemen naar een wedstrijd. "Ik heb vandaag geen zin om te spelen, maar ik ga mee voor het moreel," zei hij.

"Natuurlijk," antwoordden zijn vrienden.

Toen ze E-Z eenmaal op het veld hadden, stonden ze erop dat hij speelde. Hij moest vangen en hij stemde toe. Toen hij voor het eerst aan slag mocht, wilde hij zelf slaan. Hij pakte zijn favoriete knuppel en liep naar de plaat. De eerste worp was hoog en hij miste. Zijn werpzone was erg verkleind omdat hij zat.

"Strike one", riep de scheidsrechter.

E-Z rolde zichzelf weg van de plaat. Hij maakte nog een paar oefenslagen en ging toen weer terug. Bij de volgende worp raakte hij hem, en hij ging uit.

"Strike twee," riep de scheidsrechter.

"Geen slagman, geen slagman," kletsten de jongens in het veld.

De werper gooide een boogbal en E-Z leunde in de worp en schoot raak. Hij vloog het veld uit. Over het hek. Het park uit.

"Neem de honken," zei de scheidsrechter. "Je verdient het jongen."

E-Z draaide zichzelf rond de honken en weerhield zijn stoel ervan om op te stijgen. Toen zijn stoel de thuisplaat raakte, verzamelden zijn teamgenoten zich juichend om hem heen. Hij genoot ervan zolang het duurde.

Totdat hij weer in de metalen container belandde - alleen was hij deze keer opgerold in een bal - en hij geen stoel meer had. Net als een pasgeboren baby haalde hij diep adem omdat dat het enige was wat hij kon doen. Wacht. Baby's konden zichzelf omdraaien. Hij hoefde zich alleen maar te concentreren.

Ja, hij deed het. Het enige probleem was dat hij er niet beter aan toe was. Hij was nog steeds opgerold, in het donker. Opgesloten in een ruimte zonder licht of mogelijkheid om nauwelijks te bewegen. In feite was de vorm van de metalen container deze keer anders. Het was slanker aan de ene kant en had de vorm van een kogel.

Dat hij dit wist, hielp niet, want zijn claustrofobie en angst schoten in de hoogste versnelling. Hij vroeg zich af hoe lang hij kon blijven ademen in deze kleine ruimte. Niet lang. Hij zou binnen de kortste keren zonder lucht komen te zitten en sterven. Hij inhaleerde diep, in een poging het angstniveau laag te houden.

Eén ding was zeker: Eriel paste op geen enkele manier in dit ding met hem. Tenzij hij de muren wijd open blies - wat misschien nog niet zo'n slecht idee was.

E-Z klopte op de muren en het plafond. Hij schreeuwde. Schreeuwde. Hij herinnerde zich zijn telefoon. Kon hij erbij? Hij lag er niet. Hij had hem in de sporttas gestopt om zich aan de regel te houden dat telefoons niet zijn toegestaan op het veld.

Buiten de container klonken verontrustende geluiden. Gekras. Ratten? Nee, geen ratten. Hij kon met veel dingen omgaan, maar niet met ratten. "Laat me eruit!" schreeuwde hij.

Een motor gestart. Een ouder voertuig, zoals een vrachtwagen. De vloer onder hem begon te schudden en te rammelen toen de kogel naar voren rolde en rond stuiterde.

Buiten stuiterde de container tegen de muren. Binnenin zat hij in zo'n kleine ruimte dat er niet veel beweging was. Dat was één voordeel van opgesloten zitten in een kogel.

Het voertuig raakte iets en E-Z's hoofd raakte de bovenkant van het ding. Hij schreeuwde het uit, maar het geluid stierf weg. De metalen container bewoog opnieuw, zijwaarts. Hij raakte iets en keerde toen terug naar zijn oorspronkelijke positie. Zijn schouder deed pijn van de klap.

E-Z vroeg zich af of dit een taak van Eriel was, maar besloot dat het niet zo kon zijn. Hij begon te denken dat hij ontvoerd was en gevangen werd gehouden. Maar waarom nu?

"Hé!" riep hij toen het metalen voorwerp omrolde en op de vlakke bodem landde - waar zijn billen waren. Nu was het gewicht gelijkmatiger verdeeld. Hij was comfortabel. Of zo comfortabel als maar kon onder deze omstandigheden. Dus bleef hij heel stil staan tot het voertuig volledig tot stilstand kwam en hij achterover viel.

Hij haalde diep adem, kalmeerde zichzelf en zei de woorden hardop,

"Roch-Ah-Or, A, Ra-Du, EE, El."

Terwijl hij wachtte, vroeg hij: "Waar ben je, Eriel? **Roch-Ah-Or, A, Ra-Du, EE, El?"**

"Je hebt me opgeroepen?" zei Eriel. Zijn stem was helder en duidelijk, maar hij was niet zichtbaar.

"Ja, Eriel, ik denk dat ik ontvoerd ben. Ik zit in een container. Kun je me helpen?"

"Ik weet altijd waar je bent," zei Eriel. "De vraag die je zou moeten stellen is WIL ik je helpen."

"Ik wist niet dat jullie me 24 uur per dag in de gaten hielden!" riep E-Z uit, die steeds bozer werd naarmate het moment verstreek. Hij haalde een paar keer diep adem en kalmeerde zichzelf. Hij had Eriëls hulp nodig en de aartsengel ging het hem niet gemakkelijk maken. "Ik kan de bestuurder van dit ding niet zien en ik kan mijn vleugels niet uitslaan. En waar is mijn stoel? Ik heb hier bijna geen lucht meer. Als je wilt dat ik die proeven voor je afmaak, dan kun je me hier maar beter snel uit halen."

"Eerst beledig je me, door te vragen of ik een engel ben of niet, en dan smeek je me om je te helpen. Mensen zijn inderdaad erg wispelturige wezens."

"Ik weet het. Het spijt me. Help me alsjeblieft."

"Heb je overwogen," stelde Eriel voor. "Dat dit een beproeving IS? Iets wat je zelf moet overwinnen?"

"Vertel je me nu dat dit zeker een rechtszaak is?"

"Ik zeg niet dat het zo is. En ik zeg niet dat het niet zo is," zei Eriel met een grinnik.

E-Z was woedend. Hij miste Hadz en Reiki zo.

"Zo triest dat je nog steeds aan die twee idioten denkt. Nu E-Z, als het een rechtszaak was, hoe zou je jezelf er dan uit halen?"

"Ten eerste hebben ze me geholpen toen je de aarde bijna doodde. Ten tweede kan het geen beproeving zijn, want er is niemand die ik kan helpen."

Eriel lachte. "Beschouw je jezelf als niemand?" Eriel pauzeerde. "Vandaag red je jezelf en alleen jezelf. Gebruik het gereedschap dat je tot je beschikking hebt." Hij aarzelde en lachte toen weer. "Denk buiten de metalen container." Hij lachte zo hard in de metalen kogel dat het pijn deed aan E-Z's oren. Hij bedekte ze. Toen hoorde hij Eriel niet meer.

E-Z sloot zijn ogen en concentreerde zich. Hij besloot zijn vuisten te ballen en te proberen de muren uit elkaar te duwen. Hoe hard hij ook probeerde, ze gaven geen krimp. Plan B was om zijn stoel op te roepen en dat deed hij. Hij stelde zich voor dat hij niet ver weg was. Misschien zweefde hij daarboven, wachtend tot E-Z hem tevoorschijn riep. Hij concentreerde zich zo hard op het roepen van zijn stoel, dat hij niet merkte dat er iemand buiten liep. Voetstappen op de stoep. Een man, met stampende laarzen. De man liep rond het voertuig, naar de achterkant. Een sleutel ging erin. De deur ging open.

"Hij heeft hier liggen rollen," zei de man.

Een lach. Niet de lach van Eriel. De lach van een andere man.

Toen een schreeuw.

Toen nog meer geschreeuw.

Dan rennen. Wegrennen.

Meer geschreeuw.

Dan beweging. De container in beweging. Hij werd in zijn rolstoel getild.

Dan omhoog, hoger en hoger. Weg naar de veiligheid.

"Bedankt," zei E-Z tegen zijn stoel. "Breng me nu naar huis, naar Uncle Sam."

E-Z wist dat Uncle Sam in staat zou zijn om hem uit de container te krijgen. Hij had een gigantische blikopener nodig, maar als er een te vinden was, zou Uncle Sam die wel vinden.

Zijn rolstoel reed echter de andere kant op.

BOEK TWEE: DE DRIE

HOOFDSTUK EEN

VER, VER WEG VAN waar E-Z Dickens woonde, danste een klein meisje. Haar balletlessen waren in een kleine studio in het centrale zakendistrict van Nederland.

Ze was een mooi kind, met goudkleurig haar en een streep sproeten over haar neus en wangen. Haar meest memorabele kenmerken waren haar hazelgroene ogen. De kleur was precies hetzelfde als die van haar oma. Haar droom was om ooit Nederlands beroemdste ballerina te worden.

Haar roze tutu was gemaakt van tule. Het was een netachtige, lichtgewicht stof die door ontwerpers werd gebruikt voor professionele dansers. Haar tutu was voor haar ontworpen en genaaid door haar kinderjuf. Het ballerinakostuum - een kunstwerk op zich - zozeer zelfs dat elk kind in de klas er een wilde.

Hannah, Lia's oppas, kreeg veel verzoeken van andere ouders om voor hun dochters dezelfde tutu te maken. Ze vertelde de kinderen, hun ouders, leraren en vele anderen met klem dat ze geen tijd had om het extra werk op zich te nemen. Hoewel ze het geld goed had kunnen gebruiken.

Alles wat Hannah deed, deed ze omdat ze van haar pupil Lia hield. Lia, die ze haar kleintje noemde, wat vertaald kleintje betekent.

Toen de balletles bijna voorbij was, pakte Lia haar schoenen in. Ze wreef over haar pijnlijke voeten.

Alle balletdansers - zelfs zevenjarigen zoals Lia - moesten minimaal twintig uur per week trainen.

Dit extra werk, bovenop een volledig schoolprogramma, vereiste toewijding en inzet. Kinderen die het niet konden bijbenen, werden prompt de deur gewezen. Hoeveel geld hun ouders ook aanboden om ze in het programma te houden.

Lia hoopte ooit haar idool Igone de Jongh, de beroemdste Nederlandse ballerina aller tijden, te ontmoeten. Sinds haar idool met pensioen is, keek Lia naar haar optredens op televisie.

Hannah zorgde doordeweeks voor Lia. Lia's moeder Samantha reisde doordeweeks voor zaken.

Buiten de dansstudio stapten Hannah en Lia in de Volkswagen Golf. Ze zouden snel thuis zijn.

"Heb je huiswerk?" vroeg Hannah.

Lia knikte.

"Goed," vertaald als goed. "Ga aan de slag als ik het eten klaarmaak," zei Hannah.

"Oke," vertaald als oké, antwoordde Lia.

Lia ging meteen naar haar kamer waar ze haar balletpakje ophing en aan haar bureau ging zitten.

Op school leerden ze over de legende van de Heksenboom. Hun opdracht was om de boom te tekenen en er iets magisch aan te geven. Ze wilde een omtrek tekenen met krijt. Dan pijpenragers gebruiken voor de wortels en glitter op de bladeren voor het magische element.

Hoewel ze een natuurlijk talent had voor kunst, genoot ze niet van het maken ervan. Haar voorkeur ging uit naar dansen. Ze klaagde niet en verwierp geen taken die ze niet leuk vond. Het lag niet in haar aard om ongehoorzaam of storend te zijn.

Hoewel Lia in Zumbert woonde, ging ze naar een internationale school. Haar Engels was uitstekend. Zumbert zelf stond wereldwijd bekend als de geboorteplaats van Vincent Van Gogh. Lia wist alles over Van Gogh omdat zij en hij hetzelfde bloed door hun aderen hadden stromen.

Nadat ze haar huiswerk had gemaakt, opende ze haar computer. Ze ging aan en speelde een spelletje. Het volgende level bereiken zou maar even duren. Hannah zou haar snel naar beneden roepen voor avondeten.

Niemand hoeft het ooit te weten, zei een stemmetje in haar achterhoofd. Lia luisterde naar het stemmetje, maar om er zeker van te zijn dat niemand erachter zou komen, sloot ze haar slaapkamerdeur.

Terwijl haar vingers over het toetsenbord klikten, ging de lamp boven haar bureau met een plop uit. Ze klapte de laptop dicht en opende haar deur weer. Ze keek naar de hal waar de reserve halogeenlampen lagen. Nanny bewaarde een voorraad in de linnenkast boven aan de trap. Lia hoefde alleen maar naar buiten te gaan, er een te halen, terug te komen en zelf de lamp te verwisselen. Dan had ze meer tijd om haar spel te spelen.

Terug in haar kamer beoordeelde ze de situatie. Ze moest op haar bureaustoel gaan staan, die op wieltjes stond. Ze duwde hem stevig tegen het bed om hem vast te zetten. Ja, dat zou werken.

Ze zette de stoel vast onder de lamp en klom erop. Met de nieuwe gloeilamp onder haar kin schroefde ze de oude los. De uitgebrande gloeilamp gooide ze op het bed. Ze nam de andere gloeilamp onder haar kin vandaan en schroefde hem erin.

CRACK!

De nieuwe gloeilamp ontplofte.

Glasscherven, meestal minuscuul, spoten eruit. In het gezicht en de ogen van het kleine meisje.

Lia schreeuwde niet meteen, want een blauw licht vulde de kamer waardoor de tijd stilstond. Het licht omringde haar terwijl het zich op gelijke hoogte met haar gezicht bewoog.

ZWIJGEN!

Er verscheen een piepklein engelenwezen dat de ogen van het kleine meisje onderzocht. Toen ze besloot dat ze onherstelbaar beschadigd waren fluisterde ze: "Wil jij één van de drie zijn?"

"Ja," vertaald als ja, zei Lia. terwijl de tijd stopte.

De engel, die Haniel heette, kwam aan. Ze zong een kalmerend slaapliedje voor Lia, terwijl ze het glas verwijderde.

In het Engels luidde de songtekst:

"Een verdrietig klein meisje ging zitten

Op de oever van de rivier.

Het meisje huilde van verdriet

Omdat haar beide ouders dood waren."

In het Nederlands luidde de songtekst:

"Asn d'oever van de snelle vliet

Een treurig meisje zat.
Het meisje huilde van verdriet
Omdat zij geen ouders meer had."
Gelukkig sliep kleine Lia en kon ze niet schrikken van de woorden van het slaapliedje.

Toen Haniel klaar was met het ergste deel van Lia's wonden, zette ze haar handen op haar heupen en stopte met zingen. De taak was bijna volbracht, nu hoefde ze alleen nog maar de basis te leggen voor de nieuwe ogen van haar protegé.

Lia's twee handjes waren opgerold tot ballen. Strakke vuistjes. Haniel liet haar vleugels zachtjes over de gesloten vingertjes strelen om ze open te krijgen.

Toen Lia's handpalmen open waren, tekende de engel Haniel met haar wijsvinger de vorm van een oog op beide handpalmen. Op de vingers tekende ze een enkele lijn die van de handpalm naar het uiteinde van de vinger liep. De engel Haniel kuste Lia zachtjes op haar voorhoofd.

ZWIJGEN!

toen ze verdween.

De tijd startte opnieuw en onze dappere kleine Lia schreeuwde nog steeds niet. Een schok doet dat met je lichaam als verdedigingsmechanisme en door de tijd stil te zetten, stopte ook de pijn. Toen Lia eindelijk gilde, kon ze niet meer stoppen. Niet toen de ambulance arriveerde. Of toen ze op een brancard het voertuig in werd gedragen en de sirene meedeinde met haar gegil. Of toen ze op een brancard het ziekenhuis in werd geduwd. Niet toen ze een groot licht in haar gezicht schenen, dat ze kon voelen maar niet zien.

Ze stopte met schreeuwen toen ze haar verdoofden. Daarna gebruikten ze de nieuwste technologie om het resterende glas te verwijderen. Elk stukje glas was echter al verwijderd. De chirurgen verbonden haar ogen en brachten haar naar haar kamer om bij te komen.

Na de operatie arriveerde Lia's moeder Samantha. Ze had een red eye vlucht uit Londen genomen. Ze ontmoette de chirurg terwijl haar dochter verder sliep.

"Het spijt me, maar ze zal nooit meer zien," zei hij.

Lia's moeder duwde haar vuist in haar mond en vocht tegen de drang om te jammeren.

De dokter zei: "Ze kan braille leren en naar een school voor slechtzienden gaan. Ze is op een uitstekende leeftijd om te leren en ze zal de kennis absorberen. Binnen de kortste keren zal gebarentaal een tweede natuur voor haar zijn."

"Maar mijn dochter wil balletdanseres worden. Heb je ooit gezien of gehoord van een blinde professionele danseres?"

"Alicia Alonso was gedeeltelijk blind. Ze liet zich daardoor niet tegenhouden."

Lia's moeder klopte op de hand van haar slapende dochter. "Dank je, ik zal op internet meer over haar te weten komen. Zeven is veel te jong om een droom op te moeten geven."

"Daar ben ik het mee eens. Ga jij nu ook wat rusten. Lia wordt zo wakker en je moet sterk voor haar zijn. Voor als je het haar vertelt. Als je wilt dat ik hier ook ben, laat het me weten."

"Dank u, dokter, ik probeer het eerst zelf af te handelen."

Toen de deur dichtging, raakte Lia's moeder de vlekken op het gezicht van haar dochter aan. De indrukken die achterbleven leken op boze regendruppels. Toen keek ze naar Lia's slapende kindermeisje Hannah. Toen ze langs haar liep om water te halen, schopte ze per ongeluk expres tegen haar linkerschoen om haar wakker te maken. "Naar buiten!" zei ze, terwijl Hannah gaapte.

In de gang liet Lia's moeder Samantha haar emoties de vrije loop zonder zich in te houden. "Hoe kon je dit mijn baby laten overkomen? Hoe kon je dit laten gebeuren? Het ene moment zat ik in een vergadering - het volgende moment moest ik mijn zakenreis afbreken en de eerste vlucht uit Londen nemen! Wat is er gebeurd? Hoe kon het gebeuren?"

"We kwamen net terug van balletles. Ik was het eten aan het bereiden en Lia was haar huiswerk aan het afmaken. De gloeilamp moet zijn doorgebrand. Ze pakte een andere uit de gangkast en probeerde hem zelf te vervangen en hij ontplofte. Toen ze gilde, was ik er in een paar seconden en de ziekenwagen was er zo. Ik heb gebeden dat het goed zou komen met haar ogen, dat het goed met haar zou komen."

"Je bidt in je slaap dan, hè?" vroeg Samantha, zonder op een antwoord te wachten. "De artsen zeggen dat ze nooit meer zal zien," zei Samantha met een onvriendelijk venijn in haar stem.

✳✳✳

ONDERTUSSEN VLOOG LIA IN een droom met een engel. Ze had haar armen om zijn nek en nestelde zich tegen zijn borst. De beweging van de rolstoel in de lucht wiegde en troostte haar.

Toen draaide haar geest zich om en keek ze van bovenaf naar een metalen container. De container zat op de zitting van een rolstoel met vleugels. Hij werd vervoerd naar een plek die ze niet kende.

Ze hield haar rechterhand omhoog en toen haar linkerhand, en daarmee kon ze zien dat er een engel/jongen in gevangen zat. Hij had een vriendelijk gezicht, met ogen die blauwer waren dan de hemel met vlekjes goud waardoor ze glinsterden, ook al was hij in het donker. Zijn haar was meestal blond, op wat vergrijzing bij de slapen na. Maar het vreemdste was een zwarte streep in het midden. Het deed de jongen ouder lijken.

De engel/jongen in de container die op de zitting van de rolstoel zat, vloog dichter naar het kleine meisje in haar droom. Ze raakte de container aan en toen ze dat deed, kon ze de hartslag van de engel/jongen binnenin voelen en horen. Niet alleen dat, maar ze kon ook zijn gedachten en emoties lezen.

Lia werd wakker en riep: "Moeder! Hannah! Kom snel!"

"Ik ben hier, schat," zei haar moeder terwijl ze terugliep naar het bed van haar dochter.

Hannah veegde haar ogen af en kwam de kamer weer binnen.

"Er is geen tijd voor je moeder om Hannah de schuld te geven. Dit was een ongeluk. Bovendien is onze hulp nodig. Zoek alsjeblieft papier en potloden voor me - NU."

"Ze ijlt!" riep Samantha uit. Ze controleerde het voorhoofd van haar dochter op temperatuur. Die leek in orde.

Hannah haalde de gevraagde spullen uit haar tas en legde ze in Lia's handen.

Zonder aarzelen begon Lia te tekenen. Als een bevlogen kunstenaar kraste ze op het papier. Samantha en Hannah keken nieuwsgierig toe.

De eerste tekening die ze maakte, was van een jongen in een metalen kogelvormige container. De container rustte in de zitting van een rolstoel en de rolstoel had vleugels. Engelenvleugels. Lia sloeg de bladzijde om en tekende een tweede plaatje van een jongen/engel binnenin vanuit alle hoeken. Van alle kanten. Na het eerste plaatje tekende ze er nog veel meer maniakaal, en toen gooide ze ze de lucht in.

De foto's dansten door de kamer, alsof ze gevangen waren in een windvlaag, dansten omhoog, dan omlaag, dan helemaal rond. Alsof ze betoverd waren. Een van de foto's achtervolgde het kindermeisje, dus rende ze gillend de kamer uit.

Lia sloot haar vuisten stevig en mompelde toen wat onverstaanbare woorden.

"Moet ik de dokter bellen?" vroeg haar hysterische moeder. "Mijn baby, oh nee, mijn arme baby!"

Hannah keek trillend toe hoe Lia weer in slaap viel.

De twee vrouwen zaten aan het bed van het kind. Ze keken toe hoe ze vredig sliep, tot uiteindelijk ook zij in slaap vielen.

Lia kon niet zien met de hazelnootkleurige ogen waarmee ze geboren was. Ze waren vervangen door ogen op haar handpalmen.

Haar nieuwe in de palm geplaatste ogen bevatten elk normaal deel van een oog. Zoals de pupil, de iris, de sclera, het hoornvlies en de traanbuis. Elk palmoog had een ooglid. De bovenkant begon waar de vingers eindigden. De onderkant eindigde waar de pols begon.

Wat de wimpers betreft, was er op elke vinger een haarlijn getatoeëerd. Van de bovenkant van het ooglid tot waar de nagel begon, net als bij de duim.

Dat was maar goed ook, want geen enkel jong meisje wilde vingers waar haar op groeide.

Vooral niet een klein meisje als Lia, die hoopte op een dag een groot ballerina te worden.

HOOFDSTUK TWEE

Toen ze wakker werd, jeukten haar handpalmen enorm. Ze jeukten zelfs meer dan ooit tevoren. Dat deed haar denken aan iets wat haar oma ooit zei. Grootmoeder zei dat als je rechterhand jeukte, dat betekende dat je geld kreeg, en veel geld. Als je linkerhand jeukte, betekende dat dat je geld verloor. Ze zei nooit wat er zou gebeuren als beide handpalmen tegelijk jeukten.

Een flits van de engel/jongen die vastzat in de container trok haar terug naar de realiteit. Ze opende haar handpalmen, klaar om te krabben. In plaats daarvan schrok ze toen ze zichzelf erin weerspiegeld zag. Ze glimlachte, alsof ze poseerde voor een selfie.

Nog steeds niet honderd procent zeker of ze droomde, draaide ze beide handpalmen van zich af. Haar bedoeling was om een panoramisch uitzicht over de kamer te krijgen. Haar bedoeling was om een panoramisch uitzicht over de kamer te krijgen.

Het was ingericht alsof ze in een aquarium zwom. Clownvissen en goudvissen zaten druk achter elkaars staart aan. Ze bleef haar handen door de kamer bewegen tot ze Hannah vond. Toen vond ze haar moeder. Ze gilde van verrukking.

Lia's moeder, Samantha, sprong op, net als Hannah.

"Wat is er schatje?"

"Mama? Ik kan je zien."

"Natuurlijk mag je dat, schat."

"Geloof je me?"

"Ja, natuurlijk geloof ik je. Maar vertel me eens, waarom heb je een rolstoel met vleugels getekend? Rolstoelen hebben geen vleugels."

Ze ziet mijn nieuwe ogen niet, dacht Lia. "Ik hou van je, mama, maar sommige rolstoelen hebben vleugels en sommige engelen vliegen in rolstoelen met vleugels."

"Ik hou ook van jou schatje," antwoordde ze. "Welke jongen/engel? Had je een droom?"

"Er is een jongensengel," zei Lia.

"Een jongen/engel? Waar baby?"

Lia opende haar handpalmen en dacht aan de engelachtige jongen. Ze dacht zo hard na dat ze hem kon zien, horen, zijn aanwezigheid in haar gedachten kon voelen. "De engel/jongen komt hier om mij te zien," zei ze.

"Hier schat?" vroeg haar moeder, terwijl ze een blik wierp in de richting van het kindermeisje dat haar schouders ophaalde.

"Ja, de engelenjongen heeft mijn hulp nodig. Hij komt helemaal uit Noord-Amerika naar me toe."

"Toen je de tekeningen maakte," vroeg Hannah, "tekende je toen vanuit een herinnering aan de engel/jongen?"

"Of uit een droom?" vroeg haar moeder.

"Het begon als een droom, maar nu kan ik hem ook zien als ik wakker ben."

"Als je me kunt zien schatje, wat heb ik dan aan?"

"Ik kan je zien mama, niet met mijn oude ogen. Maar met mijn nieuwe. Je draagt een rode jurk, met parels om je nek."

Een oudere patiënt die langs haar kamer liep, stond stil toen hij een kind zag met haar handpalmen open voor zich. *Zij is het*, dacht hij, en om dit te bevestigen hoefde hij niet lang te wachten. Want Lia, die de aanwezigheid van een ander voelde, draaide haar linkerhandpalm in de richting van de deur. De oude man zag haar handpalm knipperen en stapte toen uit haar zicht.

"Ze gokt," stelde Hannah voor, terwijl ze Lia's aandacht van de deuropening afleidde.

Er kwam een verpleegster aan en Lia, die haar nog nooit eerder had gezien, zei: "Hallo, verpleegster Vinke."

"Hebben we elkaar eerder ontmoet?" vroeg verpleegster Heidi Vinke.

Lia giechelde. "Nee, maar ik kan je naamplaatje lezen."

"Ze zegt dat ze kan zien, met haar nieuwe ogen," zei Lia's moeder.

"Zo, zo," antwoordde verpleegster Vinke, terwijl ze naar de moeder keek in plaats van naar het kleine meisje. Het kind vond het niet erg dat verpleegster Vinke haar moeder mee naar buiten nam om privé met haar te praten.

"Het is normaal dat je dochter haar verbeelding gebruikt onder deze omstandigheden, ze heeft haar zicht verloren. Ze is een vrolijk klein ding, ook al is haar iets vreselijks overkomen."

Samantha knikte en de twee gingen terug naar Lia.

"Je moet wel moe zijn," zei verpleegster Vinke terwijl ze de pols van het meisje voelde.

"Dat ben ik niet," zei Lia. "Ik ben net wakker geworden en ik wil niet weer gaan slapen. Als ik nu ga slapen, mis ik hem misschien."

"Juffrouw wie?" vroeg Vinke, terwijl hij het kleine meisje instopte.

"Waarom, de jongen/engel," zei Lia. "Hij komt nu dichterbij. Bijna hier - en hij heeft mijn hulp nodig. Ik kan niet wachten om hem te ontmoeten. Hij heeft een lange, lange weg afgelegd, alleen maar om mij te zien."

"Zo, zo, kind," kirde Vinke. Ze duwde een naald met een slaapmiddel in Lia's arm.

Lia protesteerde, maar viel toen meteen in slaap.

"Welterusten, schatje," koerde haar moeder.

✳✳✳

DE OUDERE MAN KEERDE terug naar zijn kamer, nam onmiddellijk de telefoon op en vroeg om een buitenlijn.

"Ze is hier," fluisterde hij in de telefoon. "Ik heb haar zelf gezien - hier in het ziekenhuis, in de hal van mijn kamer."

Er was een stilte, toen een klik aan de andere kant. De oude man stapte in bed. Hij zette de televisie aan met de afstandsbediening.

Zijn favoriete programma: Now or Neverland (ook bekend als Fear Factor) was net begonnen. Hij wilde zien wat die idioten in de aflevering van deze week zouden uitspoken.

HOOFDSTUK DRIE

NOG STEEDS VERKRAMPT IN de zilveren kogel, voelde E-Z zich niet meer zo alleen. Want in zijn hoofd praatte hij met een klein meisje.

Ze was in zijn gedachten gekomen met een lichtflits en een schreeuw. Ze was gewond. Hij keek toe hoe de engel Haniel haar hielp. Hij luisterde toen Haniël een liedje zong voor het kleine meisje terwijl ze het glas verwijderde.

Wat daarna kwam was onverwacht. De engel Haniël tekende lijnen op de handpalm en vingers van het kleine meisje. Haniël gaf het kind een nieuw soort zicht. En palmogen.

Hij wist meteen dat het lot van het kleine meisje verbonden was met het zijne.

In het begin kon hij haar wel in gedachten zien, maar niet met haar communiceren. Het was alsof hij in gedachten naar een televisieprogramma keek zonder geluid. Toen het kind droomde, kwam ze naar hem toe en legde haar handen op de kogel waarin hij gevangen zat. Toen wist hij wat zij wist en zij wist wat hij wist en ze waren met elkaar verbonden.

De eerste woorden die ze tegen hem had gesproken waren: "Ik hou niet van het donker."

E-Z had geantwoord: "Wees niet bang. Ik ben hier. Mijn naam is E-Z. En wat is jouw naam?"

"Ik heet Cecilia," antwoordde het kind. "Maar mijn vrienden noemen me Lia. Jij mag me Lia noemen. Ik ben zeven jaar oud. Hoe oud ben jij?"

E-Z dacht dat het kind jonger was. "Ik ben dertien," zei hij. "Ik kom uit Noord-Amerika."

"Ik woon in Nederland," zei Lia.

Beiden zwegen toen Lia met haar palmogen naar hem keek in de stalen kogel.

"Wat doe je daar?" vroeg ze.

E-Z dacht na voor hij antwoordde. Hij wilde het kind niet bang maken met het ware verhaal dat hij als proef was ontvoerd door een aartsengel. Hij wilde haar de waarheid vertellen, maar hij wist niet zeker of ze het wel aankon omdat ze nog zo jong was.

Hij zei: "Ik weet niet precies waarom ik hier ben, maar ik denk dat het was om jou te ontmoeten." Hij aarzelde, krabde op zijn hoofd en vroeg: "Ken je Eriel?"

Lia voelde zich gevleid dat hij naar haar toe kwam, maar was bezorgd dat hij op zo'n manier werd vervoerd om haar te helpen. "Het spijt me zo, als je tegen je wil gedwongen wordt om deze kant op te reizen om mij te ontmoeten. Oh en nee, die naam is mij niet bekend."

E-Z was erg nieuwsgierig naar Lia. Omdat ze zei dat ze Nederlands was, was hij erg onder de indruk van haar uitstekende Engels.

"Ik voelde je, maar kon je niet zien totdat de ogen, mijn nieuwe ogen groeiden. Daarvoor kon ik je gedachten lezen. Zou je de mijne kunnen lezen? Oh, en bedankt, voor mijn Engels."

"Ik zag wat er met je gebeurde, het ongeluk. Het spijt me heel erg dat je gewond bent geraakt. Ik kon je niet helpen, vanwege dit ding." Hij sloeg met zijn vuisten tegen de muren. Hij bedekte zijn oren toen het gebonk weerklonk. "Toen je droomde, was je bij mij. In mijn hoofd."

Lia sloot haar rechtervuist, liet haar linkervuist open en tegen de buitenmuur aankomen. Haar handpalm knipperde open en dicht, open en dicht. Ze zei niets maar staarde voor zich uit als iemand die in trance was.

E-Z besloot toen om haar zijn verhaal te vertellen.

"Mijn ouders kwamen om bij een auto-ongeluk. En ik verloor het gebruik van mijn benen."

Daar stopte hij. Hij vroeg zich af hoeveel hij haar moest vertellen.

Deze aarzeling maakte de beslissing voor hem.

Ze sliep vast.

HOOFDSTUK VIER

TERUG IN HET ZIEKENHUIS had een nieuwe dokter dienst. Hij keek kort naar Lia's dossier. Toen hij zag dat Cecelia nog sliep, fluisterde hij tegen haar moeder.

"We moeten uw dochter naar de tweede verdieping brengen, voor nog een scan."

"Is dit dringend?" vroeg Lia's moeder. "Ze slaapt zo vredig; het zou zonde zijn om haar wakker te maken."

De dokter, wiens naamplaatje bedekt was door de kraag van zijn medische jas, glimlachte. "Je hoeft haar niet wakker te maken. We kunnen haar in de machine schuiven terwijl ze slaapt. Sommige patiënten, vooral de jongere, hebben dat liever."

Samantha keek op haar horloge. "Natuurlijk, ik ga met haar mee naar beneden."

"Niet nodig," zei de dokter. "Er komen zo assistenten langs. Profiteer van de tijd om een boterham te eten of een kop kamillethee te drinken - mijn vrouw zweert bij dat spul. Helpt haar te ontspannen en te slapen."

"Dank je," zei Samantha toen er twee hulpverleners aankwamen. De twee stevige mannen in gewone kleding tilden Lia van het bed en legden haar op een brancard met wieltjes. De dokter haalde een deken onder de brancard vandaan en legde die over Lia heen. "We houden haar warm en zijn zo weer terug. Vergeet niet van deze tijd gebruik te maken om jezelf op een kopje thee of koffie te trakteren."

Terwijl Hannah verder sliep, keek Samantha naar de verzorgers en de dokter. Ze duwden haar dochter door de gang. Ze bleef hen observeren terwijl ze op de lift wachtten. Toen de lift met haar dochter erin de deuren sloot, verliet ze de kamer. Ze had honger, wachtte op de tweede lift en ging naar beneden, naar de cafetaria.

Het was druk in de cafetaria. Meestal met personeelsleden in operatiekleding. Ze observeerde de dokters, verzorgers en anderen die rondliepen.

Terwijl ze van haar thee nipte, viel het haar op dat geen enkel personeelslid straatkleding droeg.

"Pardon," zei ze tegen een van de artsen. "Wat is er op de tweede verdieping? Worden daar röntgenfoto's en lichaamsscans gemaakt?"

Hij schudde zijn hoofd, "De tweede verdieping is de kraamafdeling."

Samantha stond op van haar stoel, waarbij ze haar hete thee omstootte en op haar schoot morste. Uit alle richtingen kwamen helpers toen ze gilde.

"Mijn dochter!" riep ze. "Een dokter met twee assistenten hebben net mijn dochter Lia meegenomen op een brancard. Ze zeiden dat ze haar naar de tweede verdieping brachten voor tests. Als de tweede verdieping voor kraamzorg is, waarom zouden ze haar dan meegenomen hebben?

Haar uitbarsting trok te veel aandacht. De dokter tot wie ze zich had gericht, lokte haar naar buiten.

Ze gingen terug naar Lia's kamer. Samantha legde alles nog eens haarfijn uit. Het was maar goed dat ze op haar horloge had gekeken, zodat ze precies kon vertellen hoe laat het allemaal was gebeurd.

"Dit is een ernstige zaak," zei dokter Brown. "Laat het aan mij over. We hebben overal in het ziekenhuis beveiligingscamera's. Misschien heb je het verkeerd gehoord over de tweede verdieping? Misschien wordt ze op dit moment op de zevende verdieping gescand. Laat het maar aan mij over. Blijf hier zitten en ik kom zo snel mogelijk terug."

Samantha ging zitten en legde Hannah alles uit. Ze deelden het broodje tonijn en deden hun best om zich geen zorgen te maken.

***

TERWIJL LIA VERDER SLIEP, verlieten de man die niet echt een dokter was en de stagiaires die geen stagiaires waren het gebouw. Ze gingen naar een wachtende auto. Lieten de brancard achter op de parkeerplaats.

Dokter Brown riep een vergadering bijeen met de beheerder. Met behulp van videobewaking waren ze getuige van Lia's ontvoering. Ze waarschuwden de politie en gaven een beschrijving van het voertuig. Helaas pikten de camera's de kentekengegevens niet op.

"Laten we nog even wachten," zei Helen Mitchell, de ziekenhuisadministrateur. Ze ging over een paar dagen met pensioen. "Voordat we de moeder van het meisje op de hoogte brengen. We willen haar niet ongerust maken."

"Dat kan ik niet doen," zei dokter Brown.

"De politie kan het kind zo terugbrengen."

"Ik hoop dat je gelijk hebt. Toch is het een zorg. Hopelijk komen ze niet ver."

De telefoon ging, het was de politie. Ze stuurden een opsporingsbericht uit over het kleine meisje. Ze vroegen om een recente foto van haar.

"Ze willen een recente foto," zei Helen Mitchell.

"De enige manier om er een te krijgen is door het aan haar moeder te vragen," zei dokter Brown.

Helen knikte, terwijl Brown zich omdraaide om te vertrekken.

"Zeg ze dat we het zo snel mogelijk faxen."

"Ik stuur iemand van het traumateam naar boven," zei Helen. Toen tegen de politie aan de telefoon: "Ze is blind en pas zeven jaar oud. Waarom zouden deze drie mannen in hemelsnaam zoveel moeite doen om haar op deze manier uit het ziekenhuis te verwijderen?"

"Dat kan ik niet zeggen," zei de agent aan de andere kant.

HOOFDSTUK VIJF

E-Z WIST METEEN DAT er iets niet klopte met zijn nieuwe vriendin Lia. Het was de bedoeling dat ze in haar ziekenhuisbed zou slapen, maar haar bed was in beweging. Wat?

Hij overwoog haar wakker te maken, maar wat kon ze doen, zelfs als ze wakker was? Nee, ze kon beter blijven slapen - tot hij haar kon vinden en redden. Nu was ze druk aan het dromen over hoe ze een balletdans uitvoerde. Hij had nog nooit veel aandacht besteed aan ballet, maar het leek hem dat dit kleine meisje getalenteerd was. En ze danste met de ogen in haar handen terwijl ze over het podium bewoog.

Zonder veel moeite bracht E-Z zichzelf in gedachten naar haar locatie. Daar lag ze, vast in slaap op de achterbank van een rijdend voertuig. Ze zag er zo vredig uit, omdat ze in gedachten iets aan het doen was waarvan ze hield - dansen.

Hij verruimde zijn blik en zag drie hoofden. De ene die reed was van normale grootte en postuur. De andere twee mannen leken wel voetballers.

"Sneller!" commandeerde E-Z zijn stoel, maar die had dat al gedaan.

Hoe kon hij haar helpen als hij nog steeds vastzat in de zilveren kogel? Hij moest het in stukken breken - en liever vroeg dan laat. Tot nu toe had elke poging om het te breken niet gewerkt.

Hij vroeg zich af waarom de mannen haar hadden meegenomen. Wisten ze van haar krachten? Hoe konden ze dat weten? De meeste ziekenhuizen hadden CCTV, konden ze haar in de gaten hebben gehouden? Maar het sloeg nergens op. Ze was een zevenjarig blind meisje. Wat wilden ze van haar?

Terwijl E-Z met snelheid door de lucht vloog, vroeg hij zich af waarom ze haar ontvoerd hadden. Misschien wilden ze geld vragen voordat ze haar terugbrachten?

In ieder geval, als dat was waar ze achteraan zaten, leek het hem logischer. Beter dan dat ze wisten dat ze kon zien. Met speciale krachten. Toch was zijn eerste prioriteit om uit de kogel te komen.

Hij schreeuwde. Zoals hij al zo vaak had gedaan: "HELP!"

POP.

"Hallo," zei Hadz terwijl hij op E-Z's schouder ging zitten. "Wat doe jij hier? Deze plek is te klein voor jou." Hadz rolde met haar ogen.

E-Z was meer dan een beetje opgewonden om Hadz te zien. Hij greep het kleine wezentje vast en knuffelde haar stevig tegen zijn borst.

"Uh, let op de vleugels," zei Hadz.

E-Z liet het wezen los. "Bedankt om te komen en mijn oproep te beantwoorden. Ik heb je echt nodig om uit te zoeken hoe ik uit dit ding kan komen. Ik weet dat je van mijn zaak bent gehaald, maar er is een klein meisje genaamd Lia en ze is in gevaar en ze heeft me nodig. Je moet gewoon helpen. Ik weet zeker dat Eriel het zal begrijpen."

"Oh, dus je wilt niet in dit ding zitten dan?" Vroeg Hadz.

"Nee, ik wil hier niet zijn. Ik wil eruit, maar hoe?"

"Doe het gewoon," zei Hadz.

"Ik heb alles geprobeerd. De zijkanten geven geen krimp. Ik heb Eriel om hulp gevraagd, maar hij zei dat ik er alleen voor stond."

"Ah, dat zou hij niet leuk vinden. Het is niet de bedoeling dat ik help, maar ik kan je wel zeggen: houd rekening met je omgeving."

"Dat helpt niet," zei E-Z, terwijl hij probeerde zijn kalmte niet helemaal te verliezen. "Ik vroeg de stoel om me naar Uncle Sam te brengen. Hij zou me zeker uit dit ding halen. Maar de stoel negeerde mijn wensen. Nu zit er een klein meisje in de problemen en ze heeft mijn hulp nodig. Als ik er niet uit kan, dan kan ik mezelf niet helpen en als ik mezelf niet kan helpen dan kan ik haar niet helpen. Alsjeblieft. Vertel me hoe ik hier wegkom. Zap me eruit of zoiets."

Het wezen schudde haar hoofd en vloog toen naar de top van de kogel. Raakte de punt aan. "Denk aan de natuurkunde. Als je in een kogel zit, waar dit ding op lijkt, dan moet je ontladen worden. Afgevuurd. Correct?"

E-Z overwoog zijn opties. Hij kon de stoel zeggen dat hij hem moest laten vallen, zodat hij naar de grond werd gelanceerd. De grond zou zijn val breken. Zou het de kogel openbreken? Hij besloot dat het het risico waard was. "Oké," zei E-Z, "ik moet ervoor zorgen dat de stoel me laat vallen, oké?"

Het wezen lachte. "Je bent grappig, E-Z. Als je van deze hoogte zou vallen, zou dit ding in de grond vastzitten. Als het tenminste niet ontploft bij de impact. En met jou erin." Ze lachte weer. "Of je stierf niet tijdens de val. Als je stierf kon je het kleine meisje niet redden. Hé, over welk klein meisje heb je het eigenlijk?"

"Haar naam is Cecelia, Lia en ze is in Nederland, niet ver van waar we nu zijn."

Hadz voelde het uiteinde van de container die E-Z niet had gezien en waar hij ook niet bij kon. Het wezen duwde erop. De cilinder liet los en knalde open als een tulp. Hadz hielp E-Z uit de kogel en al snel zat hij in zijn stoel, met het ding op zijn schoot. E-Z's vleugels gingen open. Het voelde goed om ze te strekken.

E-Z steeg op door de lucht, met de cilinder die hij in de Noordzee liet vallen.

Het trio, E-Z, de stoel en Hadz vloog met hoge snelheid richting Noord-Holland waar de auto langs raasde.

"Bedankt," zei E-Z.

"Graag gedaan," antwoordde Hadz. "Ik blijf in de buurt voor het geval je me nodig hebt."

"Geweldig!"

HOOFDSTUK ZES

E-Z HAALDE DE AUTO in, die nu Zaandam naderde. Hij keek even en Lia lag nog steeds te slapen op de achterbank. Ze droomde echter niet meer, dus hij was bang dat ze snel wakker zou worden.

Zijn rolstoel veranderde van koers, versnelde en richtte zich op de auto. De nepdokter die achter het stuur zat, zag de rolstoel in de zijspiegel.

"Wat is die vliegende contraptie?" vroeg hij. (Vertaling: Wat is dat vliegende contraptie?"

De twee schurken draaiden hun hoofd om.

De ene zei: "Ik weet het niet, maar versnel het!" (Vertaling: Ik weet het niet, maar versnel het!"

De tweede boef lachte en haalde toen een pistool uit het dashboardkastje. (Vertaald: dashboardkastje.) Hij controleerde op kogels. Klapte het dicht en klikte het slotje eraf.

De rolstoel van E-Z landde met een klap op het dak van de auto.

De bestuurder remde hard, waardoor de rolstoel naar voren gleed. Hij gleed langs de voorruit naar voren en vervolgens over de motorkap.

E-Z steeg op, zweefde en draaide zich naar hen toe.

"Wat krijgen we nou?" schreeuwde de bestuurder, terwijl hij de controle over de auto verloor, waardoor deze begon te slippen en te zigzaggen.

E-Z en de rolstoel stegen op, keerden terug en grepen de bumper van de auto vast, waardoor die tot stilstand kwam.

Onmiddellijk werd de passagier opengegooid en werden er schoten gelost.

Op de achterbank snurkte Lia een eind weg.

De schurk met het pistool rolde de deur uit en maakte zich toen op zijn knieën klaar om een schot op E-Z af te vuren.

Hadz kwam uit het niets en sloeg het pistool uit de hand van de boef. Daarna bond ze zijn handen achter zijn rug en zijn voeten achter zijn rug vast alsof hij een kalf op een rodeo was.

De tweede boef ging recht op E-Z af, die hem lassootte met zijn riem. De boef viel voorover, zodat hij de riem gemakkelijk om zijn benen kon wikkelen.

De man deed een poging om weg te springen, maar kwam niet ver. Nu hij gestopt was, gingen ze voor de dokter met behulp van het kooimechanisme van de stoel. De dokter werd gevangen en geïmmobiliseerd.

Lia sliep door alles heen, zelfs toen Hadz haar uit het voertuig tilde en in veiligheid bracht.

E-Z zette de drie mannen naast elkaar op de achterbank van de auto.

"Voor wie werk je?" vroeg hij.

Hadz vloog over: "Ze verstaan geen Engels." Naar de mannen vertaalde ze de vraag van E-Z. Nadat de nepdokter antwoordde, vertaalde Hadz. "Hij zegt dat ze niet weten voor wie ze werken."

"Dat is belachelijk. Ze hebben een kind ontvoerd uit het ziekenhuis. Vraag hen dan waar ze haar naartoe brachten? En hoe zijn ze achter haar gekomen?"

Hadz vertaalde. De nepdokter antwoordde opnieuw: "Er werd ons gezegd dat we haar naar het dok moesten brengen en dat daar iemand op haar zou wachten. Dat is alles wat we weten."

E-Z geloofde hen niet, maar Hadz bevestigde dat ze inderdaad de waarheid spraken. "Wat wil je met hen doen?" vroeg ze.

"Kun je hun gedachten wissen? En de gedachten van degenen met wie ze verbonden zijn? Deze drie zijn radertjes in de machine. We willen de geest van de persoon in de haven wissen. Zodat ze haar allemaal vergeten - voor altijd."

"Klaar," zei ze.

"Wauw, wat ben jij snel!"

E-Z en Hadz in de stoel gingen terug naar het ziekenhuis, net toen Lia wakker begon te worden. Ze bewoog haar hoofd, voelde de wind door haar haren waaien en nestelde zich tegen E-Z's borst. Ze opende haar rechterpalm en keek naar haar vriend, de jongen/engel. Ze lachte en omhelsde hem stevig. Toen ze het kleine elfachtige wezentje op de schouder van E-Z opmerkte, gebruikte ze haar palmogen om haar aan te kijken.

"Je bent zo klein en schattig," zei ze.

"Aangenaam," zei Hadz. "En bedankt."

Ze vlogen in de richting van het ziekenhuis.

"Je bent nu veilig," zei E-Z.

"En je zit niet meer in dat ding," zei Lia.

"Hadz heeft me geholpen om eruit te komen," zei E-Z terwijl hij met zijn vleugels klapperde.

"Waar heb je die vandaan?" vroeg Lia. "Mag ik er een paar?"

E-Z glimlachte. Hij wist niet zeker hoeveel hij haar moest vertellen. Hij maakte zich zorgen over wat Eriel zou zeggen als hij te veel onthulde. "Ik heb ze gekregen na de dood van mijn ouders."

"Maar waarom?" vroeg de kleine Lia.

"Ik begon mensen te redden," zei E-Z.

"Bedoel je dat ik niet de eerste persoon ben die je gered hebt?"

"Nee, dat doe je niet."

Hadz schraapte haar keel, wat voor E-Z een teken was om te stoppen met praten.

Ze vlogen in stilte verder. Het kleine meisje omhelsde E-Z's borst. De rolstoel die wist waar hij heen moest. Hadz die zich weer eens nodig voelde.

E-Z was in gedachten verzonken. Hij vroeg zich af of het redden van Lia de belangrijkste beproeving was geweest. Of dat uit de kogel raken de opdracht was geweest. Of had hij er misschien twee tegelijk gedaan? Hoeveel waren dat er dan geweest? Hij moest ze opschrijven om het bij te houden. Dat had hij in zijn dagboek gedaan, maar de laatste tijd had hij weinig tijd gehad om dingen op te schrijven.

"Ik kan je horen denken," zei Lia. Ze had haar beide handpalmen open. Ze keek naar E-Z's buitenkant terwijl ze luisterde naar wat hij van binnen dacht. "Ik wil meer weten over deze proeven. En ik wil weten waarom ik met mijn handen kan zien in plaats van met mijn ogen. Denk je dat deze Eriel het zal weten?"

POP

Hadz wachtte het antwoord niet af.

"Het ziekenhuis is beneden," zei E-Z.

De stoel daalde langzaam en ze gingen het ziekenhuis binnen. E-Z en de vleugels van de stoel verdwenen. Hij schoof door de gang en vond Lia's kamer. Haar moeder wachtte daar.

"Arresteer deze jongen," schreeuwde Lia's moeder.

E-Z was verbijsterd. Waarom wilde ze dat hij gearresteerd werd? Hij had net haar dochter gered.

"Maar mama," begon Lia.

De politie kwam binnen. Ze reikten achter E-Z en deden zijn handen in de boeien.

Voordat ze ze sloot, gilde Lia. Toen opende ze haar handpalmen en hield ze voor zich uit. Uit haar handpalmen kwam een verblindend wit licht waardoor iedereen in de kamer, behalve zij en E-Z, stopte in de tijd. De kleine Lia stopte de tijd.

"Gaaf! Hoe deed je dat?" riep E-Z uit toen de handboeien met een klap op de grond vielen.

"Ik, ik weet het niet. Ik wilde je beschermen. Je redden." Ze stopte, luisterde. "Er komt iemand aan, je moet hier weg. Ik voel dat er nog iemand aankomt en je moet weg."

"Iemand?" vroeg E-Z. "Weet je wie?"

"Ik weet het niet. Ik weet alleen dat er iemand anders aankomt en dat je moet gaan - onmiddellijk."

"Zal het goed gaan? Gaan ze je pijn doen?

"Ik red me wel - ze komen voor jou - niet voor mij. Maak dat je wegkomt, nu."

"Wanneer zie ik je weer?" vroeg E-Z, terwijl hij het ziekenhuisraam insloeg en naar buiten vloog en wachtte tot ze antwoordde.

"Je zult me altijd zien, E-Z. We zijn met elkaar verbonden. We zijn vrienden. Jij gaat hier weg en ik regel de rest." Ze blies hem een kus toe.

Lia stapte in bed, trok de dekens tot haar nek op en deed alsof ze sliep voordat ze de wereld weer in beweging zette.

"Wat is er gebeurd?" vroeg haar moeder.

Alles was weer goed. Lia lag ongedeerd in bed.

De wereld draaide door zoals voorheen terwijl E-Z zijn weg naar huis weer terugvloog.

"Bedankt, Hadz voor het helpen," zei E-Z ook al was ze weg. Op de een of andere manier wist hij dat waar ze ook was, ze hem kon horen.

HOOFDSTUK ZEVEN

TERWIJL E-Z DOOR DE lucht vloog, besefte hij dat hij uitgehongerd was. Onder hem was de Big Ben. Hij besloot te landen en wat Engelse Fish and Chips te halen.

Terwijl de stoel afdaalde, zag hij een wit busje snel over de weg rijden. Het stond parallel aan een school. Hij zag ouders in voertuigen en te voet wachten om hun kinderen op te halen.

Toen het busje de hoek om ging, nam de snelheid toe.

Zijn rolstoel schommelde naar voren en viel achter het voertuig. Het rijden werd roekelozer naarmate hij de school naderde. Kinderen begonnen naar buiten te komen.

E-Z's greep zich vast aan de achterkant van het busje. Met al zijn kracht trok hij het met een gil tot stilstand.

De bestuurder trapte het gaspedaal in en probeerde weg te rijden. Hij had nul geluk. Ze konden niet zien wat of wie hen tegenhield.

E-Z brak het slot van de kofferbak open, reikte naar binnen en trok de startkabels eruit. De stoel schommelde naar voren en belandde op het dak van het voertuig. E-Z gebruikte de startkabels om de deuren van de cabine vast te maken. De bestuurder kon er niet meer uit.

De sirenegeluiden vulden de lucht.

E-Z vloog op en merkte dat verschillende mensen een foto van hem maakten met hun telefoon en vloog hoger en hoger.

Zijn maag knorde en hij herinnerde zich de fish and chips. Omdat hij geen Britse valuta had, kon hij ze toch niet betalen, dus ging hij op weg naar huis.

Toen hij dacht aan zijn oom die zich afvroeg waar hij was, bedacht hij dat hij een berichtje moest achterlaten en begon dat te doen: "Ik ben onderweg naar huis."

Klik.

"Waar ben je?" vroeg Uncle Sam. Het was toch geen boodschap.

"Ik vlieg net over Groot-Brittannië. Het is een mooie dag om te vliegen, vind je niet?"

"Wat? Hoe?"

"Het is een lang verhaal, ik leg het wel uit als ik terug ben."

"Zit je in een vliegtuig?"

"Nee, alleen ik en mijn stoel."

Beneden zag E-Z mensen foto's van hem maken. Toen hij een 747 van een lokale luchtvaartmaatschappij zijn kant op zag komen, besefte hij dat hij in de problemen zat. Voordat hij de kans kreeg om hoger te vliegen, namen camera's al foto's die ze waarschijnlijk op social media plaatsten.

"Sorry Eriel," zei hij, terwijl hij hogerop ging zitten. "Ken je het gezegde: elke publiciteit is goede publiciteit? Nou..." E-Z lachte. Als Eriel hem elke dag en elk uur kon zien, waarom moest hij hem dan om hulp roepen? Er klopte iets niet helemaal. Niet als de aartsengelen wilden dat hij de proeven voltooide.

Er ging een rilling door hem heen toen de lucht veranderde en zwarte wolken om hem heen dwarrelden en pulseerden. Hij vloog verder en probeerde het tempo op te voeren, maar toen begonnen de bliksemschichten en moest hij ze ontwijken. Toen herinnerde hij zich het vliegtuig. Hij zag dat het een geslaagde landing maakte en dat de mensen ongedeerd waren. Hij ging verder richting huis.

Na de storm kwamen de sterren tevoorschijn. Zijn stoel bleef met zijn vleugels wapperen terwijl E-Z een dutje deed.

"E-Z?" zei Lia in zijn hoofd. "Ben je daar?"

Hij schokte wakker, vergat dat hij in de stoel zat en viel eruit. Hij begon te vallen, maar zijn vleugels sloegen aan en al snel zat hij weer in de stoel.

"Is alles in orde, kleintje?" vroeg hij.

"Ja. Ze denken dat het allemaal een droom was, dat ik met je praatte. Tekeningen van je maak. Mama weet de waarheid, maar ze wil het niet onder ogen zien."

"Oh, maak je je daar zorgen over?"

"Nee. Mijn krachten nemen toe. Ik kan ze voelen en ik weet dat er iets op komst is. Iets waar je mijn hulp bij nodig zult hebben. Ik ga binnenkort naar huis. Ik ga mama vragen of we bij je langs mogen komen. Binnenkort."

"Wat? Misschien moet je moeder mijn oom Sam bellen en kunnen ze praten?"

"Ja, dat is een slim idee. Mam heeft de foto's gezien en ze heeft je ontmoet, maar ze herinnert het zich niet. Het is alsof haar geest is schoongemaakt of dat haar herinneringen aan jou slapen."

"Weet je zeker dat dit het juiste is om te doen?"

"Ik weet het zeker. Ik moet zijn waar jij bent. Ik moet je helpen."

E-Z's geest werd leeg. Lia was weg.

De tiener dacht aan Lia, die naar Noord-Amerika kwam. Ze was een klein meisje, ziende met haar handen, ja, maar hoe kon ze hem helpen? Ze had hem helpen ontsnappen, maar hij was in de war over haar betrokkenheid. Hij wilde haar niet in gevaar brengen. Hij riep Eriel weer aan. Hij riep de chant op, maar er gebeurde niets.

Hij nam het landschap in zich op. Hij was nu bijna thuis. Gelukkig was zijn stoel aangepast en kon hij heel snel reizen!

HOOFDSTUK ACHT

V LAK VOOR HEM ZAG E-Z de kust. Hij zuchtte opgelucht tot hij een grote vogel zag die recht op hem af kwam. Toen hij dichterbij kwam, besefte hij dat het een zwaan was. Maar geen normale zwaan. Hij was enorm en dat gold ook voor zijn spanwijdte die hij schatte op meer dan honderdvijftig centimeter. Het was dezelfde zwaan die eerder tegen hem had gesproken. En dat niet alleen, hij zag ook een fel rood licht flikkeren op de schouder van de vogel.

De zwaan draaide en landde zwaar op zijn schouders. Hij had een lift gekregen.

"Wel hallo daar," zei E-Z, terwijl hij een blik omhoog wierp naar het prachtige wezen terwijl het zichzelf recht hield.

"Hoo-hoo," zei de zwaan. Toen schudde hij zijn kop, opende zijn snavel en zei: "Hallo E-Z."

"Ik geloof dat ik je mijn dank verschuldigd ben," zei hij.

"Oh, graag gedaan. En ik hoop dat je het niet erg vindt dat ik een ritje heb gemaakt," zei de zwaan terwijl hij zijn veren plukte.

"Uh, geen probleem," antwoordde E-Z.

"Dit is mijn mentor Ariel," zei de zwaan.

WHOOPEE

Een engel verving het rode licht.

"Hallo," zei ze, terwijl ze op E-Z's knie ging zitten.

"Leuk je te ontmoeten," zei hij.

"Hoe kan ik van dienst zijn?" vroeg hij.

"Ik hoop dat jij en mijn vriend de zwaan hier een partnerschap kunnen aangaan."

"Hoezo?" vroeg hij.

"Mijn protegé heeft veel meegemaakt. Hij kan je de details vertellen als hij er klaar voor is, maar nu wil ik dat je hem helpt door hem toe te staan jou te helpen met de proeven. Je kunt wel wat hulp gebruiken, toch?"

"Voor zover ik begrepen heb," zei hij gericht tegen Ariel. Toen tegen de zwaan, "niets tegen jou, maat." Nu tegen Ariel, "is dat niemand mij kan helpen in mijn beproevingen. Dat kwam rechtstreeks van Eriel en Ophaniel."

"Ik heb het met hen besproken. Dus, als dat je enige bezwaar is," pauzeerde ze toen

WHOOPEE

en ze was weg.

Daarna gingen E-Z en de zwaan verder over de Atlantische Oceaan naar Noord-Amerika. Hij had altijd al de Grand Canyon willen zien. Die zou hij een andere keer moeten zien. De zwaan snurkte en nestelde zich tegen E-Z's nek.

E-Z reikte in zijn zak en haalde zijn telefoon tevoorschijn. Hij nam een selfie met de zwaan. Hij hield zijn telefoon in zijn hand en was van plan om de volgende keer dat de zwaan sprak op te nemen. Hij had bewijs nodig dat hij niet gek aan het worden was.

Enige tijd later richtte E-Z zich op zijn huis. Het was een schooldag, maar hij was veel te moe om te gaan. Toen de stoel aan zijn afdaling begon, werd de zwaan wakker. "Zijn we er al?"

"Ja, we zijn bij mij thuis," zei E-Z terwijl hij op de opnameknop van zijn telefoon drukte. "Kan ik je ergens afzetten?"

"Nee, dank je. Ik blijf bij jou," zei de zwaan, terwijl hij zijn nek verlengde om een blik te werpen op het huis waar hij zou verblijven. "Jij en ik, we moeten praten."

E-Z drukte op play maar het was dode lucht. De zwaan kon niet worden opgenomen. Vreemd.

Ze landden bij de voordeur. E-Z stak zijn sleutel in het slot, maar voor hij hem kon openen stond oom Sam al voor de deur. Hij gaf zijn neefje een dikke knuffel en zei: "Welkom thuis." Hij krabde aan zijn kin en keek een beetje bezorgd toen hij E-Z's metgezel zag, een uitzonderlijk grote zwaan.

"Blij dat ik terug ben," zei E-Z terwijl hij naar binnen ging.

De zwaan volgde met zijn zwemvliezen achter hem aan.

"En wie is je gevederde vriend?" vroeg oom Sam.

E-Z besefte dat hij niet eens de naam van de zwaan kende.

De zwaan zei: "Alfred, mijn naam is Alfred."

E-Z deed een formele introductie.

De zwaan liep toen door de gang, naar de kamer van E-Z en vloog op zijn bed om een welverdiend dutje te doen.

E-Z ging de keuken in met Uncle Sam op zijn wielen.

"Wat doet die zwaan hier in vredesnaam?" Hij pauzeerde, pakte wat melk uit de koelkast. Hij schonk zijn neefje een glas vol. "Het kan hier niet blijven. We zouden hem in de badkuip moeten doen. Dat als het past. Hij is de grootste zwaan die ik ooit heb gezien. Waar heb je hem gevonden en waarom heb je hem hierheen gebracht?"

E-Z slurpte zijn melk achterover. Hij veegde zijn melksnor weg. "Ik heb het niet gevonden, het heeft mij gevonden. En het kan praten. Het, hij, was erbij toen ik dat kleine meisje redde en toen ik dat vliegtuig redde. Hij zegt dat we moeten praten."

Uncle Sam liep zonder te antwoorden de gang door. E-Z volgde op de voet zonder iets te zeggen.

"Spreek!" eiste Uncle Sam.

Alfred de zwaan opende zijn ogen, gaapte en ging weer slapen zonder ook maar een kik te geven.

"Ik zei, spreek," zei Uncle Sam, terwijl hij het opnieuw probeerde.

Alfred de zwaan opende zijn bek en snoof.

"Het is goed, Alfred," zei E-Z. "Het is mijn oom Sam."

"Hij kan me niet begrijpen. En ik denk niet dat hij dat ooit zal kunnen. Ik ben hier voor jou en alleen voor jou," zei Alfred de zwaan. Hij snoof, nestelde zich in het dekbed en viel weer in slaap.

Uncle Sam keek toe, terwijl de zwaan geanimeerd naar E-Z keek.

Hij en oom Sam sloten de deur op hun weg naar buiten en gingen terug de keuken in om te praten.

E-Z was zo moe dat hij zijn ogen nauwelijks open kon houden.

"Kan dit niet wachten tot morgen," vroeg hij.

Sam schudde zijn hoofd.

"Oké, daar gaan we. Eerst sloeg ik een honkbal uit het park. En ik rende of rolde rond de honken. Toen zat ik gevangen in een kogelvormige container zonder uitweg.

Toen kon ik praten met een klein meisje in Nederland. Ik ging erheen om haar te redden. Haar naam is Lia en haar moeder zal je trouwens bellen. Ik stopte een voertuig dat kinderen iets aandeed in Londen, Engeland. Toen ontmoette ik Alfred de trompetzwaan. En nu ben je op de hoogte - mag ik alsjeblieft naar bed?"

"Wat moet ik zeggen als ze belt?" vroeg Sam. "We kennen deze mensen niet eens, maar we moeten ze hier bij ons in huis laten logeren. Wij en Alfred de zwaan?"

"Ja, ga alsjeblieft mee. Er is hier een plan aan het werk en ik ken nog niet alle details. Lia heeft krachten, ogen in haar handpalmen en ze kan mijn gedachten lezen en de tijd stilzetten. Alfred de zwaan heeft ook krachten, hij kan mijn gedachten lezen en hij kan praten. Ik denk dat wij drieën op een bepaalde manier verbonden zijn, misschien door de beproevingen. Ik weet het niet. Er kan van alles gebeuren met Eriel die me 24 uur per dag bespioneert," zei E-Z.

Toen ze door de gang liepen, hoorden ze het getrippel van de poten van de zwaan terwijl hij voort waggelde. "Ik heb te veel honger om te slapen," zei Alfred de zwaan.

"Wat voor dingen eet je?"

"Maïs is goed, of je kunt me naar buiten laten en dan haal ik wat gras voor mezelf."

"Hebben we maïs?" vroeg E-Z.

"Alleen bevroren," zei oom Sam. "Maar ik kan de pitten onder warm water leggen en dan zijn ze zo klaar."

"Bedank hem maar," zei Alfred de zwaan. "Dat is heel aardig van hem."

Oom Sam legde de maïs op een bord en Alfred at wat hem werd aangeboden. Hij had echter nog steeds honger en hij moest zijn blaas gaan legen, dus vroeg hij of hij toch naar buiten mocht. Terwijl hij buiten was, zou hij van het gras genieten.

E-Z en Uncle Sam keken een paar seconden naar de zwaan.

"Ik hoop dat de chihuahua van de buren niet op bezoek komt," zei oom Sam. "Die zwaan is zo groot dat hij zich rot zal schrikken."

E-Z lachte. "Stel je voor wat het zou doen, als de hond het kon begrijpen zoals ik dat kan?"

Alfred de zwaan maakte het zich gemakkelijk. Hij wist zeker dat hij hier gelukkig zou zijn.

HOOFDSTUK NEGEN

Later vroeg Alfred de zwaan om E-Z privé te spreken.

"Je kunt hier zeggen wat je wilt," zei E-Z. "Uncle Sam begrijpt je niet, weet je nog?"

"Ja, dat weet ik. Maar het is een kwestie van manieren. Je spreekt iemand niet aan als er een ander aanwezig is, zeker niet als je te gast bent in andermans huis. Het zou, nou ja, nogal onbeleefd zijn. Eigenlijk heel onbeleefd."

E-Z besefte nu pas dat Alfred de zwaan met een Brits accent sprak.

"Mag ik van tafel?" vroeg E-Z.

Uncle Sam knikte en E-Z ging zijn kamer in met Alfred de zwaan achter hem aan.

"Oké," zei E-Z. "Vertel me waarom Ariel je hierheen heeft gestuurd en wat je precies van plan bent om me te helpen?"

Nu E-Z in zijn bed lag, zwierf de zwaan rond terwijl hij in het dekbed kneedde en probeerde het naar zijn zin te krijgen.

"Je kunt onderin het bed slapen," zei E-Z, terwijl hij een kussen daarheen gooide.

"Dank je," zei Alfred de zwaan. Hij waggelde op het kussen en sloeg er met zijn zwemvliezen op tot het comfortabel lag. Toen hurkte hij neer.

"Laten we beginnen," zei Alfred.

E-Z, nu in zijn pyjama, luisterde terwijl Alfred zijn verhaal vertelde.

"Ik was ooit een man."

E-Z hijgde.

"Je kunt me beter niet onderbreken tot ik klaar ben," schold de zwaan. "Anders gaat mijn verhaal maar door en krijgen we geen van beiden slaap."

"Sorry," zei E-Z.

De zwaan ging verder. "Ik woonde samen met mijn vrouw en twee kinderen. We waren ongelooflijk gelukkig, totdat een storm ons huis verwoestte en ze allemaal omkwamen. Ik overleefde, maar zonder hen wilde ik niet. Toen kwam er een engel naar me toe, Ariel die je hebt ontmoet, en ze vertelde me dat ik ze allemaal weer terug kon zien als ik anderen zou helpen. Ik help graag anderen en dat zou me een doel geven. Bovendien had ik geen andere opties en dus stemde ik toe."

"Heb je proeven?" vroeg E-Z. Hij had ten onrechte aangenomen dat Alfreds verhaal was afgerond.

"Mijn verhaal is nog niet afgelopen," zei Alfred de zwaan nogal boos. Toen vervolgde hij. "Dat is de kern van mijn verhaal. Ik heb geen beproevingen, want ik ben geen engel in opleiding. Mijn vleugels zijn niet zoals jullie vleugels. Ik ben een zwaan, zij het een zwaan die groter is dan normaal. De naam van mijn ras is de Cygnus Falconeri, die ook wel de reuzenzwaan wordt genoemd. Mijn soort is lang geleden uitgestorven. Mijn doel was onbepaald. Ik zat vast in het midden en het tussen, zwevend door de tijd omdat ik een fout had gemaakt. Maar daar wil ik het nu niet over hebben. Toen ik je dat kleine meisje zag redden, belde ik Ariel en vroeg of ik met je mocht samenwerken. Ze schold me uit omdat ik ontsnapte en ik werd teruggestuurd naar het tussen. Ik ontsnapte daar weer en hielp je met het vliegtuig en Ariel vroeg Ophaniel om me nog een kans te geven. Nu heb ik een doel - jou helpen."

"En Ophaniel, afgesproken? Maar hoe zit het met Eriel?"

"Dat deden ze eerst niet. Dat kwam omdat Hadz en Reiki mij hadden aangegeven omdat ik jullie had geholpen door mijn vogelvrienden op te roepen. Toen ik hoorde dat ze naar de mijnen waren gestuurd en weer ontsnapt waren, heeft Ariel mijn zaak naar voren gebracht en Ophaniel stemde toe. Ik weet het niet van Eriel. Is hij je mentor?"

"Ja, hij nam het over van Hadz en Reiki. Zij knalden af en aan, terwijl hij zegt dat hij altijd kan zien waar ik ben en wat ik doe."

"Dat klinkt als overkill. Toch wil ik hem ooit ontmoeten. Voor nu zijn we een team. Ik kan je helpen, zodat ook ik op een dag weer bij mijn familie zal zijn. Dus, waar jij gaat E-Z, ga ik."

E-Z liet zijn hoofd op zijn kussen rusten en sloot zijn ogen. Hij voelde zich dankbaar voor alle hulp. De zwaan had hem in het verleden immers geholpen met het vliegtuig.

"Ik zal je niet in de weg lopen," zei Alfred de zwaan. "Ik weet dat je denkt dat we een onlogisch paar zijn en als Lia arriveert, zullen we een nog onlogischer trio zijn, maar..."

"Wacht," zei E-Z. "Je weet het van Lia? Hoe?"

"Oh ja, ik weet alles over jou en ik weet alles over haar en ik weet nog meer. Dat wij drieën verbonden zijn.

Voorbestemd om samen te werken." Hij rekte zijn kaken op, waardoor het leek alsof hij probeerde te geeuwen. "Ik ben te moe om vanavond nog verder te praten." Al snel lag Alfred de zwaan weg te snurken.

E-Z besprak alles wat hij wist over zwanen. En dat was niet veel. Morgenochtend zou hij wat onderzoek doen naar Alfreds soort.

Hij vroeg zich af wat PJ en Arden van Alfred zouden vinden. Of was er misschien geen reden om hen voor te stellen? Alfred kon een geheim zijn.

Hij pluisde zijn kussen uit met zijn vuisten en maakte zich klaar om te gaan slapen.

Alfred werd er wakker van en was er chagrijnig van.

"Moet dat?" vroeg Alfred.

"Sorry," zei E-Z.

HOOFDSTUK TIEN

DE VOLGENDE OCHTEND WERD E-Z wakker door het geluid van Uncle Sam die op zijn deur bonkte. "Word wakker E-Z! PJ en Arden zijn al onderweg om je naar school te brengen."

E-Z gaapte en rekte zich uit. Hij kleedde zich aan en manoeuvreerde zich in zijn stoel. Omdat Alfred nog sliep, zou hij hem na schooltijd stiekem opzoeken.

"Je kunt nergens heen zonder mij!" zei Alfred. Hij schudde zijn veren helemaal uit en sprong toen op de grond.

"Je kunt niet met me mee naar school. Huisdieren zijn niet toegestaan."

"E-Z, kom op jongen!" riep oom Sam vanuit de keuken. "Anders mis je het ontbijt."

E-Z's maag knorde toen de geur van toast zijn kant op kwam. "Komt eraan!"

Zonder tijd om ruzie te maken, opende E-Z de deur. Hij liep de keuken in net toen Arden en PJ aankwamen. Een toeter buiten liet hem weten dat ze er waren.

"Oké, oké!" riep E-Z terwijl hij een stuk toast pakte. Hij baande zich een weg door de gang met zijn nieuwe webvoetige metgezel achter zich aan.

PJ stapte uit de auto om E-Z te helpen instappen en zette zijn rolstoel vast in de kofferbak. Terwijl hij de koffer sloot, zag hij Alfred proberen in het voertuig te stappen.

"Uh, dat ding kan niet in de auto," riep PJ.

Arden draaide het raampje omlaag.

"Wat is dat nou weer? Heb ik een memo gemist waarin stond dat we vandaag *Show and Tell hadden*?" Hij grinnikte.

"Is dat een zwaan?" vroeg de moeder van mevrouw Handle PJ.

"Of is dit ding voorzitter van je fanclub?" vroeg PJ met een grijns.

Eenmaal in de auto antwoordde E-Z. "We zijn te oud voor show and tell," lachte hij. "De zwaan is mijn project. Een experiment, zoals een blindengeleidehond. Hij is mijn rolstoelmaatje." Hij gespte Alfred vast in de veiligheidsgordel.

PJ ging voorin zitten naast zijn moeder.

Alfred de zwaan zei: "Ga je me niet voorstellen?"

Mevrouw Greep zette de auto aan de kant en ze gingen op weg naar school.

"Alfred," E-Z wierp een blik op zijn vrienden, "dit is mevrouw Greep. En mijn twee beste vrienden PJ en Arden. Iedereen, dit is Alfred, de trompetzwaan." E-Z sloeg zijn armen over elkaar.

Alfred zei, "Hoo-hoo." Tegen E-Z zei hij: "Ik ben ongelooflijk blij je te ontmoeten. Je mag voor me vertalen."

"Hoe weet je zijn naam?" vroeg PJ.

"Je verandert toch niet in, hoe heette hij ook alweer, die vent die met dieren kon praten, E-Z? Zeg me alsjeblieft van niet. Hoewel, het zou een echte melkkoe kunnen worden. We kunnen je talent op de markt brengen. Vragen stellen en antwoorden posten op ons eigen YouTube-kanaal. We zouden het E-Z Dickens de Zwanenfluisteraar kunnen noemen."

"Uitstekend idee!" zei PJ toen zijn moeder stopte bij een oversteekplaats. "Als het een paar jaar geleden was, hadden we waarschijnlijk miljoenen verdiend op YouTube. Tegenwoordig is het vrij moeilijk om daar geld te verdienen. Ze zijn echt streng geworden."

"Wees niet onbeleefd," zei mevrouw Greep terwijl ze verder reed.

"De persoon naar wie hij verwijst is Dokter Dolittle," bood Alfred aan. "Het was een twaalf boeken tellende serie romans geschreven door Hugh Lofting. Het eerste boek werd gepubliceerd in 1920 en de anderen volgden tot 1952. Hugh Lofting stierf in 1947. Hij was ook Brits. Een geboren en getogen Berkshire man."

"Ik weet wie ze bedoelen," zei E-Z tegen Alfred. "En nee, dat ben ik niet."

Arden zei, "Ik hoop dat je zwanenvriend vandaag niet alle meisjes van ons steelt. Je weet hoe meisjes van vederige dingen houden."

Mevrouw Greep schraapte haar keel.

"Ik was vroeger een echte lady killer," zei Alfred, gevolgd door nog een "Hoo-hoo!" die hij op PJ en Arden richtte.

PJ zei: "Ik word echt gek van je gezelschapszwaan."

Arden vroeg: "Welke vogelfilm heeft een Oscar gewonnen?"

PJ antwoordde: "Heer van de Vleugels."

Arden vroeg: "Waar investeren vogels hun geld in?"

PJ antwoordde: "Op de ooievaarsmarkt!"

"Je vrienden zijn snel geamuseerd," zei Alfred. "Het zijn twee plonkers, uit hetzelfde hout gesneden. Ik snap waarom je ze leuk vindt. Ik vind mevrouw Handle aardig. Ze is rustig en een uitstekende chauffeur."

E-Z lachte.

"Fijn dat je geniet van de ochtendhumor," zei PJ.

"Ik niet echt," zei Alfred. "Bovendien zijn jullie twee echte plonkers."

Arden en PJ keken twee keer.

E-Z deed ook een dubbele take bij hun dubbele takes. "Wat?"

"Hoorde je dat niet?" zeiden de twee eenstemmig. "De zwaan kan praten - en met een Brits accent. Oh man, de meisjes gaan echt van hem houden."

Mevrouw Greep schudde haar hoofd. "Speel geen domme bedelaars jullie twee!"

E-Z keek naar Alfred de zwaan die verward leek.

Alfred probeerde zijn eigen grap om te zien of ze hem echt begrepen. "Waarom zoemen kolibries?" vroeg hij.

De drie jongens keken toe, het was duidelijk dat zowel Arden als PJ hem nu konden begrijpen.

Alfred zei de clou: "Omdat ze de woorden natuurlijk niet kennen."

PJ en Arden lachten een beetje, maar ze waren vooral geschrokken.

"Hoe komt het dat ze jou nu ook kunnen verstaan?" vroeg E-Z. "Eerst konden ze het niet nu wel. Ik dacht dat je zei dat het alleen aan mij lag. En waarom kon Uncle Sam je niet verstaan?"

Nu ze hem konden verstaan, voelde Alfred zich zelfbewust. Hij fluisterde tegen E-Z: "Ik weet het eerlijk gezegd niet. Tenzij, waarvoor ik hier ben ook iets met hen te maken heeft."

"En oom Sam niet? Of mevrouw Steel?"

"Misschien niet," antwoordde Alfred.

"En waar heb je deze pratende zwaan gevonden?" vroeg Arden.

"En waarom breng je hem naar school?" vroeg PJ.

Mevrouw Greep snoof. "Jullie doen allemaal heel dom. E-Z zegt dat hij een gezelschapszwaan is. Hij kan niet praten."

"Ten eerste is hij niet zomaar een zwaan, hij is een Cygnus Falconeri. Ook wel bekend als een reuzenzwaan en een soort die al eeuwen is uitgestorven."

"Ik heb niet veel zwanen in het echt gezien," zei Arden. "Degenen die ik op het natuurkanaal heb gezien, leken niet zo groot als hij. Zijn voeten zijn enorm! En wat gebeurt er als hij, je weet wel, naar het toilet moet?"

"De gemiddelde reuzenzwaan had een snavel tot staartlengte tussen 190-210 centimeter," bood Alfred aan. "En als ik dat doe, gebruik ik het gras - het sportveld zou me voldoende ruimte moeten geven om te eten en mijn behoefte te doen als en wanneer dat nodig is."

"Bedoel je dat je het gras eet en dan op het gras gaat?" zei PJ.

"Eww!" zei Arden.

Ze waren nu wel erg dicht bij school, dus E-Z legde het uit. "Ik kan je geen details geven omdat ik ze niet echt ken. Het enige wat ik zeker weet is dat Alfred hier is om me te helpen en dat je hem veel zult zien."

"Ik denk niet dat ze hem in de school zullen toelaten," zei Arden.

"Dat is geen probleem, want ik ben je metgezel," zei Alfred.

PJ, Arden en Alfred lachten toen de auto voor de school tot stilstand kwam.

"Bel me als je wilt dat ik je na school ophaal," zei mevrouw Handgreep.

"Bedankt," antwoordde ze.

Nadat E-Z's stoel uit de kofferbak was gehaald, reed Mrs. Handle weg van de stoeprand.

Zijn vrienden hielpen hem erin, terwijl Alfred omhoog vloog en op zijn schouder ging zitten. Ze liepen naar de voorkant van de school waar directeur Pearson de leerlingen naar binnen loodste.

"Goedemorgen jongens," zei hij met een enorme glimlach op zijn gezicht. Totdat hij Alfred de zwaan opmerkte. "Wat is dat voor een ding?" vroeg hij.

"Hij is een gezelschapszwaan," zei E-Z.

"Een Cygnus Falconerie, om precies te zijn," zei Arden.

"Hij hoort bij ons," zei PJ.

Directeur Pearson sloeg zijn armen over elkaar. "Dat ding, de Cygnus watchamacallit komt hier niet binnen!"

Alfred zei: "Het is goed E-Z. Laten we geen scène maken. Ik ben hier als je lessen afgelopen zijn. Tot straks." Alfred vloog omhoog en landde op het dak van het gebouw. Hij nam het uitzicht in zich op voordat hij naar beneden vloog, het voetbalveld op. Er was genoeg gras om van te knabbelen. Als hij vol zat, zou hij een schaduwrijk plekje onder een boom zoeken en een dutje doen.

Directeur Pearson schudde zijn hoofd en hield toen de deur open voor E-Z en zijn vrienden. Binnen klonk de vijf-minuten-waarschuwing.

Deze schooldag verliep rustig voor E-Z en zijn vrienden. Eriel had nog niets gezegd over nieuwe proeven.

HOOFDSTUK ZEVEN

ALFRED RAAKTE GEWEND AAN zijn nieuwe routine. De kinderen op school leerden hem kennen - hoewel alleen E-Z en zijn vrienden wisten dat hij kon praten.

Op deze dag stond Alfred buiten de school te wachten op E-Z en hij vroeg: "Kunnen we praten?".

E-Z keek om zich heen; hij wilde nog steeds niet dat de andere leerlingen hem zouden horen praten met een zwaan. Hij fluisterde: "Uh, kan dit wachten tot we thuis zijn?"

"Oh, ik begrijp het," zei Alfred. "Je voelt je nog steeds zelfbewust als we kletsen. Dat is begrijpelijk, maar de kinderen zijn hier dol op me. Ze staan in de rij om me te aaien en te voeren. Trouwens, komt Uncle Sam niet thuis? Ik moet even alleen met je praten."

"Omdat hij je nog steeds niet kan verstaan, praat je alleen met mij, zelfs als we thuis zijn."

"Maar dit is een kwestie van enige zorg en het is nogal tijdgevoelig," zei Alfred.

PJ stopte naast hen op de stoep. Arden vroeg of ze een lift naar huis wilden.

"Uh, jongens. Sorry, maar ik loop vandaag met Alfred mee naar huis. Hij heeft me belangrijke informatie te geven."

PJ en Arden schudden hun hoofd. Arden zei: "We hadden verwacht dat we op een dag voor een meisje gegooid zouden worden - niet voor een vogel." Hij grinnikte.

"En hoe zit het met het spel?" vroeg Arden.

"Vandaag is vandaag en de wedstrijd is pas morgen. Sorry jongens." E-Z voerde het tempo op. De auto kroop naast hem en snelde toen weg met piepende banden.

"Plonkers," zei Alfred.

"Ze bedoelen het goed. Wat is er nu zo belangrijk?"

"Heb je de laatste tijd nog iets van Lia gehoord? Ik maak me zorgen om haar." Alfred waggelde naast E-Z, terwijl hij de kop van een paardenbloem afknabbelde.

"Waarom maak je je zorgen? Geen nieuws is toch goed nieuws?"

"Nou eigenlijk heb ik van haar gehoord en er is een, nou ja, een verbijsterende nieuwe ontwikkeling."

E-Z stopte. "Vertel me meer."

"Loop maar door," zei Alfred, terwijl hij nu de kop van een madeliefje afknabbelde. "Lia en haar moeder zijn al onderweg hierheen. Ze zouden ergens morgen moeten aankomen."

"Waarom zo'n haast? Ik bedoel, ja, dat is een verrassing. We wisten dat ze zouden komen - mogelijk snel. Wat is daar verbijsterend aan?"

"Dat is niet het verbijsterende deel."

"Stop met uitstellen en spuug het uit!"

"Lia is niet langer zeven jaar oud - ze is nu tien jaar oud."

"Wat? Dat is onmogelijk."

"Denk je dat ze zou liegen?"

"Nee, ik denk niet dat ze zou liegen, maar - dat slaat nergens op. Mensen groeien niet van zeven naar tien in een paar weken."

"Ze zei dat ze ging slapen. De volgende ochtend kwam ze de keuken binnen om te ontbijten en haar kindermeisje begon te gillen. Zo ontdekte ze dat ze van de ene op de andere dag drie jaar ouder was geworden."

"Whoa!" riep E-Z uit.

"En er is meer."

"Meer. Ik kan me niets meer voorstellen."

"Ze kon haar moeder ervan overtuigen dat ze niet het hele bezoek hier hoefde te blijven. Ze is een drukke zakenvrouw. Het kostte nogal wat overredingskracht. Lia zei dat ze beter af zou zijn gezien Sam's ervaring met jou en de proeven. Haar moeder ging akkoord, onder een paar voorwaarden."

"Zoals?"

"Dat ze van Uncle Sam houdt."

"Iedereen houdt van Uncle Sam."

"En ook dat je haar uitlegt hoe haar dochter van de ene op de andere dag zo oud kon worden."

"En hoe moet ik dat precies doen?"

"Om eerlijk te zijn," zei Alfred, "heb ik geen idee. Daarom wilde ik je alleen spreken. Ik bedoel, Uncle Sam weet toch dat Lia komt?"

E-Z knikte, "Ik denk het wel als ze onderweg zijn."

"Maar hij verwacht een zevenjarig meisje, terwijl er een tienjarige op zijn stoep staat."

E-Z is weer gestopt. Oom Sam. Hij had er niet eens aan gedacht dat Uncle Sam met een tienjarig meisje te maken had. "Ik weet niet zeker of ik hem ooit over Lia's leeftijd heb verteld. Misschien heb ik dat niet gedaan en maken we ons zorgen om niets."

Alfred raaskalde verder. "Ik heb gehoord dat mensen snel verouderen. Er is een ziekte die Progeria heet. Het is een genetische aandoening, heel zeldzaam en heel dodelijk. De meeste kinderen worden niet ouder dan dertien en Lia is al tien, dus we moeten dit uitzoeken."

"Hoe is dat wat je zei,"

"Progeria."

"Ja, Progeria, hoe wordt dat opgelopen?" vroeg E-Z.

"Ik heb begrepen dat het in de eerste paar jaar gebeurt. En de kinderen zijn meestal verminkt."

"Lia is verminkt, door het glas, geen ziekte. Is er een geneesmiddel?"

"Geen genezing. Maar E-Z, er is iets anders. Het heeft iets te maken met de ogen in haar handen. Ze zijn nieuw en de ziekte is nieuw. Te toevallig, vind je niet?"

E-Z overwoog dit en besloot dat Alfred gelijk had. Het was te toevallig. Maar wat moest hij eraan doen? Moest hij Eriel bellen? "Ken je Eriel?"

Alfred vertraagde zijn pas en E-Z ook. Ze waren bijna thuis en moesten dit uitpraten voordat ze oom Sam zouden ontmoeten. "Ja, ik heb van hem gehoord. Maar zoals je weet is Eriel niet mijn engel. Je hebt mijn mentor Ariel ontmoet en zij is de engel van de natuur, vandaar dat ik in de conditie ben van een zeldzame zwaan. Ze kan misschien helpen, maar daarvoor moeten we wachten op haar volgende verschijning."

"Bedoel je dat je haar niet kunt oproepen?"

Alfred knikte. "Kunt u Eriel naar believen oproepen?"

E-Z lachte. "Niet precies naar believen, maar hij is bereikbaar. Hoewel, hij is een pain in the you know what wat dat betreft en houdt er niet van om opgeroepen of ontboden te worden." dacht E-Z rustig na en Alfred ook. Hun huis was nu in zicht en Uncle Sam was thuis, want zijn auto stond op de oprit geparkeerd. "Ik denk dat we moeten afwachten wat er met Lia gebeurt."

"Mee eens," zei Alfred, terwijl hij van het pad af stapte en wat gras uit de grond trok en erop kauwde. E-Z keek toe. "Ik eet liever niet te veel gras; ik bedoel gras van het gazon. Dat is wat ik de hele dag eet als jij op school bent - buiten de paar bloemen die ik kan vinden. Op dit moment heb ik zin in het natte spul dat onder water groeit. Het is verser en sappiger."

"Dat snap ik helemaal", zei E-Z. "Ik eet salade graag vers en knapperig. Ik hou er niet zo van als het in zakken zit en de enige manier om het naar binnen te krijgen is om het in sladressing te drenken."

"Ik mis menselijk voedsel."

"Wat mis je het meest?"

"Cheeseburgers en friet, zonder twijfel. Oh, en ketchup. Wat was ik dol op die dikke, rode, kleverige saus die overal overheen gaat."

"Misschien zou het niet zo erg zijn, op gras?" E-Z lachte, maar Alfred dacht erover na.

"Ik wil het best proberen."

"Laten we het op je bucketlist zetten," zei E-Z.

"Wat is een bucketlist?" vroeg Alfred.

HOOFDSTUK TWEE

E-Z DACHT NA OVER de vraag van Alfred. Alfred wist niet wat een bucketlist was... en de uitdrukking werd bedacht in 2007. In de gelijknamige film van Nicholson/Freeman. Hij legde het uit zonder al te veel in detail te treden.

"Dat is echt een interessant idee," zei Alfred, terwijl hij zijn veren plukte. "Maar wat heeft het voor zin om een bucketlist bij te houden? Je zou toch alles onthouden wat je echt zou willen doen?"

"Weet je Alfred, ik weet het niet zeker. Ik denk dat het iets met leeftijd te maken heeft. Ouder worden en geheugen verliezen."

"Klinkt logisch."

Ze vervolgden hun reis en kwamen thuis aan. Toen E-Z zichzelf de oprit oprolde, sprong Alfred erop. De zwaan sloeg met zijn vleugels om te helpen met de opwaartse beweging. Bovenaan, toen E-Z de deur opende, hoorden ze een onbekende stem.

"Oh nee, ze zijn er al!" zei Alfred.

"Je had me kunnen waarschuwen!" antwoordde E-Z, terwijl hij op weg naar de woonkamer zijn tas aan een haak opborg.

"Natuurlijk zou ik dat gedaan hebben, als ik het geweten had!"

Lia stond op. De tienjarige Lia zag er opvallend anders uit, tot ze haar open handpalmen omhoog hield. Ze slaakte een gilletje toen ze E-Z zag en rende naar hem toe om hem een dikke knuffel te geven. Daarna omhelsde ze Alfred en zei dat ze ongelooflijk blij was om hem eindelijk te ontmoeten.

Lia's moeder Samantha stond ook te kijken hoe haar dochter de jongen omhelsde die haar leven had gered. De engel/jongen in de rolstoel. Haar dochter had Alfred genoemd, maar niet dat hij een reuzenzwaan was.

Oom Sam stond op en zei: "Oh, je bent thuis." Hij kwam dichter bij zijn neefje staan. Toen stelde hij onhandig voor om naar de keuken te gaan. Om verfrissingen te halen.

"Het gaat goed," zei Samantha.

Sam stond erop dat ze toch naar de keuken gingen.

"Uh," stamelde E-Z. "Ik wil wat drinken."

Sam zuchtte.

"Doe geen moeite voor ons," zei Samantha.

"Het is geen enkel probleem," zei Sam, terwijl hij E-Z's stoel naar de uitgang van de woonkamer duwde.

"Lia, je bent heel mooi," zei Alfred terwijl hij zijn hoofd boog zodat ze hem kon aaien.

"Dank je," zei Lia met een blos. Ze wierp een blik in E-Z's richting toen ze de kamer verlieten, maar hij merkte het niet op omdat zijn ogen op zijn oom gericht waren.

Eenmaal in de keuken parkeerde Sam zijn neefje. Hij opende de koelkast en deed hem weer dicht. Hij ging naar de kast, opende de deur en deed hem weer dicht.

"Wat is er?" vroeg E-Z.

"Ik, ik had ze niet zo snel verwacht en wat eten en drinken mensen uit Nederland eigenlijk? Ik denk niet dat ik iets geschikts in huis heb. Misschien moet ik iets gaan halen?"

"Het zijn mensen net als wij, ik weet zeker dat ze zullen proberen wat je ook hebt. Denk er niet te veel over na."

"Help me even, jochie. Wat voor soort dingen moeten we serveren? Kaas en crackers? Iets warms, tosti's? We hebben water, sap en frisdrank."

"Oké, laten we het kaas en crackers ding voor nu doen. Kijken hoe dat gaat. En een dienblad met verschillende dranken."

Sam zuchtte en legde alles bij elkaar op een dienblad. "Oh, servetten!" zei hij, terwijl hij een stapeltje uit de lade haalde.

"Alles klaar?" vroeg E-Z.

"Bedankt, kiddo," zei Sam terwijl hij het dienblad vol eten en drinken opraapte. Hij liep de woonkamer in en zijn neefje volgde hem. Sam zette alles op tafel, sprong op en zei: "Bijzetborden!". Hij verliet de kamer en kwam kort daarna terug met de genoemde voorwerpen.

E-Z wierp een blik in Lia's richting toen hij van zijn drankje nipte. Hij kon haar nog steeds zien als een klein meisje, ook al was ze dat nu niet meer. Haar haar was langer.

Lia's moeder keek nog ongemakkelijker dan oom Sam. Ze frunnikte aan een cracker maar beet er niet in. Ze bewoog het glas drinken heen en weer maar dronk er niet uit. Ze wierp af en toe een blik in Oom Sam's richting, maar niet lang. Toen zuchtte ze heel hard en ging weer met haar eten rommelen.

"Hoe was je vlucht?" vroeg E-Z.

"Het was makkelijk vergeleken met vliegen met jou," zei Lia. Ze lachte en de frisdrank kwam bijna haar neus uit. Al snel lachten ze allemaal en voelden ze zich meer op hun gemak.

Alfred kletste vrijuit, wetend dat alleen Lia en E-Z hem konden verstaan. "Nu zijn we samen, *De Drie*. Zoals het bedoeld was."

Lia en E-Z wisselden blikken uit.

Alfred vervolgde. "Ik blijf me afvragen waarom we bij elkaar zijn gebracht. E-Z je kunt mensen redden en je bent superdupersterk, plus je kunt vliegen en je stoel ook. Lia jouw krachten zitten in je zicht. Je kunt gedachten lezen. Van wat E-Z me verteld heeft, heb je de krachten van het licht en kun je de tijd stilzetten.

"Ik, ik kan reizen, vliegen in de lucht en ik kan soms vertellen wanneer dingen gaan gebeuren voordat ze gebeuren. Ik kan ook gedachten lezen, maar niet altijd. Ook houden de meeste mensen van zwanen. Sommigen zeggen dat we engelachtig zijn. Er zijn zelfs mensen die geloven dat zwanen de kracht hebben om mensen in engelen te veranderen. Ik weet niet of dat waar is. Ik ben zelf in staat om alle levende, ademende dingen te helpen zichzelf te genezen."

Dat laatste was nieuw voor E-Z. Hij wilde meer weten.

Alfred zei vrijwillig: "Overgave is de eerste stap."

E-Z en Lia waren in gedachten verzonken over Alfreds bekentenis.

"Wat doen we nu?" vroeg Lia.

"Elk team heeft een leider nodig, een aanvoerder. Ik nomineer E-Z," zei Alfred.

"Ik steun de nominatie," zei Lia.

Lia en Alfred hieven het glas op E-Z. Oom Sam en Lia's moeder Samantha brachten ook een toost uit. Al hadden ze geen idee waar ze allemaal op proostten.

E-Z bedankte hen allemaal. Maar van binnen vroeg hij zich af hoe het allemaal zou gaan werken. Hoe moest hij een klein meisje en een trompetzwaan leiden? Hoe kon hij ze veilig en buiten gevaar houden?

Oom Sam en Samantha boden aan om op te ruimen, terwijl het trio terugging naar de woonkamer.

"Het zal een goede gelegenheid voor ze zijn om elkaar wat beter te leren kennen," zei Alfred.

"Ja, moeder is nog nooit zo nerveus geweest. Met haar werk ontmoet ze veel mensen en ze praat met ze, zelfs met volslagen vreemden, alsof ze ze altijd al gekend heeft. Dat is een van de geheimen van haar succes, denk ik. Maar met Sam is ze zo stil als een muis en nerveus."

"Misschien is het een jetlag," stelde E-Z voor.

Alfred lachte. "Nee, ze voelen zich tot elkaar aangetrokken. Jullie zijn allebei te jong om het te merken, maar er hing een sfeer in de lucht."

"Echt, heeft mijn moeder een oogje op Sam?"

"Oom Sam was ook nogal onhandig, maar hij ontmoet tegenwoordig niet veel meisjes meer omdat hij thuis werkt en het grootste deel van zijn tijd mij helpt. Ik stem, we veranderen van onderwerp."

"Ik ook," zei Lia.

"Jullie twee zijn niet leuk."

"Ik denk dat het tijd is om Eriel op te roepen," zei E-Z. "Hij moet degene zijn die ons allemaal bij elkaar heeft gebracht. We moeten op de hoogte worden gebracht van het plan. Weten wat er van ons verwacht wordt en wanneer."

"Wie is Eriel?" vroeg Lia. "Ik herinner me dat je me eerder vroeg of ik hem kende."

"Hij is een Aartsengel en hij heeft mijn proeven begeleid. Nou ja, de laatste paar in ieder geval."

"Mijn engel, degene die mij de gave van het gezichtsvermogen heeft gegeven, heet Haniël. Zij is ook een aartsengel. Zij is de verzorger van de aarde."

Dit verbaasde E-Z. Als ze allemaal voor hun eigen engelen werkten, waarom waren ze dan bij elkaar gebracht? Was de ene engel machtiger dan de andere? Wie was de baas engel? Wie luisterde naar wie?

"Ik zou graag willen weten wat er aan de hand is," zei Alfred.

"Alles wat ik weet," zei Lia, "is dat ik na het ongeluk werd gevraagd of ik een van de drie wilde zijn. En nu, voila, zijn we hier."

Oom Sam en Samantha kwamen de kamer binnen. Ze kletsten nog een tijdje met elkaar tot Samantha die moe was van de vlucht naar haar kamer ging. Uncle Sam ging ook naar zijn kamer.

"Laten we naar mijn kamer gaan en praten," zei E-Z.

Lia en Alfred volgden. Na een paar uur praten realiseerde het trio zich dat ze veel vragen hadden, maar weinig antwoorden. Lia ging naar haar kamer die ze deelde met haar moeder. Alfred sliep op de rand van E-Z's bed. E-Z snurkte weg. Morgen was er weer een dag - dan zouden ze alles wel uitzoeken.

HOOFDSTUK DERTIEN

D E VOLGENDE OCHTEND DROEG Lia kommen ontbijtgranen naar de achtertuin. De zon kwam op aan de hemel, het was een wolkeloze dag en het naderde 10 uur 's ochtends. Alfred knabbelde op het gras bij het pad.

Lia gaf E-Z zijn kom, ging toen onder de parasol op het terras zitten en nam een lepel cornflakes.

"Noord-Amerikaanse cornflakes smaken anders dan de cornflakes die we in Nederland hebben."

"Wat is het verschil?" vroeg E-Z.

"Alles smaakt hier zoeter."

"Ik heb gehoord dat ze in verschillende landen verschillende recepten gebruiken. Wil je iets anders?" Ze weigerde met een hoofdschudden. "Ik kon vannacht niet slapen," zei E-Z terwijl hij nog een lepel Captain Crunch nam.

"Sorry, snurkte ik te veel?" vroeg Alfred terwijl hij zijn gezicht in het bedauwde gras duwde.

"Nee, je was in orde. Ik had veel aan mijn hoofd. Ik bedoel, we zijn hier allemaal. De drie - en ik heb al een tijdje geen proef meer gehad... Sinds Hadz en Reiki gedegradeerd zijn, weet ik niet wat er aan de hand is. Na dat laatste gevecht met Eriel - dat ik trouwens won - heb ik niets meer van Eriel gehoord. Dat maakt me nerveus. Ik vraag me af wat hij verzint om mij het leven zuur te maken."

Alfred waggelde verder weg in de tuin, toen een eenhoorn op het gras landde.

"Tot uw dienst," zei Kleine Dorrit.

De eenhoorn kroop tegen Lia aan, terwijl ze ging staan en hem een kus op zijn voorhoofd gaf.

Boven hen begon een blauwe streep van luchtschrift. De woorden stonden erop:

VOLG ME.

E-Z's stoel kwam overeind, "Kom op!" riep hij.

Kleine Dorrit boog voorover, zodat Lia haar kon bestijgen.

Alfred sloeg zijn vleugels uit en voegde zich bij de anderen.

"Enig idee waar we heen gaan?" vroeg Alfred.

"Ik weet alleen dat we moeten opschieten! De trillingen nemen toe, dus we moeten dichtbij zijn."

"Kijk eens vooruit," riep Lia. "Denk dat we nodig zijn bij het pretpark."

Voor E-Z was het meteen duidelijk waarom ze nodig waren. De achtbaan was ontspoord. De wagentjes bungelden half op en half van de rails. En passagiers van alle leeftijden schreeuwden het uit. Eén kind hing zo onzeker met zijn benen over de zijkant van het karretje dat het duidelijk was dat hij als eerste zou vallen.

"We pakken het kind," zei Lia en ze vertrok. Zij en Kleine Dorrit gingen recht op de jongen af. Hij liet los, liet zich vallen en landde veilig voor Lia op de eenhoorn.

"Dank je," zei de jongen. "Is dit echt een eenhoorn, of droom ik?"

"Het is echt zo," zei Lia. "Haar naam is Little Dorrit."

"Mijn moeder heeft een boek met die naam. Ik denk dat het van Charles Dickens is."

"Dat klopt," zei Lia.

"Staan er eenhoorns in Little Dorrit? Zo ja, dan moet ik het lezen!"

"Ik kan het niet met zekerheid zeggen," zei Lia. "Maar als je erachter komt, laat het me dan weten."

E-Z greep de overhangende auto's één voor één vast. Het kostte wat moeite om hem in balans te krijgen, het leek in het begin een beetje op een slinky die allemaal in één richting kantelde. Maar zijn ervaring met het vliegtuig hielp en inspireerde hem toen hij de wagons weer op de rails tilde. Hij hield ze op hun plaats tot alle passagiers veilig in de trein zaten.

Dankzij de hulp van Alfred verliep dit proces soepel. Alfred kon ze met zijn vleugels, snavel en enorme omvang in veiligheid brengen.

"Is iedereen in orde?" riep E-Z onder daverend applaus van alle passagiers.

Alfred had zijn taak met succes volbracht en vloog naar de plek waar Lia en de anderen waren. Het was een uitstekende locatie om te observeren.

"Is het goed als we de jongen nu naar beneden brengen?" vroeg Lia.

E-Z gaf haar een duim omhoog.

Beneden werd een kraan binnengebracht om te worden opgetild voor een reddingsactie. Hij was nog lang niet klaar. Hij keek toe hoe arbeiders rondliepen in hun gele veiligheidshelmen.

E-Z floot naar de man die de achtbaan bediende om hem op te starten.

De achtbaanoperator startte de motor opnieuw. Eerst suisden de karretjes een beetje vooruit, toen stopten ze. De passagiers gilden uit angst dat de achtbaan weer zou ontsporen. Sommigen hielden hun nek vast, die tijdens de oorspronkelijke gebeurtenis was geschokt.

E-Z plaatste zijn rolstoel vooraan de auto's om te zien of hun positie niet veranderde. Hij merkte dat de wind opstak en dat het haar van de passagiers in de auto's rondzwierf. Een oudere man verloor zijn baseballpet van de LA Dodgers. Iedereen keek toe hoe het op de grond viel.

"Probeer het nog eens," riep E-Z, hopend op het beste maar een Plan B bedenkend voor het geval dat.

De machinist liet de motor draaien. Opnieuw ging de achtbaan vooruit. Deze keer een beetje verder, maar opnieuw rolde hij tot stilstand.

De tiener riep naar Little Dorrit: "Kun jij Lia op de grond zetten? Pak dan wat kettingschakels met haken aan beide uiteinden en breng ze naar me toe?"

De eenhoorn knikte en daalde af op "oohs" en "ahhs" van de menigte die zich beneden had verzameld. Een man probeerde haar te grijpen en een ritje te maken, ze duwde hem weg met haar neus en de politie kwam het gebied afzetten.

"Hier!" zei een bouwvakker. Hij had gehoord wat E-Z vroeg. Hij stopte een deel van de ketting in de mond van Kleine Dorrit en draaide de rest rond haar nek.

"Is het niet te zwaar?" vroeg hij, terwijl de kleine Dorrit zonder problemen opsteeg en zich een weg vloog naar waar Alfred nu aan E-Z's zijde stond te wachten.

Alfred gebruikte zijn snavel om de haak in de voorkant van het autootje van de achtbaan te steken. Hij zette hem vast en bevestigde hem aan de rolstoel van E-Z.

"Blijft u alstublieft zitten," riep E-Z. "Ik ga je langzaam maar zeker laten zakken. Probeer niet te veel te verschuiven, ik wil graag dat het gewicht consequent wordt geplaatst. Op drie, rollen maar," zei hij. "Eén, twee, drie." Hij trok, gaf alles wat hij had en de auto rolde met hem mee. Naar beneden was makkelijk, naar boven moest hij ervoor zorgen dat het karretje niet te snel ging en niet weer losraakte. Kleine Dorrit en Alfred vlogen naast de wagen, klaar om in te grijpen als er iets misging.

Lia was zo bang, nerveus en opgewonden.

"Je kunt het, E-Z!" riep ze, terwijl ze vergat dat ze de woorden in haar hoofd kon uitspreken en hij ze zou horen.

"Bedankt," zei hij, terwijl hij het tempo langzaam en regelmatig hield. Hoewel E-Z moe was, moest hij zijn taak volbrengen. Toen de auto de hoek om ging en tot stilstand kwam, ging hij terug de tunnel in. Terug waar zijn reis was begonnen.

"Bedankt!" riep de operator.

Brandweermannen, paramedici en verpleegkundigen maakten zich klaar voor de toevloed van passagiers. Ze gingen tegelijk van boord.

"E-Z! E-Z! E-Z!" scandeerde de menigte, met opgeheven telefoons die het hele incident filmden.

"Denk je dat we nog tijd hebben om snoep te halen?" vroeg Lia.

"En karamelmaïs?" zei Alfred. "Ik weet niet zeker of ik het lekker zal vinden, maar ik wil het wel proberen!"

"Natuurlijk," zei E-Z, "ik ga ze allebei voor je halen, geen zorgen! Misschien neem ik wel een Candy Apple."

Toen hij de aankopen ging doen, merkte hij dat er verslaggevers waren gearriveerd. Ze stonden om iemand heen die erg lang was met gitzwart haar. De man hield een hoge hoed voor zich en leek op Abraham Lincoln. Bij nader inzien realiseerde hij zich dat het Eriel in vermomming was. Hij ging dichterbij staan om mee te luisteren.

"Ja, ik ben degene die dit dynamische trio bij elkaar heeft gebracht. De leider is E-Z Dickens en hij is dertien jaar oud en een superster. Behalve dat hij het meest ervaren lid van *De Drie is, is* hij ook de leider. Zoals je vast al gemerkt hebt, kan hij bijna alles aan. Hij is een geweldige jongen!"

E-Z voelde zijn wangen warm worden.

"Hoe zit het met het meisje en de eenhoorn?" riep een verslaggever.

"Ze heet Lia en dit was haar eerste stap in de superheldenwereld. Haar eenhoorn is Little Dorrit, en de twee zijn een geweldig team. Ze heeft die jongen gered," pakte hij de jongen vast. Hij plaatste hem voor de camera's.

Toen alle ogen op hem gericht waren, maakte hij zijn zin af. "Met gemak. Lia en Little Dorrit zijn geweldige toevoegingen aan het team, en ze zullen een enorme hulp zijn voor E-Z in al zijn toekomstige inspanningen."

"Hoe was het?" vroeg een verslaggever aan de jongen.

"Lia was echt heel aardig," zei de jongen.

De duistere figuur duwde de jongen weg. Hij stofte zichzelf af.

"De trompetterzwaan heet Alfred. Dit was zijn eerste kans om E-Z te helpen. Hij zette zichzelf dapper op het spel. Alfred is nog een uitstekend lid van dit superheldenteam van *De Drie*. Je zult in de toekomst nog veel van hen zien." Hij aarzelde, "Oh, en mijn naam is Eriel, voor het geval je me wilt citeren in je artikel."

Nu wenste E-Z dat hij niet had toegestemd in het verzamelen van kermisattracties. Hij kromp ineen, aan de kant, in de hoop niet op te vallen.

"Daar is hij!" riep iemand.

Anderen die achter hem in de rij stonden, duwden hem naar voren.

"Het is van het huis," zei de verkoper terwijl hij hem van alles een gaf.

"Dank je," zei hij terwijl hij opsteeg.

"Hij is het! De jongen in de rolstoel! Onze held!" riep iemand van onder hem.

"Daar is hij, neem een foto van hem."

"Kom terug voor een selfie, alsjeblieft!"

E-Z wierp een blik in de richting van waar Eriel was geweest, maar nu hij gespot was, was niemand in hem geïnteresseerd. Voor hij het wist was Eriel weg.

"Laten we hier weggaan!" zei E-Z, zich afvragend waar ze precies heen moesten. Als ze naar zijn huis gingen, zouden de verslaggevers en fans waarschijnlijk volgen. Op een bepaalde manier miste hij de dagen dat Hadz en Reiki de gedachten van alle betrokkenen wegvaagden. Het maakte de dingen wel heel eenvoudig.

Op de terugweg vroeg E-Z zich af wat Eriel van plan was. Niemand mocht immers iets weten over zijn beproevingen. Het was heel vreemd - maar hij was te uitgeput om er met zijn vrienden over te praten. In plaats daarvan vroeg hij zich af waarom het niet langer belangrijk was om zijn beproevingen verborgen te houden - en hoe het dingen zou gaan veranderen. Het was goed dat zijn vleugels niet meer brandden en zijn stoel leek niet geïnteresseerd in het drinken van bloed.

"Nou, dat was best makkelijk," zei Alfred.

Lia lachte, "En het was best leuk om je in actie te zien E-Z."

"Hé, en ik dan, ik heb ook geholpen!"

"Dat heb je zeker gedaan," zei E-Z. "En Little Dorrit, dank je wel! Zonder jou was het niet gelukt!"

Kleine Dorrit lachte. "Blij dat ik kan helpen."

"Je was geweldig!" zei Lia, terwijl ze haar nek streelde.

Maar er zat hen iets dwars. Het was duidelijk dat E-Z het allemaal zelf had kunnen doen. Hij had geen hulp nodig.

Alfred had vooral het gevoel dat hij als trompetzwaan alles had gedaan wat hij kon. Maar hij was niet erg behulpzaam bij dit soort reddingen. Niet alsof iemand met handen kon helpen. Hij had zijn best gedaan, maar was het genoeg? Was hij de beste keuze om lid te worden van *De Drie*?

Lia bedacht dat Little Dorrit onder de jongen had kunnen landen en hem had kunnen redden zonder dat zij op zijn rug zat. De eenhoorn was slim en had het voorbeeld en de instructies van E-Z kunnen volgen. Ze had het gevoel dat ze helemaal hierheen was gekomen, en waarvoor? Het sloeg echt nergens op.

Ze keerden weer terug naar huis. Hoewel ze samen iets geweldigs hadden bereikt, was hun stemming laag.

Kleine Dorrit vertrok en ging naar waar ze ook woonde als ze niet nodig was.

E-Z ging meteen naar zijn kantoor waar hij wat aan zijn boek werkte. Hij wilde de lijst met proeven bijwerken om te zien waar hij stond. Hij besloot ze allemaal vanaf het begin opnieuw in te typen:

1/ redde het kleine meisje

2/ redde het vliegtuig van een crash

3/ stopte de schutter op het dak

4/ hield het meisje tegen in de winkel

5/ stopte de schutter buiten zijn huis

6/ dueleerde met Eriel

7. uit die kogel

8/ redde Lia

9/ een achtbaan weer op de rails zetten.

Hij wist niet zeker of het redden van Uncle Sam een beproeving was of niet. Hadz en Reiki hadden zijn gedachten gewist. E-Z's gevoel zei dat het redden van Uncle Sam geen beproeving was geweest.

Hij leunde achterover in zijn stoel. Hij dacht aan zijn naderende deadline. Hij moest nog drie proeven voltooien in een beperkte tijd. Aan de ene kant wilde hij dat ze klaar waren. Op een andere manier maakte het feit dat hij klaar was met zijn verplichting hem bang.

Ondertussen besloot Alfred om te gaan zwemmen bij het meer.

Lia en haar moeder gingen wandelen.

✳✳✳

"E N, HOE WAS HET?" vroeg Samantha.

"Het was heel spannend en eng tegelijk. E-Z is opmerkelijk. Onverschrokken," legde Lia uit.

"En wat was jouw bijdrage?"

Ze sloegen de hoek om en gingen samen op een bankje in het park zitten. Kinderen speelden, renden op en neer en schreeuwden. Zowel moeder als dochter herinnerden zich hoe Lia vroeger, toen ze zeven jaar oud was, zo onbezorgd speelde. Nu ze tien was, was haar interesse in spelen sterk afgenomen.

"Mis je het?" vroeg Samantha.

Lia glimlachte. "Je weet altijd wat ik denk. Ik niet echt, maar ooit, binnenkort, wil ik weer proberen te dansen. Om te zien hoe en of ik me zou kunnen aanpassen."

Ze zaten samen te kijken, zonder iets te zeggen.

"Wat mijn bijdrage betreft, er hing een klein jongetje aan de auto en zonder de hulp van Little Dorrit was hij misschien gevallen."

"Zou kunnen?"

"Ja, ik denk dat E-Z hem gered zou hebben en daarna de rest had gedaan, als wij er niet waren geweest. Hij is gewend om de proeven alleen te doen."

"Denk je dat jij of Alfred niet nodig waren?"

"Misschien hielp het dat we er waren voor morele steun, ik weet het niet. Het lijkt erop dat de aartsengelen veel moeite hebben gedaan om ons bij elkaar te krijgen. Om ons helemaal uit Nederland, ons thuis, te laten komen. Terwijl ik op basis van dit proces denk dat we niet echt nodig zijn."

Samantha nam de hand van haar dochter in de hare en ze stonden op van het bankje en keerden terug naar huis.

"Ik denk dat het goed is om een team te hebben, als back-up, en ik weet zeker dat E-Z dat weet en waardeert. Hij lijkt me geen eenling. Hij speelde honkbal, volgens Sam nog steeds. Hij weet dat teams goed samenwerken en bouwen op de sterke punten van elke speler. En wat jou betreft, ik zou me geen zorgen maken dat jij niet de meest cruciale factor bent in deze rechtszaak. En onderschat nooit je waarde."

"Bedankt, mam," zei Lia toen ze de hoek van hun straat omgingen. "Laten we het nu over Sam hebben. Je vindt hem echt leuk, hè?"

Samantha glimlachte, maar gaf geen antwoord.

***

Op hetzelfde moment controleerde Sam E-Z. "Is alles in orde?" vroeg hij, terwijl hij zijn hoofd in het kantoor van zijn neef stak.

"Ik weet het niet zeker. Kunnen we praten?"

"Natuurlijk, kiddo."

"Doe de deur dicht, alsjeblieft."

"Wat is er aan de hand? Ging de proef van het eerste team niet goed?"

"Eerst wil ik je vragen, wat is er aan de hand met jou en Lia's moeder?"

Sam schuifelde met zijn voeten en maakte zijn bril schoon. "Laten we dit niet over mij en Samantha hebben. Dat is iets tussen ons."

"Oh, dus er is een VS, dan?" grijnsde hij.

"Verander van onderwerp," zei Sam.

"Oké dan, wat jij wilt. De proef ging goed en denk niet slecht over mij. Ik zeg dit niet omdat ik een groot hoofd heb, maar ik had het ook zonder de anderen kunnen doen."

"Vertel me precies wat er is gebeurd. Wat was jouw taak? En ik moet zeggen, dit verbaast me, want je bent altijd een teamspeler geweest."

"Ik weet het. Dat zit mij ook dwars. Het was in het pretpark. Een achtbaan ging van de baan. De voorkant hing van de rand en de passagiers liepen over. Er was er maar één echt in gevaar - een kind dat Lia ving met de hulp van Kleine Dorrit de eenhoorn."

"Klinkt alsof die redding nuttig was."

"Dat was het ook, want het kind had bijna geen tijd meer, maar ik was er en had hem kunnen redden. Daarna zette ik de kar weer op de rails en hielp de anderen naar binnen. Het was alsof de tijd voor mij stilstond - ik had deze situatie dus gemakkelijk zonder hulp van iemand kunnen oplossen."

"Het klinkt alsof Alfred niet veel nut voor je had. Bedoel je dat je zonder hem kunt?"

E-Z haalde zijn vingers door het donkere midden van zijn haar. Het borstelige gevoel deed hem op de een of andere manier ontstressen.

"Alfred hielp. Maar ik zocht naar manieren waarop hij kon helpen. Hij doet zo zijn best. We willen zo graag helpen, maar eerlijk gezegd is hij slim genoeg om te weten dat ik werk voor hem heb gemaakt. Dus hij kon helpen, en ik voel me er niet goed bij."

"Dat is wat teamspelers doen. Ze zorgen voor elkaar. Ze helpen elkaar."

"Ik weet het, maar als er levens op het spel staan, is het aan mij om ervoor te zorgen dat er niemand sterft. Als ik taken voor de anderen moet vinden om ze het gevoel te geven dat ze nodig zijn, is dat een handicap en geen hulp." Hij zuchtte diep en klikte met zijn vingers over zijn toetsenbord. Beschaamd vermeed hij oogcontact met zijn oom.

Na een paar minuten stilte ging E-Z weer verder met zijn boek om zijn oom te laten nadenken. Hij nam de details van de gebeurtenissen van de dag door.

Terwijl hij verslag uitbracht. Dingen uit elkaar haalde. De proef uit elkaar haalde en weer in elkaar zette had hij een openbaring. Dit was iets wat hij nooit eerder had gedaan. Hij kon de zaak bespreken, met zijn team. Ze konden hem vertellen hoe hij het deed, suggesties doen zodat hij zich kon verbeteren. Ja, het had veel voordelen om één van de drie te zijn. Hij voelde zich ontspannen en gelukkiger met deze kennis.

"Ik denk dat je deze teamsituatie meer tijd moet geven voordat je iets beslist. Het moet goed voor je zijn om te weten dat ze elk hun eigen speciale krachten hebben om je bij te staan. In deze situatie stonden jouw vaardigheden op de voorgrond. Dat betekent niet dat het altijd zo zal zijn. Dingen kunnen veranderen voor de volgende opdracht. Alles gebeurt met een reden."

"Je denkt hetzelfde als ik nu. Alles is altijd beter als je er niet alleen voor staat. Dat heb jij me geleerd."

"Nog iemand in dit huis die honger heeft?" riep Alfred terwijl hij door de gang waggelde.

E-Z schoof zijn stoel naar achteren en antwoordde: "Ik!"

Sam zei: "Je wat?"

"Oh, Alfred vroeg of iemand honger had."

"Ik ook!" riep Sam.

"Dat ben ik," zei Lia. "Wat eten we?"

Samantha stelde voor om pizza te bestellen. Iedereen juichte, behalve Alfred. Hij was geen fan van draderige kaas.

Ze brachten de avond samen door, vulden hun gezichten en keken naar een serie over zombies.

"Het is toch niet te eng voor je, Lia?" vroeg E-Z

"Het is te eng voor mij!" antwoordde Samantha. Sam sloeg zijn arm om haar heen, terwijl Lia giechelde en haar moeders hand vasthield.

HOOFDSTUK VEERTIEN

D E VOLGENDE OCHTEND VROEG werd Alfred wakker met een gil. Als je nog nooit een zwaan hebt horen schreeuwen, dan heb je geluk. Het was zo luid dat iedereen er wakker van werd.

E-Z probeerde Alfred te kalmeren. De zwaan sloeg alleen maar meer met zijn vleugels en maakte een vreselijk geluid. Het was alsof hij gemarteld werd. Dat of de wereld verging.

Uncle Sam kwam kijken wat er aan de hand was.

"Het is Alfred, maar maak je geen zorgen. Ik regel dit wel," zei E-Z.

Al snel kwamen Lia en Samantha op onderzoek uit. Lia overtuigde Samantha om weer te gaan slapen.

Lia bleef achter om E-Z te helpen Alfred te troosten. Die ging meteen naar het raam, opende het met zijn snavel en vloog de nacht in.

Boven hen luisterden E-Z en Lia naar Alfreds zwemvliezen die op het dak sloegen.

"Waar wachten jullie op!" riep hij. "We moeten gaan - NU!"

Lia klom uit het raam en stond rillend op de richel. Ze wachtte tot E-Z in zijn rolstoel kon stappen en hem in een zweefstand kon manoeuvreren.

"Wacht, ik denk dat de eenhoorn eindelijk onderweg is," zei Alfred. "Daarom ben ik hier. Om te zien of ze eraan kwam."

Kleine Dorrit landde, stak haar neus onder Lia en gooide haar op haar rug.

Ze vlogen weg met Alfred voorop.

"Rustig aan!" riep E-Z. Alfred negeerde hem. Hij ging door en nam hoogte en snelheid aan. E-Z's stoelvleugels begonnen te flapperen, net als zijn engelenvleugels. Hij moest snel werken om Alfred in het zicht te houden.

Lia rilde. "Ik wou dat ik een trui bij me had."

"Kruip lekker tegen mijn nek aan," zei Dorritje. "Ik hou je warm."

E-Z voerde het tempo op, kwam dichterbij, maar besefte toen dat Alfred langzamer ging. Dat dacht hij tenminste. In plaats daarvan zag hij iets wat hij nooit meer uit zijn geheugen zou wissen. Alfred was bevroren in de lucht, met zijn vleugels en voeten uitgestrekt. Alsof hij model stond als een X.

Toen begon zijn hele lichaam te trillen, wat uitgroeide tot een schudden. Het leek alsof hij geëlektrocuteerd werd. En zijn gezicht, met de uitdrukking van ondraaglijke pijn erop, bracht een traan in de ogen van zijn vrienden.

"Wat gebeurt er met hem?" vroeg Lia. "Ik kan het niet meer aanzien. Ik kan het gewoon niet," snikte ze.

"Het is alsof hij geschokt is. Wie zou zoiets doen?" Terwijl hij het zei, wist hij het. Alleen Eriel kon zo wreed zijn. Eriel riep hen op. Hij gebruikte deze elektrocutie techniek om hen hun vriend Alfred te laten volgen. Maar wat als hij de schokken niet zou overleven? Terwijl hij dit zei, maakten een paar veren van Alfred zich los van zijn lichaam en zweefden in de lucht. Hij hield op met trillen en begon te vliegen. Over zijn schouder zei hij: "Kom op, bijblijven voordat het me weer raakt."

"Gaat het?" vroeg Lia.

"Dat was de derde en elke keer wordt het erger. We moeten komen waar ze willen dat we zijn en snel. Ik weet niet of ik er nog een aankan - niet erger dan de vorige. Het was een doozy."

Ze vlogen verder, kletsten terwijl ze gingen.

"Het spijt me dat ik iedereen wakker heb gemaakt," zei Alfred nu de schokken voorbij waren.

"Het was niet jouw schuld." zei E-Z. "Ik ben er vrij zeker van dat ik weet wiens schuld het is - en als we hem zien, ga ik hem de waarheid vertellen."

"Wat bedoel je?" vroeg Lia, terwijl ze zich in Dorrits nek nestelde. Het was zo donker en koud; ze kon niet stoppen met rillen.

Alfred zei: "We zijn opgeroepen door elektrische schokken door mijn hele lichaam te sturen. Het was alsof mijn veren van binnenuit in brand stonden. Zo onbeleefd. Zo onbeschoft en even dacht ik dat ik weer in het tussen was."

Zijn hele zwanenlichaam trilde als hij eraan dacht. "Ik zal degene die het gedaan heeft geven wat hij verdient als ik hem ook zie!"

Alfred vloog vlak achter de anderen verder. "Eerder fluisterde Ariel in mijn oor om me wakker te maken. Dan praatten we samen een plan uit. Ze deed dit zelfs toen ik in het tussen was. Ze is altijd lief en aardig voor me geweest. Deze oproep was anders."

"Klinkt als wat Eriel doet," gaf E-Z toe. "Hij is niet erg tactvol en hij kan een beetje melodramatisch en nogal ongevoelig zijn. Om nog maar te zwijgen over zijn zieke gevoel voor humor."

"Een beetje melodramatisch, dat is nog niet alles," zei Alfred.

"Je zult ons ooit meer moeten vertellen over deze tussenweg. De naam klinkt wel schattig, maar ik heb het gevoel dat het een oxymoron is," zei E-Z.

"Ik praat er niet graag over," antwoordde Alfred.

"Ik kijk er echt naar uit om die Eriel te ontmoeten. NOT." bekende Lia. "Het is alsof je ernaar uitkijkt om Voldemort te ontmoeten. Zijn reputatie gaat hem voor."

"Ah, een Harry Potter fan dus?" zei Alfred.

"Absoluut," gaf Lia toe.

De sterren aan de hemel erboven zonden denkbeeldige warmte uit. Toch rilden ze onvoorbereid in de nachtlucht.

"Zijn we er bijna?" vroeg E-Z.

"Ik weet het niet zeker," zei Alfred. "De schok zei niet waar we naartoe werden geroepen en ik kan geen trillingen in de lucht oppikken. Het enige dat zal aangeven dat we niet doen wat er van ons verwacht wordt, is nog een schok. Helaas."

"Dat willen we niet. Laten we het tempo opvoeren."

"Het lijkt er echter op dat we dichterbij komen." Alfred stopte midden in de lucht, zijn vleugels volledig uitgestrekt. "Oh nee!" zei hij, wachtend op de nieuwe schok. Hij wachtte en wachtte, maar er gebeurde niets. "Denk dat we bijna..."

Het lichaam van de zwaan schudde en trilde deze keer niet alleen. Alfreds lichaam rolde steeds opnieuw. Alsof hij salto's maakte in de lucht.

Slangenveren vlogen om hem heen en dansten in de wind terwijl de zwaan een vrije val maakte.

E-Z vloog onder de trompetterzwaan door en ving hem op. "Alfred? Alfred?" De arme zwaan was flauwgevallen. "Eriel! Jij! Jij grote harige gier!" schreeuwde E-Z, terwijl hij zijn vuist naar de hemel hief. "Je hoeft Alfred niet te doden. Zeg ons waar je bent en we zullen er zijn, maar alleen als je ermee instemt om het af te slaan met de elektrische ladingen. Het is barbaars. Hij is een zwaan in hemelsnaam. Laat hem met rust."

"Wat hij zei," antwoordde Lia, met haar open handpalmen naar de hemel gericht.

Voor een seconde zweefden ze, nog steeds op hun plaats.

Toen kwam er een schok in de rolstoel. Toen raakte het Dorrit de eenhoorn. En iedereen maakte een vrije val.

Eriëls gelach vulde de lucht om hen heen. De wereld was zijn Sensurround en hij spotte met *De Drie* zoals niemand anders dat kon. Of zou kunnen.

HOOFDSTUK VIJFTIEN

ZE BLEVEN EEN HELE tijd naar beneden storten. Geen van hen had controle over hun speciale krachten of eigenschappen.

Ze verwachtten half dat hun lichamen uit elkaar zouden spatten op het trottoir beneden. De stoep die leek op te rijzen om hen te begroeten.

Plotseling eindigde de afdaling. Het was alsof ze allemaal aan een onzichtbare poppenspeler vastzaten.

Na een paar seconden kwam er weer beweging, maar deze keer was het zachtjes.

Ze leidde hen, totdat ze veilig aan de voeten van de aartsengelen Eriel, Ariel en Haniel konden worden gedropt.

"Goede reis gehad?" vroeg Eriel. Hij bulderde van het lachen. Zijn metgezellen keken toe zonder te lachen of te spreken.

Alfred, die nu wakker was, vloog en landde, gevolgd door Kleine Dorrit de Eenhoorn die Lia droeg.

De eenhoorn boog, erkende de andere gasten en trok zich toen terug aan de andere kant van de kamer.

Eriel was de grootste van de andere drie en stond met zijn handen op zijn heupen, om er zeker van te zijn dat er geen twijfel bestond over wie de leiding had.

Ariel daarentegen was sprookjesachtig.

Haniel was statuesk en straalde schoonheid uit.

Eriel stapte naar voren, van de grond getild zodat hij boven hen stond. Hij brulde: "Jullie hebben er lang over gedaan om hier te komen! In de toekomst, als ik jullie aanwezigheid beveel, zullen jullie hier razendsnel zijn!"

Haniel vloog dichter naar Alfred toe. Ze raakte hem aan op zijn voorhoofd. Daarna draaide ze zich naar E-Z en deed hetzelfde. Ze glimlachte. "Aangenaam kennis te maken." Ze draaide zich naar Lia. Lia opende haar handpalm en de twee wisselden vingeraanrakingen uit. Lia wierp zich in Haniels armen. Haniel sloeg haar vleugels om haar heen en nam het uiterlijk van het nieuwe tienjarige meisje in zich op.

Ariel fladderde dicht tegen E-Z aan. Ze knipoogde naar hem en glimlachte naar Lia. Ze vloog naar Alfred en raakte hem aan en verloste hem van zijn pijn.

"Genoeg gedoe!" commandeerde Eriel met zijn stem die zo luid dreunde dat E-Z vreesde dat hij het dak zou doen opstijgen.

"Wacht even," zei Alfred, terwijl hij met het geluid van zijn zwemvliezen over de betonnen vloer liep. "Ik was bijna geëlektrocuteerd en ik wil graag een verontschuldiging."

Eriel opende zijn vleugels wijd, wijder, zo wijd als ze konden gaan. Hij zweefde boven Alfred, die huiverde maar stand hield. Hun ogen sloten zich.

E-Z vond dat Alfred de trompetzwaan ofwel heel dapper ofwel heel dom was. Hoe dan ook, hij had hulp nodig.

E-Z rolde naar voren en zette zijn stoel tussen hen in. "Wat gebeurd is, is gebeurd." Hij richtte zich tot Alfred, "Blijf staan." Alfred deed dat. Toen tegen Eriel: "Ik weet dat je een pestkop bent en wat je onze vriend aandeed was onvergeeflijk en wreed. Het is midden in de nacht dus kom ter zake - vertel ons waarom we hier zijn? Wat is de grote noodsituatie?"

Eriel landde en zijn vleugels vouwden zich achter zijn lichaam. Hij brulde: "Mijn pogingen om je persoonlijk te bereiken, mijn beschermeling, bleven onbeantwoord. Wat ik ook deed, door je gesnurk werd je niet wakker. Ik heb Haniel naar Lia gestuurd, maar het lukte haar niet om haar wakker te maken zonder haar moeder te storen die naast haar lag te slapen. Daarom riepen we Alfred, die ook een hele tijd niet reageerde. Zijn mentor probeerde hem op haar gebruikelijke manier te benaderen, maar haar gefluister was niet krachtig genoeg om hem wakker te maken."

"Ik maakte me zorgen om je," zei Ariel.

"Het spijt me," zei Alfred. "E-Z's bed is heerlijk comfortabel en hij snurkt nogal luid. Het was lang geleden dat ik weer eens in een echt bed had geslapen."

"STILTE!" krijste Eriel.

Alfred deed een stap achteruit, terwijl E-Z zijn stoel nog dichter bij het wezen zette.

Eriel verlaagde zijn stem. "Haniel dacht dat je dood was, zwaan. En daarom heb ik van deze gelegenheid gebruik gemaakt om onze nieuwste technologie te testen."

"Het was nog niet eerder getest op mensen," gaf Haniel toe.

"We dachten dat het het beste zou zijn om iemand te proberen die niet menselijk was - Alfred jij paste in het plaatje en het werkte als een charme. Het is waar dat jullie allemaal te laat kwamen, maar jullie zijn er. Zoals ze zeggen, beter laat dan nooit."

"Je hebt me als proefkonijn gebruikt?" zei Alfred, terwijl hij zijn nek heen en weer zwaaide met zijn snavel wijd open en voortschuifelde over de vloer.

E-Z zette zijn rolstoel weer tussen hen in. "Blijf staan," zei hij tegen Alfred.

Eriel, Haniel en Ariel vormden een halve cirkel rond het trio.

"Je hebt gelijk E-Z. Wat gebeurd is, is gebeurd. Beter dat ze het op mij getest hebben, dan op jullie twee. Schiet nu maar op," zei Alfred.

"Ja, Eriel," zei E-Z, "nogmaals vraag ik, waarom zijn we hier?"

"Ten eerste," bulderde de aartsengel, "was het de bedoeling dat jullie drieën een soort trio zouden vormen."

"Daar zijn we zelf al achter gekomen," zei Lia. Ze hield haar handpalmen open zodat ze de drie aartsengelen tegelijkertijd volledig in zich op kon nemen. Ze keek ook af en toe de kamer rond om hun omgeving in zich op te nemen. Het zag er bekend uit, met metalen muren zoals die waarin ze E-Z voor het eerst had ontmoet. Alleen veel ruimer.

E-Z keek om zich heen en keek naar Lia. Hij dacht hetzelfde. Hoe meer hij naar de muren keek, hoe meer ze op hem leken af te sluiten. Hij voelde zich koud en claustrofobisch ook al was de ruimte enorm. Hij wenste dat zijn rolstoel een knop had zoals in sommige auto's waarmee de stoel verwarmd kon worden.

"Stilte!" riep Eriel. Omdat ze allemaal stil waren, leek het niet op zijn plaats. Natuurlijk hadden ze er geen rekening mee gehouden dat hij ook hun gedachten kon lezen.

Alfred lachte.

Eriel sloot het gat tussen hen en Alfred deinsde achteruit. Eriel sloot het gat weer. En zo ging het maar door tot Alfred tegen de muur stond. Alfred vluchtte. Eriel pakte hem op met zijn klauwachtige voeten. Hield hem boven de anderen.

"Eriel, alsjeblieft," zei Ariel. "Alfred is een goede ziel."

Eriel zette hem neer en hief toen zijn vuisten. Bliksemschichten vlogen eruit en ketsten af op het metalen plafond van de container. Iedereen behalve Eriel speelde trefbal met de rondvliegende elektrische ladingen. Eriel keek toe. Lachte.

Toen werd hij moe van deze vorm van vermaak. Toen het vertrouwen *van De Drie* op de proef was gesteld, ving hij de bliksemschichten. Hij maakte er een grote show van, terwijl hij ze in zijn zakken stopte.

"Nu dan," zei hij. "Er komt een nieuw proces jouw kant op. Vandaag. Een van jullie zal sterven."

E-Z schoot overeind in zijn stoel. Alfred gilde een onvrijwillige "Hoo-hoo!" en Lia gilde een klein meisjesgil.

Eriel ging verder, hun reacties negerend. "Jullie zijn hier om te kiezen. Wie van jullie zal vandaag sterven? Nadat jullie gekozen hebben, zal ik uitleggen wat de gevolgen van die dood zullen zijn." Eriel vloog een paar meter verder en de andere twee engelen stonden naast hem, één aan elke kant.

Eerst beschreef Ariel Alfreds dood:

"Ik kan je geen details vertellen over deze rechtszaak. Ik kan je alleen zeggen dat Alfred, als je vandaag sterft, je je contractuele overeenkomst niet zal nakomen. Daarom zul je je familie niet meer zien, nu niet en nooit niet. Je dood zou echter prachtig zijn. Want net als in het leven is de dood van een zwaan altijd mooi. Majestueus. Want als een zwaan sterft, wordt hij een engel. Je transformatie zou een nieuw begin voor je zijn. Je doel zou de verbetering van mens en dier zijn. Je zou een nieuwe naam en een nieuw doel krijgen. Je zou in alle opzichten echt gewaardeerd worden. En je ziel zou terugkeren naar haar eeuwige rustplaats."

Tranen stroomden over Alfreds trompetzwanenwangen. Ariël troostte hem door haar vleugels om zijn vleugels te slaan.

Ten tweede vertelde Haniel over Lia's dood:

"Kind, binnenkort een vrouw, net als Ariël, ik kan je geen informatie geven over de taak die je te wachten staat. Alles wat ik je kan zeggen lieve Cecelia, ook bekend als Lia, is dat als je vandaag zou sterven, je er niet meer zult zijn. In welke vorm dan ook. Je dood zal gewoon dat zijn, een dood. Definitief. Het zal zijn zoals het zou zijn geweest toen de gloeilamp ontplofte, je zou zijn gestorven. Je arme leven zou dan beëindigd zijn. En toch ben je nu hier en heb je de wereld veel te bieden. Je bent nog niet eens aan de oppervlakte gekomen van de krachten die tot je beschikking staan. Maar als je vandaag zou sterven, zouden die krachten onbenut blijven. Je zou tot stof vergaan. Een herinnering voor hen die je gekend en bemind hebben. Maar je ziel zou ook terugkeren naar zijn eeuwige rustplaats."

Lia sloot haar handen om de tranen te bedwingen. Ze vielen ook uit haar ogen. Haar oude ogen. Haar lichaam huiverde toen ze snikte. Ze was te overspannen van emotie om te spreken.

Kleine Dorrit kwam dichterbij en gaf het kleine meisje een schouderklopje. Haniel probeerde haar ook te troosten door haar een kus op haar voorhoofd te geven.

En toen begon Eriel het verhaal van E-Z te vertellen:

"E-Z, je hebt veel bereikt sinds de dood van je ouders. Er zijn je beproevingen gegeven. Soms, vaak onoverkomelijke taken voor een mens. Toch ben je succesvol geweest in het overwinnen ervan. Je hebt levens gered. Je hebt me niet teleurgesteld. Maar we voelen het wel." Ze aarzelde en keek opzij. "Ik voel vooral dat je je krachten hebt tegengewerkt. Soms heb je ze zelfs ontkend. Je hebt de tijd die we je hebben gegeven om van de wereld een betere plek te maken verspild."

E-Z opende zijn mond om te spreken.

"Stilte!" schreeuwde Eriel. "Probeer jezelf niet te rechtvaardigen. We hebben je honkbal zien spelen en tijd zien verspillen met vrienden alsof je alle tijd van de wereld had om je taken af te maken. Nou, de tijd is om. Als je vandaag sterft, zijn je beproevingen onvolledig."

E-Z had een vrij goed idee van wat er nu zou komen, maar hij moest wachten tot Eriel het zou zeggen. Om de woorden te spreken zodat het waar zou zijn.

Zoals hij al vermoedde, was Eriel nog niet klaar. "Ons achterlaten met onvolledige beproevingen waarvoor je leven werd gered. Dat zou onvergeeflijk zijn. Als je vandaag zou sterven, zou je je vleugels verliezen. Dat is om te beginnen. De beproevingen die je nog niet had gekregen

- zouden dat nooit worden. Want jij was de enige die de taken kon volbrengen. Onze enige hoop.

"Daarom zullen degenen die jij gered zou hebben door niemand gered worden, op geen enkel moment. Zij zullen sterven vanwege jou. Iedereen die je ooit gered hebt tijdens je beproevingen zou sterven.

"Het zou zijn alsof je nooit hebt bestaan. Hun dood zou definitief zijn. Compleet. Geen kans op een leven na de dood. Zelfs hen naar het tussen sturen zou geen optie zijn. Jouw dood dan E-Z zou een ravage aanrichten en chaos in de wereld brengen. Zoals op de dag dat jij en ik duelleerden. Weet je nog hoe de wereld er toen uitzag? Zo zou de aarde zijn - op elke dag." Eriel draaide zich om. Ze keken toe hoe hij zijn vleugels uitsloeg, alsof hij zich klaarmaakte om te vertrekken.

Ze waren allemaal stil. Hun lot overdenkend.

Na een tijdje verbrak Eriel de stilte. "Ariel, Haniel en ik zullen jullie voorlopig alleen laten. Jullie kunnen onder elkaar praten en beslissen. Maar wees er snel bij. We hebben niet de hele dag de tijd."

Het trio aartsengelen verdween door het plafond.

HOOFDSTUK ZESTIEN

Nadat de aartsengelen vertrokken waren, waren *De Drie* te verbijsterd om iets te zeggen. Totdat E-Z de stilte verbrak.

"Ik vind het onlogisch dat ze ons hier allemaal samenbrengen. Dat ze Alfred martelen. Om ons hier te krijgen. En dan zeggen dat een van ons moet sterven. En wij moeten kiezen wie. Het is barbaars, zelfs voor Eriel."

Lia ijsbeerde met gebalde vuisten. Ze was te boos om te praten en het kon haar niet schelen of ze ergens tegenaan botste. Sterker nog, als ze dat deed, schopte ze er tegenaan.

Alfred deed mee. "Ik denk dat als er iemand moet sterven, ik het moet zijn. Mijn krachten zijn zeer beperkt. Ik zou meer dan waarschijnlijk in zwanensoep veranderen gezien de complexiteit van de proeven. Zoals de laatste proef. Ik weet dat je me hielp E-Z. Het was aardig van je, maar ik wist dat ik een risico vormde."

E-Z probeerde te onderbreken, maar Alfred ging gewoon door. "Om nog maar te zwijgen over het feit dat ik in de weg zou kunnen lopen. Een van jullie in gevaar brengen. Ik heb een triest en eenzaam leven geleid sinds mijn familie van me is afgenomen. Op een dag is de eenzaamheid overweldigend. Lid zijn van *De Drie* heeft geholpen, maar...

"Zelfs als zwaan kon ik aan hen denken. Aan ze denken, van ze houden. Alleen al de wetenschap dat ze samen stierven en ergens samen zijn, geeft me rust. Zelfs als ik niet bij hen ben, maar misschien wel vandaag, als ik degene ben die sterft. Ik ben bereid dat risico te nemen. Trouwens, als ik ga zal niemand op aarde me missen."

"We zullen je missen!" zei Lia.

"Natuurlijk, we zullen je missen!" stemde E-Z in, terwijl hij de vloer overstak en een tafel opmerkte die eerder in de muur was opgegaan. Hij ging er dichter bij staan en ontdekte een stapel papieren die hij doorbladerde.

"Ik waardeer het sentiment," zei Alfred. "Hé, wat ben je aan het doen, E-Z? Waar komt die tafel vandaan?"

Lia hield beide handen voor zich uit, zodat ze E-Z en Alfred tegelijkertijd kon zien.

E-Z bladerde verder. Al snel vlogen ze door de hele kamer. Ze tolden door de lucht alsof ze in het oog van een tornado terecht waren gekomen.

De Drie groepeerden zich en keken naar de vlaag papier. Toen lieten ze zich in één keer op de stoep vallen.

Lia pakte er een en las het terwijl E-Z en Alfred toekeken.

"Wat is dit?" riep ze uit. "Onze namen staan erop. Het vertelt de verhalen. Onze verhalen. Van onze dood."

"Er staat dat we al dood zijn!" zei E-Z terwijl hij een van de papieren las die hij had gepakt.

"Oh," zei Lia, met een traan over haar wang. "Er staat ook dat mijn moeder dood is, net als je oom Sam."

E-Z schudde zijn hoofd. "Het kan niet waar zijn. Het is niet waar. Ze spelen met ons." Hij keek om zich heen. Iets in de kamer was veranderd. De muren. Ze waren nu rood. "Zijn we in een andere dimensie beland of zo? Kijk eens naar de muren? Zijn we ergens anders, waar de toekomst al het verleden is?"

Alfred raapte nog een van de gevallen pagina's op. Het vertelde over de dood van zijn vrouw, zijn kinderen en zijn eigen dood. En toch, toen hij naar zichzelf keek, zichzelf voelde, was hij levend, met veren: een trompetzwaan. "Ik wil eruit," zei hij.

Lia glimlachte. "Bedoel je uit deze kamer, of uit dit leven? Ik wil er ook uit, ik bedoel uit deze enge metalen container, maar ik wil niet dood. De wereld zien door mijn handpalmen is vreemd en tegelijkertijd best cool. Gedachten kunnen lezen, dat is ook cool. Maar toen ik de tijd stopte, dat was geweldig. Stel je voor dat je die kracht kon oproepen, bijvoorbeeld als er iemand in gevaar was of als er een ramp was. Stel je voor hoeveel levens er gered zouden kunnen worden? En nu ben ik tien en wie weet wat voor krachten er nog meer voor me in petto zijn."

"Goddelijk," zei E-Z. "Ik weet hoe je je voelde Lia. Zo voelde ik me ook, toen ik dat eerste kleine meisje redde, toen ik de anderen redde en toen ik jou redde."

De drie vormden een cirkel en sloegen de handen ineen terwijl ze de woorden reciteerden: "Wij hebben de macht. Niemand sterft vandaag. Wat ze ook zeggen." Ze draaiden rond en rond, hun nieuwe mantra chantend. Totdat ze klaar waren om de aartsengelen weer op te roepen.

HOOFDSTUK ZEVENTIEN

ERIEL KWAM ALS EERSTE aan, met opgetrokken wenkbrauwen en een verwrongen lip. Daarna kwamen Ariël en Haniël. De twee bleven achter hem staan in de schaduw van zijn enorme vleugels. Eriel sloeg zijn armen over elkaar, terwijl de twee andere aartsengelen naar voren schoven. Ze zweefden aan weerszijden van zijn schouders.

"We hebben besloten," zei E-Z. "Niemand zal vandaag sterven."

Eriëls gelach denderde door de metalen behuizing. Hij ging de lucht in en sloeg zijn armen over zijn borst. Ariel en Haniel zwegen, terwijl Eriëls gelach in toonhoogte toenam, hoog genoeg om Alfreds oren pijn te doen.

Alfred viel flauw, maar herstelde snel. Lia en E-Z hielpen hem overeind. Ze hielden hem omhoog totdat Little Dorrit overvloog. Even later zat Alfred hoog boven hen op de eenhoorn. Hij stond bijna oog in oog met Eriel.

"Bedankt, maat," zei Alfred.

"Blij dat ik kon helpen," zei Kleine Dorrit.

"Genoeg!" schreeuwde Eriel, terwijl hij zich hoger boven hen bewoog. Hij intimideerde hen met zijn grootte, zijn morbiditeit en zijn donderende stem. "Denken jullie dat je kunt veranderen wat er zal gebeuren? Ik heb jullie verteld wat er moet gebeuren en jullie hebben geen andere keuze dan mij te gehoorzamen. Het was geen enquête. Noch een democratie. Het was een zekerheid. Want er staat geschreven..."

Toen merkte hij dat de vloer bezaaid was met papieren. Hij vloog naar beneden en raapte er een op. Toen stond hij op, zodat hij oog in oog stond met Alfred. In zijn hand hield hij Alfreds verhaal.

"Ik zie dat je de toekomst hebt gelezen. Nu weet je de waarheid, dat je in een parallel universum leeft. Wat hier gebeurt, rimpelt door de andere universums. Op plaatsen waar zowel de toekomst als het verleden bestaan."

Lia liet haar rechterhand vallen en hield haar linker omhoog. Haar armen waren niet sterk, want ze moesten er nog aan wennen dat ze die omhoog moest houden.

Eriel vloog door de kamer naar een rode bank waar hij op ging zitten. De andere engelen voegden zich bij hem, één op elk van de armen. Eriel zat comfortabel met zijn vleugels niet helemaal in of uit.

Nadat hij het zichzelf gemakkelijk had gemaakt, ging hij verder. "In een van de werelden zijn jullie alle drie al dood. Jullie hebben de waarheid gelezen. In deze wereld is er nog hoop. Hoop bestaat, door ons, dat ben ik, Ariel, Haniel en Ophaniel. Wij hebben jullie drie mensen uitgekozen om met ons samen te werken. We hebben jullie doelen gegeven en we hebben jullie geholpen waar en wanneer we kunnen. Terwijl wij bij jullie zijn, zijn wij de enigen die jullie bestaan mogelijk maken. Alleen wij geven jullie leven een doel. Als je weigert het pad te volgen dat wij voor je hebben gekozen, zul je ook niet langer op deze wereld bestaan. Je zult worden uitgewist, zoals je nooit bent geweest en nooit zult zijn."

E-Z balde zijn vuisten en zijn stoel schommelde naar voren. "In het document, het document over mijn andere leven, stond dat oom Sam ook dood was. Hij was niet bij het ongeluk met mijn ouders. Hij maakt geen deel uit van deze overeenkomst. Heb jij hem vermoord Eriel, om mij hier te houden?"

Zonder op antwoord te wachten begon Lia. "In mijn document staat dat mijn moeder dood is. Hoe kan dat waar zijn? Zeg me alsjeblieft dat het niet waar is!"

Alfred, die zich nu beter voelde, sprong van Little Dorrits rug af. Hij waggelde dichter naar de sofa en stond weer oog in oog met Eriel.

E-Z keek trots naar zijn vriend Alfred, de onverschrokken trompetzwaan.

"En in de documenten worden mijn gebeden verhoord. Ik ben al dood. Ik stierf met mijn familie zoals het hoort. Ik was liever dood gebleven. Om samen met hen gestorven te zijn, in plaats van gereïncarneerd te worden als trompetzwaan. Dat is nadat Haniel me gered heeft uit het tussen."

Eriel wuifde Alfred weg. "Ah, ja, de tussenruimte. Ik was vergeten dat je daarheen gestuurd was. Je was er niet zo dol op, hè?"

Alfred bewoog zijn nek en grimaste met zijn bek. Hij ontblootte zijn kleine, gekartelde tanden alsof hij Eriel wilde bijten.

"Blijf staan," zei E-Z terwijl hij naar de bank toe rolde.

Alfred sloot zijn bek. Lia kwam dichterbij. Nu stonden *De Drie* samen voor Eriel. Ze wachtten tot de aartsengel iets zou zeggen, wat dan ook. Het leek erop dat hij voor één keer sprakeloos was.

E-Z maakte van de gelegenheid gebruik om de situatie onder controle te krijgen.

"In de kranten stond dat oom Sam was omgekomen bij het ongeluk met mijn moeder, mijn vader en mij. Hij zat niet bij ons in de auto, daarvoor had hij bij ons in de auto moeten zitten. Met welk doel? Leg ons jullie zogenaamde aartsengelen eens uit. Waarom zouden jullie de geschiedenis veranderen voor jullie eigen doeleinden? Waar is God trouwens in dit alles? Ik wil met hem spreken."

"Ik ook!" riep Lia uit.

"Ik ook!" zei Alfred.

Eriel sloeg zijn benen over elkaar en spreidde zijn vleugels. Hij legde zijn hand op zijn kin en antwoordde: "God heeft niets met ons of jou te maken - niet meer." Hij geeuwde, alsof deze taak hem verveelde.

"Wat als ik je zou vertellen dat je huis op dit moment in brand staat? Wat als ik je zou vertellen dat noch Uncle Sam, noch je moeder Samantha, Lia nog een dag zouden meemaken?"

"Jij b-b-bastaard!" riep E-Z uit.

"Idem!" zei Lia.

"Kom nou," zei Eriel vriendelijk. "We zijn hier allemaal vrienden. Vrienden, nietwaar? Je huis kan in brand staan, er kan van alles gebeuren terwijl we hier op deze plek zijn, opgeschort in de tijd. Hoe langer je wacht met kiezen, hoe meer chaos je in de wereld creëert." Hij stond op en zijn vleugels strekten zich uit, waardoor het trio een paar stappen achteruit deed.

Hij vervolgde: "E-Z je zou je leven riskeren voor je oom Sam, correct?" Hij knikte. "Natuurlijk zou je dat doen. En Lia, jij zou je leven wagen om het leven van je moeder te redden, ja?" Lia knikte.

"En Alfred, mijn lieve kleine trompetzwaan. Mijn vederlichte vriend. Welke van de twee zou jij redden. Als je er maar één kon redden?" Eriel glimlachte, trots op de rijmpjes die hij had gemaakt.

"Ik zou ze allebei redden," zei Alfred. "Ik zou mijn leven riskeren of sterven als ik het probeerde."

"Je hebt een vreemde doodswens mijn gevederde vriend."

Alfred stormde op Eriel af.

"Y-o-u a-r-e n-o-t m-y f-r-i-e-n-d! Stop met spelletjes met ons te spelen. Jij hebt ons samengebracht. Waarom? Om ons te pesten. Om een klein meisje te laten huilen. Je bent niets anders dan een, maar een, grote pestkop."

"Ja," zei Lia. "Stop met ons te pesten."

"Wat ze zeiden," voegde E-Z eraan toe.

Eriel, nu woedend, veranderde van zwart in rood en van zwart in rood. Hij vloog door de kamer en sloeg met zijn vuisten op tafel.

"Wil je de waarheid? Je kunt de waarheid niet aan." Hij glimlachte. "Even terzijde, ik ben gek op Jack Nicholsons optreden in *A Few Good Men*."

Over één ding waren Eriel en E-Z het eens. Nicholsons optreden in die film was onberispelijk.

"Stop met die melodramatiek en vertel ons wat je van ons wilt."

"Dat hebben we al gedaan," zei Eriel. "Ik heb gezegd dat een van jullie vandaag moet sterven. Ik zei dat jullie moesten kiezen wie. Het staat geschreven, een van jullie moet sterven. Jullie moeten kiezen. Nu."

Alfred stapte naar voren, met uitgestrekte zwanenhals. "Dan zal ik het zijn."

Alfred knielde, zijn lichaam trilde. Hij liet zijn hoofd zakken, alsof hij verwachtte dat de aartsengel het zou afhakken.

In plaats daarvan applaudisseerden alle drie de aartsengelen. Ze ravotten door de kamer. Krijsend alsof ze ingehuurde clowns waren op een kinderfeestje.

Na een paar minuten van complete waanzin stopten de aartsengelen.

"Het is gebeurd," zei Eriel.

En toen waren ze weg.

HOOFDSTUK ACHTTIEN

MET E-Z IN ZIJN rolstoel, Lia op Little Dorrit en Alfred de zwaan zweefden ze door de lucht. Ze reden nog enkele kilometers verder, tot ze beneden hen een enorme metalen brug zagen.

Een jonge man stond te wankelen op de richel en gaf alle signalen af dat hij ging springen.

E-Z pakte zijn telefoon en ging 911 bellen, terwijl Alfred zonder aarzelen naar de man toe vloog. Hij legde zijn telefoon weg en hij en Lia volgden.

Alfred zweefde vlak bij de man, niet in staat om te spreken en door hem begrepen te worden, alles wat hij kon zeggen was: "Hoo-hoo!"

"Ga weg!" schreeuwde de man, terwijl hij de arme Alfred, die alleen maar probeerde te helpen, wegzwaaide.

De man kroop dichter naar de rand, schopte zijn schoenen uit en keek toe hoe ze in de rivier onder hem vielen. Hij keek toe hoe het water ze inhaalde en de schoenen met zijn hongerige mond onder zich trok. Omdat hij meer wilde zien, trok hij zijn T-shirt uit - waarop ironisch genoeg "The End" stond.

De jongeman keek toe hoe zijn lievelingsshirt zwaaide en danste op zijn weg naar beneden. Terwijl het water het opslokte, begon de man te zingen:

"Hier ga ik om de moerbeistruik heen.

De moerbeistruik, de moerbeistruik.

Hier ga ik om de moerbeistruik heen,

Allemaal op een zonnige ochtend."

Alfred hoorde hem zingen. Hij kende het rijmpje. Hij wachtte tot de man nog een couplet zou zingen. Eigenlijk wilde hij dat hij nog meer zou zingen. Maar hij was bang om hem te storen. De man zou het niet begrijpen, ook al probeerde hij met hem te praten.

Tegen die tijd wachtte E-Z op een teken van Alfred. Eindelijk kreeg hij er een - Alfred zei hem en Lia niet dichterbij te komen.

Alfred wenste dat de jongeman hem kon begrijpen. Misschien kon hij hem vangen als hij dichterbij kwam. Hij kwam dichterbij en sloeg zijn vleugels helemaal uit.

De jongeman zag hem. "Zwaan," zei hij. Toen sprong hij.

De trompetterzwaan was groter dan de gemiddelde zwaan. Maar niet groot genoeg om een volwassen man te vangen. Toch probeerde hij zijn val te breken. Hij bracht zijn leven in gevaar om hem te redden. Maar wat hij ook deed, de man viel nog steeds als een loden ballon. In de hongerige mond van de rivier.

Alfred dook achter hem aan zonder aan zichzelf te denken. Niemand wist hoe hij de man naar buiten wilde dragen. Sommigen zeggen dat het de gedachte is die telt. In dit geval werd Alfred onder water getrokken door het gewicht van de man.

Tegen die tijd zweefde E-Z boven het water, op zoek naar de man of Alfred zodat hij hen kon helpen. Lia noch Dorrit konden zwemmen. En E-Z kon hen niet te hulp schieten met of zonder zijn stoel.

Geërgerd vloog hij naar de oever, op zoek naar enig teken van leven. Eindelijk zag hij het, iets dobberend aan de overkant. Hij haastte zich, droeg de man naar de plek waar Lia wachtte en toen hij eenmaal aan het hoesten was, ging hij op zoek naar tekenen van Alfred de zwaan.

Toen zag hij hem. Half in en half uit het water. Dobberend met het tij mee.

"Alfred!" riep hij, terwijl hij de kop van de zwaan optilde en meteen merkte dat zijn nek gebroken was. Alfred de trompetterzwaan, zijn vriend was er niet meer. Eriëls daad was volbracht.

Lia, die elke beweging van E-Z in de gaten had gehouden, zag Alfreds nek en schreeuwde "Neeeee!".

E-Z tilde het levenloze lichaam van de zwaan op zijn rolstoel en hield het vast. Ook hij begon te huilen.

Achter hen riep de man die Alfred had gered,

"Ik ben niet dood! Ik ben het, Alfred."

HOOFDSTUK NEGENTIEN

AARDEPAUZE.

Vogels stopten halverwege hun vlucht. Net als vliegtuigen. En andere vliegende objecten zoals ballonnen en drones. Kogels stopten met vuren nadat ze de kamer hadden verlaten. Water stopte met stromen over de Niagara watervallen. Insecten zoemden niet meer. De lucht stond stil.

Ophaniel verscheen naast Eriel, Ariel en Haniel. Met haar handen op haar heupen en haar kin vooruitgestoken, was het overduidelijk dat ze geïrriteerd was.

In plaats van te spreken, draaide ze zich in de richting van E-Z.

Hij stond verstijfd, zijn mond wijd open. His last spoken word had been, "NOOOOOOOOOOOOOOOOOO!"

Nu keek ze naar Lia. Het meisje had een traan bevroren op haar wang. Hij was uit haar oude oog gevloeid.

Nu terug naar E-Z. Hij droeg een lichaam. Het lichaam van een dode zwaan.

Nu naar Alfred, die niet langer een zwaan was. Hij had de vorm van een man aangenomen. Een verdronken man.

De man die hem zou vervangen in *De Drie*.

"Wat is er mis met dit plaatje?" vroeg Ophaniel, de heerser van de maan der sterren.

Niemand durfde te spreken.

"Eriel, jij hebt hier de leiding. Eerst verpest je de bindingstest met E-Z en Sam door jezelf, vergeef me de uitdrukking - uit het park te slaan.

"Nu, door jouw stommiteit, heeft Alfred de zwaan een menselijk lichaam overgenomen. Het lichaam van de persoon die, zoals ik je vertelde, lid zou moeten zijn van *De Drie*.

"Je weet waar we mee te maken hebben. Je begrijpt wat de toekomst in petto heeft als we de zaken niet op orde krijgen. Jij weet het!"

Eriel boog voor de voeten van Ophaniel en tilde zich toen op van de grond voordat hij sprak. "Ik heb de woorden gesproken, het is gebeurd."

"Ja, je sprak de woorden en vervolgens faalde je om ervoor te zorgen dat de taak werd voltooid, imbeciel!"

Ze bleef in de buurt van de nieuwe Alfred zweven. "Het spijt me, maar dit compliceert de dingen, zelfs voor ons. Zelfs met onze krachten zal het niet zo makkelijk zijn om hem uit dit menselijke lichaam terug te krijgen in zijn zwanenvorm. Misschien moeten we hem terugsturen naar het tussen! En dat verdient hij niet. Sterker nog,"

Ariel vloog naar Ophaniel's zijde en vroeg: "Mag ik spreken?"

"Dat mag, als je enig inzicht hebt in Alfred dat ons uit deze puinhoop kan helpen."

"Ik ken Alfred beter dan wie dan ook hier. Hij stemde toe om degene te zijn, om zichzelf op te offeren. Hij zou het zo weer doen, zelfs als hij er niets aan had. Dat is een enorm offer voor elk levend wezen, zijn leven geven om een ander te redden. En dan te bedenken hoeveel Alfred heeft moeten lijden, zowel in zijn menselijke bestaan als als zwaan. Hij is een uitzonderlijke ziel en hij zou een tweede kans moeten krijgen, en een derde, en een vierde als dat nodig is."

Eriel spotte, "Hij zou weg moeten zijn, terug naar de tussenwereld voor eeuwig. Hij is het niet waard..."

"Ik heb je geen toestemming gegeven om te onderbreken!" gilde Ophaniel. Om te voorkomen dat hij in het vervolg zou onderbreken, kneep ze zijn lippen dicht.

"Dat is waar, wat je zegt, Ariel," zei Ophaniel. "Alfred werkt goed samen met zowel Lia als E-Z. Misschien moeten we hem een tweede kans geven in dit nieuwe lichaam. Hij was tenslotte niet voorbestemd om in het tussen te zijn. Het lag aan Hadz en Reiki. We hadden ze meteen daarna naar de mijnen verbannen. In plaats daarvan gaven we ze nog een kans met E-Z.

"Toch heeft Eriel ze naar de mijnen gestuurd. Dus eind goed, al goed. Misschien verdient Alfred nog een kans. Laten we kijken wat er gebeurt, zoals mensen zeggen, speel op het gehoor. Als het goed gaat. Zo niet, dan kan dit lichaam worden gerecycled omdat de geest het gebouw al heeft verlaten."

"Dank je," zei Ariel, terwijl ze een diepe buiging maakte voor Ophaniel. "Heel erg bedankt. Ik zal de situatie in de gaten houden. Ik laat Alfred je niet in de steek laten."

Ophaniel knikte, tilde zich op en zei de woorden:

AARDE RESUME.

De tijd begon te tikken en de wereld werd weer zoals hij was.

Ophaniel verdween als eerste, de andere drie wachtten een paar seconden voor ze volgden.

HOOFDSTUK TWINTIG

"**E**CHT NIET!" RIEP E-Z uit, terwijl hij dichter naar de nieuwe Alfred toe zwenkte. "Alfred, ben jij het? Kan jij het echt zijn?"

Lia hoefde het niet te vragen, want ze wist het al. Ze rende naar Alfred toe en sloeg haar armen om hem heen.

Alfred zei met zijn Engelse accent: "Eriel moet een wissel-a-roo hebben gedaan."

Alfred, die alleen een spijkerbroek droeg, rilde. "Hoewel ik het ijskoud heb, voelt het zeker goed om weer in een lichaam te zitten." Hij spande zijn spieren en rende ter plekke om zichzelf op te warmen. Daarna deed hij een paar radslagen over het gazon terwijl E-Z en Lia met open mond stonden toe te kijken.

"Wat een uitslover!" zei kleine Dorrit.

Alfred, die haar net had opgemerkt, ging naar haar toe en haalde zijn hand langs haar vacht. Ze voelde zo zacht en warm aan, dat hij zich tegen haar aan nestelde.

"Dit is een nogal vreemde gang van zaken," zei E-Z, terwijl hij dichterbij kwam. "Ik weet niet goed wat ik ervan moet denken."

"Ik weet het ook niet," zei Alfred, "Maar kunnen we het bespreken terwijl we eten? Ik ben uitgehongerd en een cheeseburger met ketchup en uien en een gigantische portie friet zou zeker in de smaak vallen."

"Wacht eens even," zei E-Z. "Als jij deze man bent, deze man wiens naam we niet eens kennen - wat als iemand je herkent?"

Alfred bukte zich en raakte zijn tenen aan. Hij voelde de huid van zijn gezicht. Zijn haar. "We steken die brug over als we er zijn." Hij glimlachte, tilde zijn hoofd op in de richting van de lucht en zei: "Dank je wel Eriel, waar je ook bent."

Een vliegtuig boven hun hoofden schreef de woorden in de lucht:

Nogmaals op de bres, beste vrienden.

"Dat is een nogal vreemde uitdrukking voor luchtschrijven," merkte Lia op. "Weet een van jullie wat het betekent?"

E-Z schudde zijn hoofd, "Ik kan het wel googelen." Hij haalde zijn telefoon tevoorschijn.

"Niet nodig," zei Alfred. "Het is van Shakespeare, toegeschreven aan koning Henry. Letterlijk betekent het: 'Laten we het nog één keer proberen,' en ik geloof dat het tijdens een gevecht werd gezegd. Dus ik neem aan dat dit een boodschap is van mijn Ariel, om me te laten weten dat ik nog een kans heb gekregen." Tranen welden op in zijn ogen.

E-Z was achterdochtig over deze verandering van gebeurtenissen. Hij was blij dat Alfred nog bij hen was, maar hij vroeg zich af tegen welke prijs. "Ik maak me zorgen," gaf E-Z toe.

Lia zei dat zij dat ook was.

"Ach, maak je geen zorgen. Als Ariel me dit bericht stuurt, dan staat ze aan onze kant. Trouwens, de man in wiens lichaam ik zit - hij wilde het niet meer. Ik probeerde hem te redden, maar hij sprong toch. Misschien is het het lot dat ik je help met je beproevingen E-Z. Wat het ook is, ik neem het aan. Ik zal alles geven. Dat is nadat ik een shirt en wat schoenen aan heb."

"Ik vraag me af wat je krachten nu zijn Alfred. Ik bedoel, of je ze nog hebt, of dat je andere krachten hebt. Of geen. Sinds je weer mens bent," vroeg Lia.

Alfred krabde op zijn blondharige hoofd. "Uh, ik weet het niet. Het enige wat hier genezen moet worden is mijn voormalige zwanenlichaam. Ik wil niet het risico lopen dat als ik het genees, ik er weer in terecht kom."

"Eerlijk is eerlijk," zei Lia. "Maar we kunnen je oude zwanenlichaam daar toch niet laten liggen? We moeten het begraven."

Terwijl ze naar het levenloze lichaam keken, verdween het in het niets.

"Nou, dat lost het probleem op," zei E-Z.

"Ik heb het gevoel dat ik een paar woorden moet zeggen, voor het overlijden van mijn oude lichaam. Vindt iemand dat erg?"

Zowel E-Z als Lia bogen hun hoofd.

Alfred droeg een fragment voor uit het gedicht van Lord Alfred Tennyson getiteld:

De stervende zwaan:

De vlakte was met gras begroeid, wild en kaal,
Wijd, wild en open voor de lucht,
Die zich overal had opgestapeld
Een onderdak van treurig grijs.

Met een innerlijke stem stroomde de rivier,
Eronder dreef een stervende zwaan,
En hij klaagde luidkeels.

Alfred Hoo-hoo'd en Hoo-hoo'd tot tranen al hun ogen vulden terwijl het gedicht verder ging:

Het was midden op de dag.
Steeds ging de vermoeide wind verder,
En nam het riet als het ging.
Ze stonden samen in een moment van stilte.

Toen zei Lia: "Laten we nu wat frisse en droge kleren voor je halen, dan gaan we met z'n allen naar een hamburgertent. Ik heb ook honger en dorst."

E-Z schudde zijn hoofd. "Wat eten zou goed zijn, maar ik blijf Eriel wantrouwen. Er klopt hier iets niet."

"Misschien komen we er wel achter - als we gegeten hebben! Leid me naar de cheeseburger hemel."

Ze begonnen langs de promenade van de waterkant te lopen. Ze bleven een tijdje lopen. Voordat ze zich realiseerden dat ze verdwaald waren.

"Ik ben een uitstekende navigator," zei Kleine Dorrit de eenhoorn, terwijl ze naar beneden vloog om hen te begroeten. "Klim aan boord Alfred en Lia. E-Z jullie mogen mij volgen."

Alfred greep in zijn jeanszak en haalde er een portemonnee uit. Binnenin vond hij een paar biljetten en de identificatie van het lichaam waarin hij zich nu bevond. De jongeman heette David, James Parker, vierentwintig jaar oud. Hij hield een rijbewijs omhoog.

"Mooie foto," zei Lia.

"Ja, ik ben best knap."

"Oh, broeder," zei E-Z, terwijl hij verder duwde.

De passagiers van Little Dorrit vlogen de lucht in. E-Z volgde tot hij wist waar hij was. Hij besloot te vragen om een GPS op zijn rolstoel. Jammer dat ze daar niet aan gedacht hadden toen ze hem modificeerden.

De afdaling werd gevolgd door een snel uitstapje naar een tweedehandswinkel. Alfred droeg nu een nieuw t-shirt, een spijkerbroek, hardlopers en sokken. Gevolgd door een korte rij voordat het bestellen van het eten begon.

Kleine Dorrit maakte zich uit de voeten, terwijl het trio aan hun eten begon. Ze hadden allemaal erg honger.

Alfred maakte kirrende geluiden, te veel om in detail te beschrijven. Toen ze klaar waren met eten, deponeerden ze het afval in de daarvoor bestemde bakken. En gingen op weg naar huis.

Toen ze er bijna waren, riep Alfred naar E-Z: "We moeten praten!"

"Kan dit niet wachten tot je landt?" vroeg de kleine Dorrit. "Als ik hier klaar ben, heb ik plaatsen om naartoe te gaan, mensen om te zien."

"Wat onbeleefd," zei E-Z. "Ga je gang, Alfred of David of hoe je nu ook heet."

"Daar wilde ik het met je over hebben," zei Alfred. "Hoe ga je mijn transformatie uitleggen aan oom Sam en Samantha? Eh, oom Sam en Samantha, ik wil jullie voorstellen aan Alfred de trompetzwaan. Zijn naam is nu David James Parker. Dankzij het lichaam waar hij nu in zit. Sinds de jongeman die de vorige eigenaar van het lichaam was zelfmoord pleegde. Op de Jones Street Bridge."

"Oh jee," zei E-Z. "Het is honderd procent de waarheid zoals wij die kennen, maar we kunnen ze niet de waarheid vertellen."

"Mijn moeder zou flauwvallen als we dat zeiden. Waarom vertellen we niet dat Alfred de zwaan naar het zuiden is gevlogen? Voor zonniger weer. Of dat hij een partner heeft ontmoet? Dan kunnen we Alfred voorstellen als D.J., dat klinkt veel vriendelijker dan David James."

"Je bent een genie," zei E-Z "Hoewel, aangezien mijn vriend PJ heet, zou het een beetje verwarrend kunnen worden met een DJ en PJ. Wat denk jij Alfred? Heb je een voorkeur?"

"Ik hou niet van DJ. Het klinkt veel te gewoontjes. Ik word liever Parker genoemd. Parker the Butler was een van mijn favoriete personages in Thunderbirds."

"Parker is het dan," eindigde E-Z terwijl Lia een gil slaakte en Alfred flauwviel - hun huis was weg. Tot de grond toe afgebrand.

HOOFDSTUK EENENTWINTIG

"OH NEE!" RIEP E-Z terwijl hij naar de brandende resten rende. "Ik moet oom Sam en Samantha vinden. Ik moet gewoon."

Zijn stoel zweefde over de overblijfselen; alles was zwart verkoold. Een niet van echt te onderscheiden puinhoop van vernietiging zonder enig teken van menselijk leven. Sporadische voorwerpen waren doordrenkt met water. Hier en daar rezen rooksignalen op tussen de gedoofde sintels.

E-Z stak zijn vuisten in de lucht. "Kom hier Eriel, jij reusachtige..."

"Vliegende sufferd!" maakte Parker de belediging af.

Lia probeerde iedereen te kalmeren.

"Waarom moest je het doen? Waarom? Waarom?" riep E-Z.

Lia viel op de grond. Ze liet haar hoofd op E-Z's knie rusten en Parker omhelsde haar net toen een auto achter hen tot stilstand kwam.

Twee deuren vlogen open: Sam en Samantha.

Ze renden en klampten zich aan elkaar vast, alsof ze nooit verwacht hadden elkaar ooit nog te zien. Iedereen pinkte een traantje weg, voordat ze uit elkaar gingen. Toen ze zich realiseerden dat er in de groepsknuffel een man zat die ze niet kenden.

De vreemdeling was een lange man, die geen probleem zou hebben om een plek bij de Raptors te krijgen als hij jonger was. Hij was van top tot teen gekleed in een donker zwart krijtstreeppak met bijpassende schoenen.

Als hij de knopen van zijn jasje losmaakte, zag hij een zwart pak met een glanzende stof, mogelijk van zijde. Zijn gitzwarte ogen en verwaaide lokken contrasteerden met zijn ivoorkleurige teint. Hij leek op een kruising tussen een begrafenisondernemer en een tovenaar.

Hij stak zijn hand uit, "Hoi, ik ben Sam's verzekeringsman."

Oom Sam legde uit dat hij en Samantha iets te eten waren gaan halen. Toen hij E-Z's uitdrukking zag, rechtvaardigde hij dit: "Ze had niet kunnen slapen door de jetlag." Samantha en Sam wisselden blikken en knikten. "Samantha en ik..."

"Oh, mam!"

E-Z zei: "Samantha en oom Sam zitten in een boom, k-i-s-s-i-n-g."

"Stop," zei Parker. "Je brengt ze in verlegenheid."

Alle ogen waren gericht op de verzekeringsman. Zijn naam was Reginald Oxworthy. Hij was aan de telefoon. Schreeuwend. "Wat bedoel je met hij komt niet in aanmerking?"

"Oh nee!" zei Sam.

"Hij is al jaren klant bij ons, eerst toen hij in een andere staat woonde en sindsdien is hij hierheen verhuisd. Hij is gedekt, daar ben ik zeker van." Er was een pauze. "Kijk dan nog eens!" Hij klapte zijn telefoon dicht. "Het spijt me van dit alles."

Sam liep dichterbij en iedereen volgde. "Wat is precies het probleem?"

"Oh, geen probleem zo te zien."

"Het klonk mij als een probleem in de oren," zei Samantha. De anderen knikten.

Oxworthy schraapte zijn keel. "Ik heb gezegd dat ze je polis nog een keer moeten controleren. Geef me een," zijn telefoon ging over. "Momentje," zei hij en liep van hen weg. Ze volgden hem als een groep voetballers in een huddle, luisterend naar elk woord dat hij zei. "Uh, ja. Righto. Ze hebben het bevestigd dan. Geen probleem, het gebeurt."

Hij straalde een glimlach in Sam's richting en gaf hem toen een duim omhoog. Hij verwijderde zich van de entourage en vervolgde zijn gesprek.

Ze stonden in een kluitje te kijken naar wat er overbleef van hun huis. Een huis waar E-Z zijn hele leven had gewoond. Wat zou er nu gebeuren? Zouden ze op deze plek opnieuw moeten bouwen? Een nieuw huis, zonder geschiedenis of betekenis. Een nieuw huis dat nooit een thuis voor hem zou zijn. Dat nooit een plek zou zijn waar de geesten van zijn ouders, als er geesten bestonden, op bezoek konden komen.

Oxworthy liep naar hen toe. "Welnu. Mijn excuses voor de vertraging. Maar uw hotelreserveringen zijn bevestigd. We kunnen gaan. We installeren u wanneer u er klaar voor bent."

"Dank je," zei Sam. "Al enig idee wat de oorzaak van de brand was?"

"Na een voorlopig onderzoek zijn ze er voor negentig procent zeker van dat de explosie is veroorzaakt door een gaslek. Maar maak je daar nu geen zorgen over. Uw polis dekt alle kosten voor het hotelverblijf. Ik heb drie kamers voor je geboekt. Dat zou toch voldoende moeten zijn?"

"Dat moet goed zijn," zei Sam. "Dank je, Reg."

"Je polis dekt ook kosten voor vervangende artikelen, benodigdheden, eten. In het hotel hoef je geen cent te betalen. Als je iets koopt, stuur me dan de bonnetjes. Maak kopieën, je houdt de originelen. Ik zorg ervoor dat je je geld terugkrijgt."

Sam en Oxworthy schudden elkaar de hand.

"Iemand een lift nodig naar het hotel?" vroeg Oxworthy, en Lia en Samantha klommen op de achterbank van zijn zwarte Mercedes.

E-Z en Parker stapten in de auto van Uncle Sam.

"Volgens mij zijn we nog niet aan elkaar voorgesteld," zei Uncle Sam terwijl hij zijn hand uitstak naar Parker die op de achterbank zat.

"Aangenaam," zei Parker.

"Oh, jij bent ook Brits," zei oom Sam. "Nu we het er toch over hebben, waar is Alfred?"

E-Z schudde zijn hoofd. "Ik leg het morgenochtend wel uit. En je kunt doorgaan met wat je ons wilde vertellen, over jou en Samantha."

"Goed genoeg," zei Sam, terwijl hij in zijn achteruitkijkspiegel keek om te zien dat Parker sliep. Hij zette de auto aan en reed weg.

"We hebben allemaal een bewogen dag gehad," zei E-Z.

"Je zegt het maar."

Sorry Eriel, dat ik jou de schuld geef, dacht E-Z. Hoewel een gevoel in zijn achterhoofd suggereerde dat de jury er nog niet uit was.

HOOFDSTUK TWEEËNTWINTIG

TOEN IEDEREEN IN HET hotel was aangekomen, checkten ze in op hun kamer, met het plan om elkaar later te ontmoeten voor het diner om 18.00 uur.

Oom Sam had een kamer voor zichzelf, maar tussen zijn kamer en die van zijn neefje zat een aangrenzende deur. Parker zat ook in de kamer van E-Z, terwijl Lia en haar moeder een kamer een paar deuren verderop deelden.

Nadat ze zich hadden geïnstalleerd, besloten Lia en Samantha om te gaan winkelen. De eerste prioriteit was nieuwe kleren, want alles wat ze hadden meegenomen was verloren gegaan in de brand.

"Hoe zit het met onze paspoorten?" vroeg Lia.

"Maar goed dat ik ze altijd bij me heb in mijn tas."

"Oef!" De twee gingen een designerwinkel binnen en begonnen meteen de nieuwste Noord-Amerikaanse mode te passen.

"Dit wordt extra leuk omdat de verzekering alles betaalt!" riep Samantha door de muur naar haar dochter in de aangrenzende kleedkamer.

"We doen niets liever dan winkelen!" zei Lia. "Ik ga dit zeker kopen, en dit en dit."

✳✳✳

TERUG IN HET HOTEL lag Parker te snurken op bed. E-Z zwierf door de kamer en dacht na over zijn verloren computer. Het was maar goed dat hij niet te ver was gekomen met zijn roman Tattoo Angel, maar waar hij het meest aan dacht waren de spullen van zijn ouders. Hij kon niet geloven dat ze allemaal weg waren. Het hielp ook niet dat hij ze al heel lang niet meer had gezien. Maar waarom gaf hij zichzelf de schuld? De verzekeringsmensen zeiden dat de oorzaak een gaslek was. Ze zeiden dat ze er negentig procent zeker van waren. Waarom bleef hij het gevoel houden dat het allemaal zijn schuld was omdat hij het had kunnen stoppen, Eriel had kunnen stoppen toen hij de kans had.

Sam stak zijn hoofd in de kamer. "Zijn jullie twee fatsoenlijk?"

Parker rekte zich uit.

"Ja, we zijn fatsoenlijk. Kom binnen."

"Ik ga naar de winkels om wat spullen te halen. Willen jullie me een lijst geven van wat jullie nodig hebben, of gaan jullie mee?"

"Als dit met eten te maken heeft - ik doe mee!" zei Alfred.

"Je hebt altijd honger!"

"Wat kan ik zeggen, ik eet al een tijdje alleen maar gras."

E-Z ving Sam's blik en deed alsof hij een denkbeeldige sigaret rookte.

Oom Sam spotte en vroeg zich af hoe zijn neefje van dertien zulke dingen wist. Om van onderwerp te veranderen, sloten ze hun kamers en liepen naar de hal.

"Waar gaan we precies naartoe?" vroeg E-Z.

"Dat klopt, we gaan niet vaak winkelen in de stad. Er is een fantastisch winkelcentrum waar ik al heen wil sinds ik hierheen ben verhuisd. Het is niet ver, dus ik dacht dat we onderweg wel even konden kletsen."

"Kun je ons vertellen wat er gebeurd is?" vroeg Parker.

"Ja, hoe hebben jij en Samantha elkaar zo snel gevonden?" vroeg E-Z.

"Hmmm," zei Sam.

"Ik bedoelde het vuur," zei Parker, terwijl hij E-Z over zijn schouder een schele blik toewierp.

Ze kwamen aan bij de winkel. Parker en Sam gingen door de draaideuren naar binnen, terwijl E-Z de deuropener gebruikte om binnen te komen.

Eenmaal binnen bukte Parker zich om zijn schoenen opnieuw te strikken. E-Z trok een slim spijkerjack van de kleerhanger en paste het. Hij draaide zichzelf voor de spiegel om de pasvorm te controleren. "Dit ziet er goed uit."

Sam kwam naar me toe om de situatie te beoordelen: "Mee eens, het past precies. Het lijkt alsof het voor jou gemaakt is."

"Wat denk jij, Alfred?"

Sam keek twee keer. Parker zei: "Wil je ophouden me Alfred te noemen! Wie was die Alfred eigenlijk?"

"Uh, sorry, het is het Britse accent. Hij had er ook een. Alfred was een vriend van ons."

Sam ging weer kleren kijken. Hij vulde een mand met ondergoed en toiletartikelen.

"Wat denk je Parker?"

Hij stak de vloer over om het beter te bekijken. "Het past goed. Ik denk dat je het moet nemen. Maar het zal jammer zijn als je vleugels uitbreken en het verpest wordt."

Sam liep voorbij en E-Z gooide de jas in zijn mand. "Ik denk dat jullie ook wat benodigdheden moeten halen, zoals ondergoed. Tenzij jullie van plan zijn om commando te gaan."

"Eww!" riep E-Z uit.

"Oh, ik ben bekend met die uitdrukking. Ik weet zeker dat hij uit Engeland komt."

"Ik kan zien waarom mijn neefje Alfred blijft noemen. Dat soort dingen zou hij gezegd hebben."

E-Z staarde Parker even aan. Daarna volgde hij zijn oom op weg naar de kassa waar hij stopte, een hoed paste en in de mand gooide.

"Waar is Parker gebleven?" vroeg hij. Sam bleef naar dasspelden kijken terwijl E-Z de winkel afspeurde naar zijn vermiste vriend.

Parker stond stokstijf in het midden van gangpad vier met zijn rechterarm omhoog en zijn linkerarm omlaag. De uitdrukking op zijn gezicht was onmiskenbaar zombie-achtig.

"Oh, nee!" zei E-Z terwijl hij zich omdraaide. "Uh, Parker," fluisterde hij. "Wat is er aan de hand? Pas maar op, anders verwart iemand je met een etalagepop."

Parker bleef stokstijf staan.

"Doe normaal," zei E-Z, terwijl hij met zijn stoel tegen Parker aan stootte. Parkers lichaam kantelde en viel toen om. E-Z greep hem net op tijd vast en hield hem overeind aan de achterkant van zijn shirt. Hij probeerde zijn vriend recht te trekken, zodat hij er niet zo stijf en etalagepopachtig uitzag, maar dat was geen gemakkelijke taak.

Oom Sam haastte zich om te helpen. "Wat is er met Parker?"

"Ik weet het niet. We moeten hem hier weghalen."

"Gebruikt hij drugs? Hij heeft een rare uitdrukking op zijn gezicht, alsof hij een geest heeft gezien of zo."

"Nee, geen drugs, behalve af en toe wat wiet. En geesten bestaan niet - om nog maar te zwijgen over het feit dat het overdag is. Misschien kan ik hem op mijn stoel vervoeren? We moeten hem hier weg krijgen voordat iemand het merkt en de politie belt.

"Mee eens. Ik weet niet welke reden ze de politie zouden geven als ze hen zouden bellen. Er is een man in onze winkel die een etalagepop nadoet! Kom snel."

"Grappig," zei E-Z. "Jij gaat uitchecken en ik blijf hier. Laten we bedenken hoe we hem hier weg krijgen zonder al te veel aandacht te trekken."

Uncle Sam ging betalen terwijl E-Z bij Parker bleef. Klanten die het gangpad opkwamen, hadden problemen om in en om hen heen te komen. E-Z draaide zijn stoel dan weer naar links, dan weer naar rechts om het winkelend publiek tegemoet te komen.

Uiteindelijk, toen er meerdere klanten tegelijk waren, duwde hij Parker tegen een muur. Die zat tenminste niet in de weg. Daarna zat hij op Sam te wachten.

"We zijn hier!" riep E-Z toen hij hem zag.

"Waarom kijkt hij naar de muur? En wat doe jij hier?"

"Er waren veel klanten en we stonden in de weg. Heb je al bedacht hoe we hem hier weg kunnen krijgen?"

"Ja, ik ga een van die flatbeds halen," zei Sam.

"Waarom neem je geen karretje?" vroeg E-Z. "Valt minder op."

"We krijgen hem nooit in een kar. Tenzij je je vleugels wilt uittrekken, hem oppakt en hem erin laat vallen."

"Ik moet nadenken." Na een paar minuten besefte hij dat een dieplader het beste idee was. "Ja, haal een dieplader en ik kan je helpen hem erin te leggen. Zodra we uit de winkel zijn, kan ik hem terugvliegen naar het hotel. Het enige probleem zal zijn, als ik daar aankom, wat ik dan met hem moet doen."

"Daar komen we wel achter als we de winkel uit zijn." Sam ging een karretje halen. In plaats daarvan kwam hij terug met een dieplader. Dat bleek een betere optie. Ze kregen Parker er gemakkelijk op en reden terug naar het hotel.

"Laten we langzaam teruglopen," zei E-Z. "Ik hoef toch niet te vliegen. We doen het lekker rustig aan, gaan naar onze kamer, leggen hem op zijn bed."

"Dan breng ik de dieplader terug, ik moest beloven dat ik hem persoonlijk terug zou brengen."

"Klinkt als een plan. Oeps."

Een groep winkelaars nam het grootste deel van het trottoir in beslag. Ze stopten om hen door te laten, vervolgden toen hun weg en waren al snel terug bij het hotel.

Eenmaal binnen paste de flatbed niet in de normale lift, dus moesten ze de dienstlift gebruiken. Dat vergde wat overtuigingskracht, namelijk het omkopen van de conciërge. Toen het geld eenmaal was overgemaakt, hielp hij hen zelfs om de flatbed uit de lift te krijgen. Hij bood ook aan om hem terug te brengen naar de winkel als ze klaar waren. Een aanbod dat Sam beleefd weigerde.

Nu, buiten de kamer van E-Z en Parker, ging de lift open en stapten Lia en haar moeder naar buiten. Ze droegen allebei een heleboel tassen toen ze de jongens en de flatbed opmerkten.

"Oh, nee! Wat is er gebeurd?! vroeg Lia.

"Weet ik niet," zei E-Z. "Hij nam een rare draai."

"Laten we hem naar binnen brengen," zei Sam.

Nadat ze hun tassen hadden neergezet, hielpen de meisjes E-Z en Sam om Parker op het bed te krijgen.

"Misschien is hij betoverd?" stelde Lia voor.

"Dat is een vreemde sprong die je maakt," zei Samantha. "Je hebt veel te veel herhalingen van *Charmed gekeken*."

Lia lachte. "Ja, het was een van mijn favorieten. Ik bedoel de vorige versie, die met het meisje uit *Who's the Boss*."

"Goed om te weten dat je in Nederland ook naar de oldieszender kijkt," zei E-Z. Toen schoof hij dichter naar Parker toe. "Wacht eens even. Ademt hij nog?"

Ze keken uit naar het stijgen en dalen van Parkers borstkas. Het gebeurde niet.

"Kijk of er een hartslag is - of een pols," stelde Samantha voor.

"Er is een hartslag," zei Sam. "En hij ademt, maar het is sporadisch."

Samantha leunde voorover en voelde aan Parkers voorhoofd. "Oh jee, hij heeft koorts!"

"Haal wat ijs!" riep Sam, waarna hij zijn eigen bevel opvolgde en met de ijsemmer op sleeptouw de gang op rende.

"Moeten we geen dokter bellen?" vroeg Samantha.

HOOFDSTUK DRIEËNTWINTIG

"**I**K BEN HET MET mama eens. We moeten een ambulance bellen, of misschien verblijft er een dokter in het hotel," zei Lia.

E-Z grimaste en ESPing Lia de boodschap - we moeten af van Uncle Sam en je moeder.

Sam kwam terug met een emmer vol ijs. "We moeten hem in bad leggen." Hij en Samantha begonnen Parker op te tillen.

"Wacht!" zei Lia. "Uh, Sam en Mam, waarom gaan jullie twee niet heel veel ijs halen? Ik bedoel, we moeten het bad vullen voordat we hem erin stoppen, toch?"

"Ik denk dat ze van ons af willen," zei Sam.

"Sorry," zei E-Z. "Kunt u ons een paar minuten geven om te proberen deze situatie met Parker op te lossen?"

Samantha en Sam knikten en verlieten toen de kamer.

E-Z sprak de magische woorden uit die Eriel opriepen: Roch-Ah-Or, A, Ra-Du, EE, El.

Toch verscheen de aartsengel niet. Dat hij genegeerd werd, irriteerde E-Z mateloos nu hij wist dat hij constant in de gaten werd gehouden door Eriel.

Lia probeerde Haniel maar kreeg geen antwoord.

E-Z en Lia wisten niet wat ze moesten doen toen Parkers hart vertraagde in zijn slagen en bijna tot stilstand kwam.

Zonder te worden opgeroepen of met veel tamtam kwam Ariel aan. Ze vloog recht op Parker af. Ze legde haar handen op zijn voorhoofd. Ze keken toe hoe tranen uit haar ogen op zijn wangen vielen. Ze zong een zacht lied en wachtte. Toen hij niet bewoog of weer bij bewustzijn kwam, draaide ze zich om om te vertrekken. Maar voordat ze ging, klaagde ze: "Hij is weg." En seconden later was zij dat ook.

Ook al waren ze op de 45th verdieping en ook al was Alfred/Parker dood. Opnieuw. E-Z tilde hem op van het bed en droeg hem naar het raam. Over zijn schouder wierp hij een blik op Lia.

Ze huilde toen hij en Parker neervielen.

Vallen, vallen. Tot de rolstoelvleugels van E-Z tevoorschijn kwamen. Ze vlogen weg, hij en Alfred, hij en Parker. Ze waren allebei hetzelfde. Twee voor de prijs van één.

Hij begon te ijlen terwijl hij steeds hoger kwam. De metalen onderdelen van zijn stoel werden steeds heter.

Hij was bang dat ze uit zichzelf zouden ontploffen.

Hij moest dit rechtzetten. Hij moest gewoon. Hij moest Eriel vinden.

De rolstoel begon te stuiptrekken, waardoor E-Z en Alfred/Parker vielen.

Ze landden zonder stoel in de silo waar E-Z zich vastklampte aan het levenloze lichaam van zijn vriend.

Het duurde niet lang voordat Eriel arriveerde en hangend in de lucht voor hen uit riep: "Ik zei toch dat het zou gebeuren. Ik zei het je en hij stemde toe. De deal was rond."

E-Z wist dat dit waar was, en toch. "Waarom gaf je hem dan hoop en waarom de Shakespeare quote over hem een tweede kans geven?"

Eriel keek naar het slappe lichaam dat E-Z vasthield. "Dat was niet mijn schuld."

"Met wie moet ik dan spreken?" vroeg E-Z. "Breng hem bij mij. God, of wie er ook de leiding heeft. Ik eis hem te zien!"

HOOFDSTUK VIERENTWINTIG

RIEL SNOOF EN VERDWEEN toen.

E-Z en Alfred/Parker bleven over. De naam Parker was niets en niemand voor hem. Alfred was zijn vriend en nu hij er niet meer was, zou hij hem herinneren als Alfred en alleen Alfred.

Wachten op iets en niets tegelijk. E-Z wiegde de vorm van zijn dode vriend en wenste hem weer tot leven.

"Wil je iets drinken?" vroeg de stem in de muur.

"Ik wil graag dat mijn vriend weer leeft. Kunt u hem weer tot leven brengen? Kun je me alsjeblieft helpen om hem te redden?"

"Blijft u alstublieft zitten."

PFFT.

De kalmerende geur van lavendel vulde de lucht. Hij dreef weg in een droomachtige toestand waarin hij een herinnering herbeleefde, een herinnering die was verschoven en veranderd om bij zijn huidige situatie te passen.

Daar waren ze, E-Z's vader en moeder, levend en wel, maar jonger. Ze kwamen terug van het ziekenhuis in een auto die hij nog nooit eerder had gezien. Zijn vader, Martin, haastte zich uit de bestuurdersstoel om zijn moeder, Laurel, uit de auto te helpen.

En samen reikten ze naar de achterbank en haalden er een kinderzitje uit. Ze keken liefdevol naar de baby die erin lag en diep in slaap was gevallen.

"Hij is als zijn grote broer," zei Martin.

"Ja, E-Z viel altijd in slaap in de auto," zei Laurel.

"Kom binnen," koerde Martin.

"En maak kennis met je grote broer," zei Laurel, terwijl het kind kort zijn ogen opende en daarna weer ging slapen.

E-Z die uit het raam had gekeken, met zijn oom Sam naast zich. Hij wilde naar buiten om zijn nieuwe broertje of zusje te begroeten.

"Wacht tot ze binnenkomen," zei oom Sam.

"Oké," zei de zevenjarige E-Z, met zijn gezicht tegen het raam gedrukt gewiegd in zijn twee handen.

De voordeur ging open, "We zijn thuis!" riep zijn moeder Laurel.

E-Z rende naar de voordeur, waar zijn moeder en vader hem omhelsden. Ze hurkten neer om het nieuwste lid van de Dickens-familie voor te stellen.

"Het is zo klein," zei E-Z.

"Hij is een hij," zei zijn vader.

"Oh."

"Wil je hem vasthouden?" vroeg zijn moeder.

"Oké," zei E-Z, terwijl hij zijn armen ophield zodat zijn moeder zijn broertje erin kon leggen. "Ik wil hem echter niet wakker maken. Zou hij het erg vinden?"

"Nee, hij wordt niet wakker," zei Laurel.

"Als hij dat doet, is dat omdat hij zijn grote broer wil ontmoeten."

"Heeft hij een naam?" vroeg E-Z, terwijl hij de pasgeborene in zijn armen nam en zijn hoofd wiegde.

"Nog niet, wil je hem een naam geven?" vroeg zijn moeder. "Goed zo, hou zijn nek vast, precies zo...heel goed. Hoe wist je dat je dat moest doen? Je bent zo'n goede grote broer."

"Goed gedaan, vriend," zei zijn vader.

E-Z keek neer op het gezicht van het cygnet en zei: "Voor mij lijkt hij op een Alfred."

Tranen rolden over E-Z's wangen toen de twee werelden botsten. In de ene wiegde hij zijn broertje dat Alfred heette. In de andere wiegde hij Alfreds dode lichaam in de silo.

"De wachttijd is nu zeven minuten," zei de stem in de muur.

"Zeven minuten," herhaalde E-Z.

Hij dacht aan Alfred, aan zijn krachten. Over hoe hij andere levensvormen kon genezen, inclusief mensen. Hij vroeg zich af of Alfred de jongeman had genezen. Zelf de wissel had gedaan? Zou dat mogelijk zijn geweest?

"Alfred," zei E-Z. "Alfred, kun je me horen?" Hij schudde het lichaam van zijn vriend door elkaar. "Alfred!" zei hij steeds opnieuw, hopend dat zijn vriend hem op de een of andere manier kon horen.

Terwijl de klok van de muur aftelde, verscheen Ariel. "Je kunt het lichaam niet op zo'n manier behandelen. Het is een schande." Ze sloeg haar vleugels uit en tilde Alfreds slappe lichaam uit E-Z's armen met de bedoeling het mee te nemen.

"Nee!" zei E-Z. "Je zult hem niet krijgen."

Ariel schudde met haar vleugels en vervolgens met haar wijsvinger naar E-Z.

"Alfred heeft het gebouw verlaten, jij houdt de huid vast, het pak dat hem vasthield. Alfred is nu waar hij hoort te zijn. Laat zijn lichaam gaan."

E-Z ging rechtop zitten. Als Alfred ergens bij zijn familie was, als dat waar was, dan ja, dan zou hij hem laten gaan. Tot die tijd hield hij vol.

"Waar is hij precies? Is hij bij zijn familie?"

Ariel fladderde dichtbij, opvallend dichtbij, bijna zittend op E-Z's neus. "Dat kan ik niet zeggen."

"Dan laat ik hem niet gaan."

"Prima," zei Ariel. Ze snoof en verdween.

Boven hem, in de silo verschenen twee figuren, een man en een vrouw. Ze bewogen naar hem toe en zweefden naar beneden. Steeds dichterbij.

Hij wreef in zijn ogen. Droomde hij weer? Het waren zijn moeder en zijn vader. Martin en Laurel. Engelen, die hem kwamen begroeten. Hij schudde zijn hoofd. Zij konden het niet zijn. Dat kon niet. Hij had van hen gedroomd - dat ze een broertje thuisbrachten. Nu waren ze hier, bij hem in de silo. Zo helder als wat - maar sliep hij nog? Aan het dromen?

"E-Z," zei zijn moeder. "Deze persoon, je vriend Alfred is dood. Je moet hem laten gaan en doorgaan met je werk. Je moet de proeven voltooien en de klok tikt door. Je tijd raakt op."

Martin, de vader van E-Z, zei: "Het is de enige manier waarop we allemaal weer samen kunnen zijn."

"Maar ze logen tegen hem," zei E-Z. "Ze vertelden hem dat hij bij zijn familie zou zijn. Hij kan nu niet bij zijn familie zijn, niet op deze manier. Hoe weet ik dat ze niet tegen me liegen, over dat ze bij jou zijn? Hoe weet ik dat jij geen manipulatie van Eriel bent om mij zijn bevelen te laten opvolgen?"

"Wie is Eriel?" vroeg zijn moeder.

"We kennen Eriel niet," zei zijn vader.

Dit sloeg nergens op. Dit was Eriel's plek. Of ze hem kenden of niet deed er niet toe, hij was er verantwoordelijk voor dat ze er waren. Hij wist hoe hij aan de harten van E-Z moest trekken. Hij wist hoe hij hem zover moest krijgen dat hij deed wat hij wilde.

Wat wilde hij precies? En waarom gebruikte hij zijn ouders om dat te krijgen? Het was schaamteloos. In de lucht boven hem zweefden zijn ouders, ze draaiden hun glimlach aan en uit alsof het marionetten waren. Toen wist hij zeker dat de twee geesten, of wat het ook waren, toch niet zijn ouders waren. Het waren hersenspinsels van hem, of misschien van Eriel. Wat hij niet kon begrijpen was waarom. Waarom werd hij zo wreed en schaamteloos gemanipuleerd?

"Word wakker E-Z!"

Hij lag weer in zijn bed. In zijn huis.

Hij rolde zich om en ging weer slapen... en landde weer in de silo - opnieuw.

HOOFDSTUK VIJFENTWINTIG

DRIE SILO-ACHTIGE DINGEN ZWEEFDEN door de kamer alsof ze een spelletje Follow the Leader speelden.

Het waren geen silo's. Het waren authentieke eeuwige rustplaatsen die Soul Catchers werden genoemd.

Elke keer dat een levend wezen stierf, zou het, op voorwaarde dat het lichaam waarin het leefde geboren was met een ziel, op een dag voortleven. De Zielenvangers waren talrijk, te talrijk om te tellen. Hun aantal was veel groter dan wij mensen kunnen bevatten. Meer dan een googolplex, wat het grootste bekende getal is.

Toen E-Z aankwam, werd hij net als voorheen in zijn wachtende zielenvanger gedeponeerd.

Alfred arriveerde als volgende, nog steeds dood werd zijn lichaam in zijn zielenvanger gelegd.

Lia kwam als laatste aan, nog steeds slapend in haar zielenvanger.

Het duurde niet lang voordat E-Z zich claustrofobisch begon te voelen.

"Wil je iets drinken?" vroeg de stem in de muur.

"Nee, dank je," zei hij, terwijl hij met zijn vingers op de arm van zijn rolstoel trommelde, toen er een engel verscheen. Een nieuwe engel, eentje die hij nog niet eerder had gezien.

Deze engel was een vrouw. Ze was gekleed in een vloeiende zwarte jurk en pet - alsof ze deelnam aan een diploma-uitreiking. Op haar streng kijkende gezicht zat een bril. Vergelijkbaar met die Marilyn Monroe droeg op de poster in het Café. Het verschil was dat dit montuur pulseerde met rode vloeistof die op bloed leek.

"E-Z," zei ze met trillende stem. Haar stem galmde. "Welkom terug bij je Zielenvanger."

"Zielenvanger?" zei hij. "Wordt dit ding zo genoemd? Voor mij lijkt het meer op een silo. Wat is een zielenvanger eigenlijk?"

"Het is een eeuwige rustplaats voor zielen," zei ze, alsof ze dezelfde vraag al een miljoen keer eerder had beantwoord.

"Maar is dat niet voor als mensen dood zijn? Ik ben niet dood." Hij hoopte dat hij niet dood was!

"Wacht!" riep ze.

Opnieuw deed ze de muren trillen als ze praatte. En zijn tanden trilden ook. Zo erg zelfs dat hij het liefst buiten in de sneeuw stond, dan haar nog een woord te horen zeggen.

"Ik heb je niet verteld dat dit vraag en antwoord tijd was. Zoals ik het zie, heb je de meeste van je proeven succesvol afgerond. Hoewel Alfred assisteerde bij proef nummer twee. Zoals je weet is ongesanctioneerde assistentie niet toegestaan."

E-Z opende zijn mond om Alfred te verdedigen, maar sloot hem weer. Hij wilde niet riskeren dat ze haar stem weer zou verheffen. Hij wou dat ze de verwarming wat hoger zetten. Maar het was ook een plek voor zielen. Misschien gaven zielen de voorkeur aan een koelcel.

TICK-TOCK.

Een deken werd nu om zijn schouders gedrapeerd.

"Dank je."

"Je hebt gelijk, als je sterft zal je ziel hier rusten. Of hier zou hebben gerust, als we je hadden laten sterven. Maar we hebben je in leven gehouden. Daar hadden we een goede reden voor. Dingen zijn echter veranderd. Het heeft niet gewerkt. Daarom willen we onze oorspronkelijke afspraak herroepen."

"Wat bedoel je met herroepen? Je hebt wel lef! Proberen een overeenkomst te ontbinden, wat is het alleen maar omdat ik een kind ben? Er zijn wetten tegen kinderarbeid. Bovendien heb ik alles gedaan wat van me gevraagd werd. Zeker, ik heb het allemaal moeten leren. Maar door dik en dun heb ik het gedaan. Ik heb me aan mijn deel van de afspraak gehouden en jij zou je aan de jouwe moeten houden."

"Oh ja, je hebt gedaan wat er van je gevraagd werd. Dat is het probleem - je mist initiatief."

"Gebrek aan initiatief!" riep E-Z uit terwijl hij zijn vuisten op de armen van zijn rolstoel sloeg. "De afspraak was dat jij me beproevingen zou sturen en ik zou uitzoeken hoe ik ze kon overwinnen. Ik heb levens gered. Je kunt de regels niet halverwege het spel veranderen."

"Klopt, dat was de oorspronkelijke afspraak. Toen ging het mis met Hadz en Reiki - ze vergaten bijvoorbeeld geesten te wissen - en Eriel moest zich ermee bemoeien."

"Hij stuurde me proeven, ik voltooide ze. Ik heb hem zelfs verslagen in een duel."

"Ja, dat klopt. Ik had hem gevraagd om de banden tussen jou en je oom Sam te testen."

"Om ons te testen?"

"Ja. Het is niet de bedoeling dat een aartsengel processen creëert voor een engel in opleiding. Door jouw gebrek aan initiatief moest Eriel zich er meer mee bemoeien dan nodig was."

"Wacht eens even! Dus je zegt dat het de bedoeling was dat ik mijn eigen proeven zou gaan zoeken? Waarom heeft niemand me over deze vereisten ingelicht?"

"We hoopten dat je er zelf achter zou komen. Er zijn aanwijzingen geweest. Aanwijzingen over het grote geheel. Overeenkomsten. We hoopten dat je anderen had om de beproevingen mee te bespreken. De proeven die je al hebt gedaan. Dat jullie je zouden concentreren op het probleem. Tot dezelfde conclusie zouden komen.

Help ons. Misschien kun je het zelfs veroveren, zonder dat wij het je hoeven te vertellen. We hebben je alle kansen gegeven, maar je deed het niet. Dus gaan we een andere weg."

"Overeenkomsten? Ik weet misschien wat je bedoelt."

"Als je het uitzoekt en de Superheld optie neemt... Dat zou werken. Zolang alles glashelder was. Je had het volledige plaatje. Je kende de risico's."

"Dus we blijven een team? Waarom leg je het niet uit? Om het makkelijk voor me te maken?"

"In het verleden kregen jullie metgezellen krachten die jullie niet bezaten, maar jullie maakten er geen gebruik van.

In plaats daarvan zaten jullie drieën tijd te verspillen en te wachten tot alles zou gebeuren.

Vond je het niet vreemd toen Eriel in het pretpark verscheen? Hij was de profielen *van de Drie* aan het verhogen. Dat is niet de taak van een aartsengel. Het is jouw werk."

Hij schudde zijn hoofd. "Ik was er niet honderd procent zeker van dat het Eriel was, totdat hij zichzelf identificeerde aan het einde. Daarvoor had ik mijn vermoedens. Wie anders zou zich kleden als Abraham Lincoln?

"Bovendien dacht ik dat niemand het mocht weten. Tot op dat moment dacht ik dat de proeven geheimen waren. Ik was bang om mijn afspraak met jou te breken. Ophaniel zei dat als ik het iemand zou vertellen, ik de kans zou verliezen om mijn ouders weer te zien. Ik volgde de regels die voor mij waren opgesteld. Ik denk niet dat je het concept van eerlijk spel begrijpt."

"Dit is geen spel. Aartsengelen kunnen doen wat we willen!" riep ze uit, terwijl ze dichter bij E-Z ging zitten. Ze duwde haar kin naar voren. "We besloten dat je meer geschikt was voor het Superheldenspel dan voor het Engelen spel. Toen werd je geholpen op de PR-afdeling. Om je aan te moedigen je eigen mensen te vinden om te helpen. God weet dat de aarde er vol mee zit. Hoe noemde Shakespeare ze ook alweer, zij die miauwen en kotsen in de armen van hun verpleegster."

"Ik heb geen Shakespeare gelezen, maar ik ben familie van Charles Dickens. Niet dat het relevant is. Maar, oké, dus je wilt dat ik doorga, als Superheld met Alfred, als hij leeft en met Lia aan mijn zijde. We kunnen makkelijk veel steun en publiciteit krijgen van de media.

"Ik ben nog steeds toegewijd aan jou. Als je ons vrij spel geeft, dan is de sky de limit. We kennen veel kinderen op school en in de sportwereld. We kunnen een Superhelden Hotline en een website opzetten. We kunnen sociale media gebruiken om in contact te komen met mensen van over de hele wereld. Mensen zullen in de rij staan voor ons om hen te helpen. Het wordt een heel nieuw balspel."

"Ah, eindelijk spreekt hij van initiatief...maar mijn lieve jongen het is veel te weinig te laat. Zoals ik al eerder zei, we willen van de verplichting aan jou af. Je bent niet langer aan ons gebonden. Je hoeft niet langer een schuld te betalen."

"Maar..."

"Jullie hebben alledrie bewezen dat jullie dit alleen voor jezelf doen. Toen de engelen voor het eerst suggereerden dat jullie ons konden helpen, ons hier op aarde konden vertegenwoordigen - hadden we een plan. Met Alfred was het hetzelfde. Toen kwam Lia. Sindsdien hebben we wat succes gehad met jullie twee. We namen haar op in het trio... maar nu ben je overbodig geworden."

"We redden mensen, we helpen mensen."

"Geef me dat niet. Als ik je de kans gaf om vandaag bij je ouders te zijn, hier en nu. Je zou de handdoek in de ring gooien. Je zou gaan zonder je te bekommeren om de levens die je had kunnen redden als de beproevingen waren doorgegaan.

"Hetzelfde met Alfred, verwacht ik - als hij het overleeft. Hij zou er zonder blikken of blozen vandoor gaan in een veld vol madeliefjes met zijn familie. En over ogen gesproken, als Lia haar zicht terug had, zou ze ook weg zijn.

"Na rijp beraad realiseerden we ons dat niemand van jullie zich inzet voor iets anders dan jullie zelf, vandaar dat we zijn overgegaan op plan B."

"Wacht eens even. Laten we werk definiëren." Hij googelde het en was blij dat hij vier streepjes had. "Volgens een online woordenboek: regelmatig werk verrichten of taken vervullen tegen loon of salaris. Ik heb voor jou gewerkt, zonder betaling. Anders dan een belofte van een vergoeding. We hadden een mondelinge overeenkomst.

"Ik ben niet zeker van de details van de deal die Alfred had, of Lia, maar ik durf te wedden dat hun engelen hen soortgelijke stimulansen gaven. Ik heb me aan mijn deel van de afspraak gehouden en jij zou je aan de jouwe moeten houden. Ik ben dertien jaar oud en," hij googelde het. "Ja, zoals ik al dacht is volgens het Amerikaanse ministerie van Arbeid veertien jaar de minimumleeftijd om te werken."

Ze lachte en zette haar bril weer op. Hij merkte dat ze bloed aan haar handen had. Ze veegde ze af aan haar zwarte gewaad. "Vroege wetten zijn niet van toepassing op engelen of aartsengelen. Het is naïef van je om te denken dat dat wel zo zou zijn." Ze pauzeerde. "We zijn bereid je twee keuzes aan te bieden. Optie nummer één: Je blijft de rest van je leven hier in je Zielenvanger."

"Wat?"

De fundamenten van zijn Zielenvanger trilden. Het idee om levend begraven te worden in deze metalen container maakte hem ziek.

"Het leven dat je zult leven, want je levende ademende dagen zullen worden doorgebracht zoals beloofd door die imbeciele aartsengelen. Met je ouders. Dat wil zeggen, je zult je leven opnieuw beleven met je ouders vanaf de dag dat je geboren werd tot het exacte moment waarop hun leven afliep. Je zou nooit in een rolstoel zitten en zij zouden nooit sterven." Ze pauzeerde. "Nu mag je spreken."

"Bedoel je dat ik mijn leven met mijn ouders zal herbeleven, elke dag die we samen hadden, tot in de eeuwigheid, steeds opnieuw?"

"Ja."

"Wat is optie nummer twee?"

"Kun je het niet raden?" vroeg ze met een tandenknarsende grijns.

Haar glimlach was zo onoprecht dat hij weg moest kijken. Hij wachtte.

"Optie twee zou betekenen dat je teruggaat naar je leven met je oom Sam." Ze aarzelde en kwam dichter bij E-Z. Hij had het al koud, en nu maakte ze hem nog kouder met elke slag van haar vleugels. Hij bedekte zichzelf met de deken. Ze ging verder. "Zoals je misschien al geraden hebt, zul je met geen van beide opties ooit met je ouders herenigd worden. We zouden het verleden opnieuw creëren. Het zou zijn alsof je in een toneelstuk of televisieshow zou leven."

"Wat! Daar heb ik niet mee ingestemd!" riep E-Z uit. "Zeg je nu dat Hadz. Reiki, Eriel en Ophaniel tegen me gelogen hebben?"

"Liegen is een sterk woord, maar ja. Kijk naar je omgeving. Zielen worden in individuele compartimenten geplaatst. Voor elke ziel is van tevoren een compartiment voorbereid."

"Dus je zegt dat mijn ouders elk in een van deze dingen zitten?"

"Ja, hun zielen wel."

"En wat gebeurt er dan met hen?"

"Waarom, ze zweven rond in de hemel."

"Dat is triest. Ik dacht altijd dat mijn ouders samen zouden zijn, ergens. Ik weet dat dat het enige was dat Alfred troost gaf. Dat zijn vrouw en kinderen ergens samen waren. Niemand wil eraan denken dat zijn geliefde alleen sterft. Laat staan voor eeuwig in een metalen container ronddrijvend van plaats naar plaats."

"Menselijke sentimentaliteit. Zielen bestaan alleen maar. Ze leven en ademen niet, ze eten niet en voelen zich niet te warm of te koud. Mensen begrijpen het concept niet."

Hij spotte.

"Ik wil jullie soort niet beledigen. Maar als een lichaam sterft, is wat overblijft, de ziel, een moeilijk concept om te bevatten. Menselijke hersenen zijn gewoon te klein om de complexiteit van het universum te bevatten. Vandaar de creatie van religieuze doctrines. Geschreven in lekentaal. Makkelijk aan te leren en te volgen zonder enig bewijs."

"Aangezien zielen meer gewaardeerd worden dan mensen zoals ik, hoe kan ik dan de rest van mijn leven in zo'n container leven?"

"We hebben aanpassingen gemaakt, zoals nu en daarvoor. Je had geen problemen om hier te bestaan toen we je binnenbrachten, nu wel?"

"Behalve claustrofobie," zei hij. "En de keren dat ze me moesten kalmeren met die lavendelspray."

"Ah, ja. Het terugkeren van claustrofobie zal natuurlijk afhangen van welke optie je kiest. Als je optie nummer één kiest, zal de omgeving je op alle manieren ondersteunen totdat je ziel er klaar voor is. Dan kan je aardse vorm worden verwijderd. Mensen passen zich aan en je went eraan. Bovendien zul je bij je ouders zijn, herinneringen herleven. Dit zal de tijd doden. Noem nu je keuze!"

"Wacht, hoe zit het met mijn vleugels en de vleugels van mijn stoel? Wat zal er met hen gebeuren?" Hij aarzelde, "Hoe zit het met de krachten van Alfred en Lia? Als we optie nummer één kiezen, gaan we dan terug naar hoe we geweest zouden zijn? Ik bedoel voordat jij en de andere aartsengelen zich met ons leven gingen bemoeien?"

"Natuurlijk gaan we jullie vleugels niet uittrekken, mijn lieve jongen, of krachten verwijderen die jullie al hebben gekregen. We zijn aartsengelen, geen sadisten."

"Goed om te weten, dus we kunnen Superhelden blijven."

"Dat kan, maar je zult je eigen publiciteit moeten creëren - want als we eruit zijn, zijn we voorgoed eruit."

"Blijft u alstublieft zitten," zei de stem in de muur, hoewel E-Z niet veel keuze had.

De aartsengel zei niets. In plaats daarvan leidde ze zichzelf af door haar bril schoon te maken en weer op te zetten.

"Nog één ding," vroeg E-Z, "over Alfred."

"Ga door, maar schiet wel op. Een ander concept dat mensen niet begrijpen, is dat tijd door het hele universum bestaat. Ik moet op andere plaatsen zijn en andere aartsengelen zien."

"Oké, ik kom eraan. Alfred zit nu in een ander menselijk lichaam. Als de ziel bij het lichaam blijft, zitten er dan twee zielen in? Wacht de zielenvanger op twee zielen?"

De engel keerde hem de rug toe. Ze schraapte haar keel voor ze sprak: "Ik, wij, hoopten dat je die vraag niet zou stellen. Je bent slimmer dan we hadden verwacht." Ze sloot haar ogen en knikte: "Mhmmm." Haar ogen bleven gesloten. E-Z keek of ze oordopjes in had, want ze leek naar iemand te luisteren. Of misschien beeldde hij het zich in. Ze knikte. "Afgesproken," zei ze.

"Is hier iemand anders bij ons?" vroeg hij.

Een nieuwe stem dreunde van overal om hem heen. Waarom hadden alle aartsengelen zulke luide stemmen?

"Ik ben Raziel de Bewaarder van Geheimen. E-Z Dickens, je moet mijn woorden in acht nemen. Want als ze eenmaal gesproken zijn, zul je ze niet meer herinneren. Noch dat ik hier was. Zielenvangers en hun doelen zijn niet jouw zorg. Je hebt je grenzen overschreden en dat tolereren we niet. We hebben je twee opties gegeven. Beslis NU, of mijn geleerde vriend zal de beslissing voor je nemen."

E-Z begon te praten, maar toen werd zijn geest leeg. Waar hadden ze het over?

De aartsengel sloot haar ogen weer, sprak de woorden "Dank je" uit en Raziëls stem sprak niet meer.

✳✳✳

H ET WAS ALSOF DE tijd achteruit was gesprongen. "Je verwacht dat ik ter plekke beslis, zonder me tijd te geven om erover na te denken? Zonder met mijn oom Sam of mijn vrienden te praten? Nu we het er toch over hebben, Alfred, was hem verteld dat hij herenigd zou worden met zijn familie? En Lia, haar was verteld dat ze haar gezichtsvermogen terug zou krijgen."

"Omdat Alfred er niet meer is, zal jouw beslissing - of hij het overleeft op aarde of niet - zijn beslissing zijn. Zijn eerste optie zal dezelfde zijn als de jouwe. Zou hij zijn leven met zijn familie herhaaldelijk willen herbeleven? Als hij weg is, heeft hij misschien al aangename dromen over hen. Maar je weet nooit welke trucjes de geest kan uithalen. Hij kan in een lus van nachtmerries zitten en alleen jij kunt hem en zijn familie redden door de juiste keuze voor hem te maken."

"Wil je zeggen dat hij er nooit meer uitkomt? Voorgoed?"

"Dat kan ik niet zeggen. Ik weet alleen dat de zielenvanger nog niet klaar is om zijn ziel op te halen... nog niet."

"En Lia?"

"Haar menselijke ogen zijn verdwenen in dit leven, net als jouw benen. Ze kan haar dagen als ziende herbeleven, maar misschien heeft ze liever dat jij ook voor haar kiest. Ze heeft immers geen tijd gehad om op te groeien en volwassen te worden zoals een normaal kind zou doen. Ze heeft al drie jaar van haar leven verloren en deze verouderingspisode, we weten niet zeker of het eenmalig is, of dat het opnieuw zal gebeuren."

"Bedoel je dat je ook niet weet wat er met haar gaat gebeuren?"

"Nee, dat doen we niet. Bovendien slaapt ze nog."

"Ik kan dit niet beslissen, voor ons alle drie op een tijdslimiet. Het is een grote beslissing en ik heb tijd nodig."

"Dan zul je het krijgen." Er verscheen een klok die aftelde vanaf zestig minuten. "Je tijd begint nu. Geef me je antwoord voordat hij op nul staat. Anders is alles wat we besproken hebben ongeldig. En vind je jezelf terug in het hotel met het dode lichaam van je vriend." Haar vleugels flapperden en ze steeg hoger en hoger.

"Wacht, voordat je gaat," riep hij.

"Wat is er nu weer?"

"Zijn er anderen, ik bedoel andere kinderen zoals wij?"

"Het was leuk je gekend te hebben," zei ze.

"Het gevoel is zeker niet wederzijds," antwoordde hij.

HOOFDSTUK ZESENTWINTIG

TERWIJL DE MINUTEN WEGTIKTEN, nam E-Z alles door wat hem net was verteld. Hij wou dat de silo breed genoeg was zodat hij zich meer kon bewegen. Hij zat tenminste comfortabel in zijn rolstoel. Samen waren ze een dynamisch duo.

"Wil je iets eten?" vroeg de stem uit de muur.

"Natuurlijk," zei hij. "Een appel, wat popcorn - met kaassmaak zou lekker zijn en een fles water."

"Komt eraan," zei de stem, terwijl een metalen tafel door een spleet in de muur schoof die hij niet eerder had opgemerkt. De tafel kwam voor hem tot stilstand. Uit de spleet kwam een haak die eerst de fles water droeg. Toen een tweede haak met een glas. Een derde haak volgde met een appel. Voordat hij hem neerzette, poetste de haak hem met een handdoek. Toen kwam er een vierde haak met een schaal popcorn.

"Dank je," zei hij terwijl de vier grijphaken zwaaiden en weer in de muur verdwenen.

"Graag gedaan."

"Uh, is er een kans dat je me mijn computer kan geven? Hij is vernietigd in de brand. Ik zou graag een lijst willen kunnen maken van de dingen die nodig zijn om deze beslissing te nemen."

"Natuurlijk. Geef me een minuut of twee."

Terwijl hij de appel opmaakte en over de popcorn nadacht, verscheen uit een andere gleuf aan de tegenoverliggende muur zijn laptop. De haak hield hem in de lucht en wachtte tot E-Z de andere voorwerpen zou verplaatsen. Toen hij dat niet deed, verschenen er haken aan de andere kant. Eén pakte het klokhuis en verdween weer in de muur. Een andere goot het resterende water in het glas. Daarna nam hij de lege fles weer mee door de gleuf in de muur. Omdat hij de popcorn en het glas water wilde houden, haalde hij ze van de tafel. De haak zette zijn laptop neer en ging terug door de gleuf in de muur.

E-Z vond de haken coole accessoires. Hij kon ze gemakkelijk op de markt brengen bij een grote Zweedse keten.

Nu de haken allemaal weg waren, tilde hij het deksel van zijn laptop op en klikte hem aan. Eerst controleerde hij zijn Tattoo Angel bestand, alles was er nog! Hij was zo blij; hij zou gehuild hebben als de klok de tijd niet wegtikte.

"Heel erg bedankt," zei hij, terwijl hij een handvol kazige popcorn in zijn mond propte. En toen begon hij te typen. Hij besloot als derde over zichzelf na te denken. Eerst de voor- en nadelen van Alfred opschrijven. Hij wist meteen dat Alfred het niet erg zou vinden om zijn verleden herhaaldelijk met zijn familie te herbeleven. Mogelijk zou hij meteen voor die optie zijn gegaan.

"Toch leek het E-Z dat het geen optie was die zijn familie had gewild. Omdat hij zou herbeleven wat er al was, in plaats van vooruit te gaan. In het leven is het de bedoeling dat je vooruit gaat. Om te blijven leren en groeien.

Hoe meer hij erover nadacht, hoe meer hij zich realiseerde dat het zou lijken op het bekijken van je levensverhaal. Stel je voor: je leven vierentwintig uur per dag in een permanente lus. Nooit wetend wanneer het zou eindigen. Of dat het ooit zou eindigen. Dat zou een ander soort hel kunnen worden. Eén waar hij niet aan wilde denken.

Behalve, als hij zeker wist dat Alfred altijd in coma zou liggen. Waar de aartsengel op zinspeelde. Dan zou hij door de keuze te maken geen nare dromen of nachtmerries hebben. Alfred zou voor altijd bij zijn familie zijn. Ook al was het niet echt... het zou genoeg kunnen zijn. Zou hij ervoor kiezen?

Hij wierp een blik op de tijd, nog vijftig minuten te gaan. Hij begon aan Lia's zaak te denken. Haar droom om een beroemde ballerina te worden was in duigen gevallen. Zou ze haar kindertijd opnieuw willen beleven, wetende dat die droom nooit zou uitkomen? Voor haar zou het de moeite waard zijn om een kans op de toekomst te wagen. De ogen in haar handpalmen maakten haar speciaal, uniek... en ze was sympathiek. Ze zou zelfs de nieuwste versie van een wondervrouw kunnen zijn, als ze in staat zou zijn om alle krachten te gebruiken.

"E-Z?" zei Lia. "Ik hoor je denken, maar waar ben je?"

Oh nee! Nu ze wakker was moest hij haar alles uitleggen, en dat zou tijd kosten en de tijd begon te dringen. Hij moest het doen, snel. "Luister Lia," begon hij, "ik heb je een lang verhaal te vertellen, hou me alsjeblieft niet tegen tot het verhaal compleet is. We hebben bijna geen tijd meer." Hij legde alles uit, het kostte hem tien minuten. Weer tien minuten voorbij. Veertig minuten bleven over.

"Oké, E-Z, jij denkt aan jezelf en ik denk aan mezelf. Laten we vijf minuten nemen, dan praten we weer verder. De tijd begint nu."

"Goed plan."

Vijf minuten later en de klok gaf nog vijfendertig minuten aan. E-Z vroeg Lia of ze al besloten had.

"Dat heb ik," zei ze. "En jij?"

"Ik ook," zei hij. "Jij eerst, in vijf minuten of minder als je kunt."

"Voor mij is het een makkelijke beslissing, E-Z. Ik wil niet in dit ding blijven en hier mijn leven leiden. Als de zielenvanger me hierheen brengt als ik dood ben. Dat is prima. Maar ik wil niet gedwongen opgesloten zitten in deze ruimte. Niet als ik buiten de warmte van de zon kan voelen, naar de vogels kan luisteren, met de wind in mijn haren. En niet te vergeten tijd doorbrengen met mijn moeder en met Uncle Sam, en hopelijk met jou. Het leven is te kort om te verspillen en ik hou meestal van mijn nieuwe ogen." Ze lachte.

"Daar ben ik het mee eens en als ik jou was, zou ik hetzelfde doen."

"Bedankt, E-Z. Hoe laat is het nu nog?"

"Nog vijfentwintig minuten," bevestigde hij. "Nu denk ik na over hopelijk minder dan vijf minuten. Ik vind het hier niet erg, het is niet veel anders dan daarbuiten. Ik heb geleerd dat een rolstoel niet het einde van de wereld is. Ik ben er zelfs aan gewend geraakt. Ik kan dingen doen die ik vroeger ook deed, zoals honkballen, en ik ben er niet slecht in. Misschien spelen ze het zelfs ooit wel op de Paralympics.

"Mijn ouders zouden niet willen dat ik mijn leven zou verspillen door in het verleden te leven. En Uncle Sam ook niet. Ik ben niet bereid om alles op te geven, alleen maar omdat die stomme aartsengelen een paar ongepaste beloftes hebben gedaan. Dus ik ben het met je eens. We maken dat we wegkomen van die Zielenvangers. We leven ons leven totdat we klaar zijn met leven. En dan kan het ons komen halen. Jaren later, nadat we hopelijk hebben bijgedragen aan de mensheid en een goed leven hebben geleid. Misschien kunnen we anderen zoals wij vinden. We kunnen een superhelden hotline opzetten en samenwerken over de hele wereld. We zouden onze krachten kunnen gebruiken om van de wereld een betere plek te maken. We zouden ons leven ten volle kunnen leven; inspirerende levens creëren waar we trots op zouden zijn en onze families ook."

"Bravo!" riep Lia uit. "Maar zijn er nog anderen, zoals wij?"

"Ik vroeg het aan de engel die me alles uitlegde, maar ze gaf geen antwoord. Dat doet me denken dat die er wel zijn." Hij wierp een blik op de klok. "Nog maar eenentwintig minuten."

"En Alfred? Zal hij ooit wakker worden?"

"De engel zei dat ze het niet wist, alleen de zielenvanger weet het... maar ze zei wel dat hij misschien nachtmerries heeft. Als er een kans is dat hij in een levende hel zit, dan kunnen we hem misschien beter laten gaan. Misschien is optie nummer één, dat hij het leven met zijn familie herbeleeft, de beste voor hem?"

"Daar ben ik het niet mee eens. Niemand van ons weet zeker wanneer de zielenvanger ons komt halen. Alfred zou hier niet willen wegkwijnen, omdat slechte dromen hem zouden kunnen vinden. Niet waar de kans bestaat dat hij iemand kan helpen of inspireren. We zijn hier samen gekomen en we moeten hier samen weggaan. Naar mijn mening is dat dat."

Veertien minuten en het tikt aan.

Ze had Alfreds probleem op een unieke manier benaderd. Had ze gelijk? Zou Alfred inderdaad zijn gezin in dit scenario willen opgeven voor een onvoorspelbare toekomst? Bestaan we tenslotte niet allemaal in een onbekende wereld? Van koers veranderen, bukken en duiken. Ramen openen, deuren sluiten. Ons laten leiden door onze emoties en dan weer terug. Het draait allemaal om leven. Ja, Lia had gelijk. Het was een uitgemaakte zaak.

Nog acht minuten op de klok.

"Ik denk dat je gelijk hebt, Lia. Het is allen voor één en één voor allen," zei E-Z. "De aartsengel vertelde me dat ik de woorden moest spreken voordat de klok afliep. Dan zouden we allemaal terug in het hotel zijn... alsof dit Soul Catcher intermezzo nooit had plaatsgevonden."

"Denk je dat we ons de zielenvangers nog zullen herinneren? Het is wel belangrijk voor ons om te leren van deze ervaring. Zelfs als we het niet hebben gedeeld. Bedenk wel dat het alles wat we weten over de hemel en het hiernamaals in de war schopt."

Nog vijf minuten.

"Inderdaad, maar laten we dit aan de andere kant bespreken." Hij balde zijn vuisten terwijl de klok naar vier minuten tikte. "We hebben besloten!" riep hij. "Haal ons drieën hieruit, deze zielenvangers - NU!"

De muren van de silo van E-Z begonnen te schudden. "Gaat het, Lia?" riep hij. Ze antwoordde niet. De grond onder zijn voeten leek te rammelen en te rommelen. Toen begon het te draaien, eerst met de klok mee, toen tegen de klok in, toen met de klok mee.

Vanbinnen draaide zijn maag zich om. Hij spuugde kazige popcorn uit en kauwde overal stukjes rode appel.

Het waren de enige souvenirs die de Zielenvanger van hem zou hebben. Hopelijk nog heel lang.

Erkenningen

BESTE LEZERS,

Bedankt voor het lezen van het eerste en tweede boek in de E-Z Dickens Serie. Ik hoop dat u genoten heeft van de toevoeging van deze nieuwe personages en dat u benieuwd bent naar het vervolg.

Ik werk aan de vertalingen voor Boek Drie en Vier en hoop deze binnenkort beschikbaar te maken!

Nogmaals dank aan mijn bètalezers, proeflezers en redacteuren. Jullie advies en aanmoedigingen hielden me op koers met dit project en jullie input werd/wordt altijd gewaardeerd.

Dank ook aan familie en vrienden die er altijd voor me zijn.

En zoals altijd, veel leesplezier!
Cathy

Over de auteur

Cathy McGough woont en schrijft in Ontario, Canada met haar man, zoon, hun twee katten en een hond. Als je Cathy wilt e-mailen, kun je haar hier bereiken: cathy@cathymcgough.com.
Cathy hoort graag van haar lezers.

Ook door:

FICTIE

YA

E-Z Dickens Superhelden Boek Drie: Rode Kamer

E-Z Dickens Superhelden Boek Vier: Op het ijs

A Mathematical State of Grace Complete serie

NON-FICTION

103 Ideeën voor fondsenwerving voor oudervrijwilligers
bij Scholen en Teams (3e PLAATS BEST REFERENCE 2016
METAMORPH PUBLISHING)

www.ingramcontent.com/pod-product-compliance
Lightning Source LLC
Chambersburg PA
CBHW070340010826
48976CB00017B/353